# 聊斋志异

第三册

〔清〕蒲松龄 著

李楠 编译

## 小谢

渭南姜部郎第，多鬼魅，常惑人。因徙去。留苍头门之而死，数易皆死，遂废之。里有陶生望三者，夙倜傥，好狎妓，酒阑辄去之。友人故使妓奔就之，亦笑内不拒；而实终夜无所沾染。尝宿部郎家，有婢夜奔，生坚拒不乱，部郎以是契重之。家綦贫，又有「鼓盆之戚」，茅屋数椽，溽暑不堪其热，因请部郎，假废第。部郎以其凶故，却之。生因作《续无鬼论》献部郎，且曰：「鬼何能为！」部郎以其请之坚，诺之。生往除厅事。薄暮，置书其中；返取他物，则书已亡。怪之，仰卧榻上，静息以伺其变。食顷，闻步履声，睨之。见二女自房中出，所亡书，送还案上。一约二十，一可十七八，并皆姝丽。逡巡立榻下，相视而笑。生寂不动，长者跷一足踹生腹，少者掩口匿笑。生觉心摇摇若不自持，即急肃然端念，卒不顾。女近以左手捋髭，右手轻批颐颊，作小响。少者益笑。生骤起，叱曰：「鬼物敢尔！」二女骇奔而散。生恐夜为所苦，欲移归，又耻其言不掩；乃挑灯读。暗中鬼影憧憧，略不顾瞻。夜将半，烛而寝。始交睫，觉人以细物穿鼻，奇痒，大嚏；但闻暗处隐隐作笑声。生不语，假寐以俟之。俄见少女以纸条捻细股，鹤行鹭伏而至；生暴起诃之，飘窜而去。既寝，又穿其耳。终夜不堪其扰。鸡既鸣，乃寂无声，生始酣眠，终日无所睹闻。日既下，恍惚出现。生遂夜炊，将以达旦。长者渐曲肱几上，观生读。既而掩生卷。生怒捉之，即已飘散；少间，又抚之。生以手按卷读。少者潜于脑后，交两手掩生目，瞥然去，远立以哂。生指骂曰：「小鬼头！捉得便都杀却！」女子即又不惧。因戏之曰：「房中纵送，我都不解，缠我无益。」二女微笑，转身向灶，析薪溲米，为生执爨。生顾而奖曰：「两卿此为，不胜憨跳耶？」俄顷，粥熟，争以匕、箸、陶碗置几上。生曰：「感卿服役，何以报德？」女笑云：「饭中溲合砒、酖矣。」生曰：「与卿夙无嫌怨，何至以此相加？」啜已，复盛，争为奔走。生乐之，习以为常。日渐稔，接坐倾语，审其姓名。长者云：「妾秋容，乔氏；彼阮家小谢也。」又研问所由来。小谢笑曰：「痴郎！尚不敢一呈身，谁要汝问门第，作嫁娶耶？」生正容曰：「相对丽质，宁独无情；但阴冥之气，中人必死。不乐与居者，行可耳；乐与居者，安可耳。如不见爱，何必玷两佳人？如果见爱，何必死一狂生？」二女相顾动容，自此不甚虐弄之；然时而探手于怀，捋裤于地，亦置不为怪。一日，录书未卒业而出，返则小谢伏案头，操管代录。见生，掷笔睨笑。近视之，虽劣不成书，而行列疏整。生赞曰：「卿雅人也！苟乐此，仆教卿为之。」乃拥诸怀，把腕而教之画。秋容自外入，色乍变，意似妒。小谢笑曰：「童时尝从父学书，久不作，遂如梦寐。」秋容不语。生喻其意，伪为不觉者，遂抱而授以笔，曰：「我视卿能此否？」作数字而起，曰：「秋娘大好笔力！』秋容乃喜。生于是折两纸为范，俾共临摹；生另一灯读。窃喜其各有所事，不相侵扰。仿毕，祇立几前，听生月旦。秋容素不解读，涂鸦不可辨认，花判已，自顾不如小谢，有惭色。生奖慰之，颜始霁。二女由此师事生，坐为抓背，卧为按股，不惟不敢侮，争媚之。逾月，小谢书居然端好，生偶赞之。秋容大惭，粉黛淫淫，泪痕如线。生百端慰解之，乃已。因教之读，颖悟非常，指示一过，无再问者。与生竞读，常至终夜。小谢又引其弟三郎来，拜生门下。年十五六，姿容秀美。以金如意一钩为贽。生令与秋容执一经，满堂咿唔。生于此设鬼帐焉。部郎闻之喜，以时给其薪水。积数月，秋容与三郎皆能诗，时相酬唱。小谢阴嘱勿教秋容，生诺之；秋容阴嘱勿教小谢，生亦诺之。一日，生将赴试，二女涕泪辞别。三郎曰：『此行可以托疾免；不然，恐履不吉。』生以告疾为辱，遂行。先是，生好以诗词讥切时事，获罪于邑贵介，日思中伤之，阴赂学使，诬以行简，淹禁狱中。资斧绝，乞食于囚人，自分已无生理。忽一人飘忽而入，则秋容也。以馔具馈生。相向悲咽，曰：『三郎虑君不吉，今果不谬。三郎与妾同来，赴院申理矣。』数语而出，人不之睹。越日，部院出，三郎遮道声屈，收之。秋容入狱报生，返身往侦之，三日不返。生愁饿无聊，度一日如年岁。忽小谢至，怆惋欲绝，言：『秋容归，经由城隍祠，被西廊黑判强摄去，逼充御媵。秋容不屈，今亦幽囚。妾驰百里，奔波颇殆；至北郭，被老棘刺吾足心，痛彻骨髓，恐不能再至矣。』因示之足，血殷凌波焉。出金三两，跛踦而没。部院勘三郎，素非瓜葛，无端代控，将杖之，扑地遂灭。异之。览其状，情词悲恻。提生面鞫，问：『三郎何人？』生伪为不知。部院悟其冤，释之。既归，竟夕无一人。更阑，小谢始至，惨然曰：『三郎在部院，被廨神押赴冥司；冥王以三郎义，令托生富贵家。秋容久锢，妾以状投城隍，又被按阁，不得入，且复奈何？』生忿曰：『黑老魅何敢如此！明日仆其像，践踏为泥，数城隍而责之：案下吏暴横如此，渠在醉梦中耶！』悲愤相对。不觉四漏将残。秋容飘然忽至。两人惊喜，急问。秋容泣下曰：『今为郎万苦矣！判日以刀杖相逼，今夕忽放妾归，曰：「我无他，原亦爱故；既不愿，固亦不曾污玷。烦告陶秋曹，勿见谴责。」』生闻少欢，欲与同寝，曰：『今日愿为卿死。』二女戚然曰：『向受开导，颇知义理，何忍以爱君者杀君乎？』执不可；然俯颈倾头，情均伉俪。二女以遭难故，妒念全消。会一道士途遇生，顾谓『身有鬼气』。生以其言异，具告之。道士曰：『此鬼大好，不拟负他。』因书二符付生，曰：『归授两鬼，任其福命：如闻门外有哭女者，吞符急出，先到者可活。』生拜受，归嘱二女。后月余，果闻有哭女者。二女争奔而去。小谢忙急，忘吞其符。见有丧舆过，秋容直出，入棺而没；小谢不得入，痛哭而返。生出视，则富室郝氏殡其女。共见一女子入棺而去，方共惊疑；俄闻棺中有声，息肩发验，女已顿苏。因暂寄生斋外，罗守之。忽开目问陶生。郝氏研诘之。答云：『我非汝女也。』遂以情告。郝未深信，欲舁归；女不从，径入生斋，偃卧不起。郝乃识婿而去。生就视之，面庞虽异，而光艳不减秋容，喜惬过望，殷叙平生。忽闻呜呜鬼泣，则小谢哭于暗陬。心甚怜之，即移灯往，宽譬哀情，而衿袖淋浪，痛不可解。近晓始去。天明，郝以婢媪赍送香奁，居然翁婿矣。暮入帷房，则小谢又哭。如此六七夜。夫妇俱为惨动，不能成合卺之礼。生忧思无策。秋容曰：『道士，仙人也。再往求，倘得怜救。』生然之。迹道士所在，叩伏自陈。道士力言『无术』，生哀不已。道士笑曰：『痴生好缠人！合与有缘，请竭吾术。』乃从生来，索静室，掩扉坐，戒勿相问。凡十余日，不饮不食。潜窥之，瞑若睡。一日晨兴，有少女搴帘入，明眸皓齿，光艳照人。微笑曰：『跋履终夜，惫极矣！被汝纠缠不了，奔驰百里外，始得一好庐舍，道人载与俱来矣。待见其人，便相交付耳。』敛昏，小谢至，女遽起迎抱之，翕然合为一体，仆地而僵。道士自室中出，拱手径去。拜而送之。及返，则女已苏。扶置床上，气体渐舒，但把足呻言趾股酸痛，数日始能起。后生应试得通籍。有蔡子经者，与同谱，以事过生，留数日。小谢自邻舍归，蔡望见之，疾趋相蹑；小谢侧身敛避，心窃怒其轻薄。蔡告生曰：『一事深骇物听，可相告否？』诘之，答曰：『三年前，少妹夭殒，经两夜而失其尸，至今疑念。适见夫人，何相似之深也？』生笑曰：『山荆陋劣，何足以方君妹？然既系同谱，义即至切，何妨一献妻孥。』乃入内，使小谢衣殉装出。蔡大惊曰：『真吾妹也！』因而泣下。生乃具述本末。蔡喜曰：『妹子未死，吾将速归，用慰严慈。』遂去。过数日，举家皆至，后往来如郝焉。

异史氏曰：『绝世佳人，求一而难之，何遽得两哉！事千古而一见，惟不私奔女者能遘之也。道士其仙耶？何术之神也！苟有其术，丑鬼可交耳。』

【译文】

在陕西的渭南县，有个官员名叫姜部郎，他家的宅子里时常闹鬼，所以他们就搬了出去，只留下一个仆人看守门户。结果仆人第二天就不明不白地死了。后来接连不断地换了几个看守，去看守的仆人也都死了，那宅子就荒废了。村里有个书生名叫陶望三，一向狂放不羁，喜爱宿妓嫖娼，喝得半醉的时候到粉头那里调笑。有时朋友们故意打发娼妓到他那里去，他也从不拒绝，但实际上整整一个晚上也没有什么沾染。一次寄宿在姜部郎家里，有个丫头半夜里私奔到他房里，他坚决拒绝了。部郎因此很器重他。陶家里非常清贫，又死了妻子，茅屋几间，盛夏时闷热难忍，便请部郎把那荒废了的院子借给他住。部郎说那是个凶宅常闹鬼，不同意借给他。他便写一篇《续无鬼论》献给部郎，并说：『鬼能把我怎样！』部郎看到他很坚决，便答应了。

陶望三前去打扫屋子。傍晚时分，他把一本书放在屋里，回家去拿其他东西，回来时书已经不见了。他感到奇怪，仰卧在床上，屏息静气地观察有什么变化。过了一顿饭工夫，听到脚步声，他斜眼一看，见从房间里出来两个女郎，把他丢失的书送回到桌上，一个大约二十岁，一个十七八岁左右，都非常漂亮。她们走过来立在床前，都看着他嬉笑。望三不说话，一动不动。那个大点儿的女郎举起一只脚踹他的肚子，年少的捂着嘴在偷笑。陶望三觉得心摇神荡，几乎控制不住自己，便赶紧严肃地端正自己的念头，始终不加理睬。大点的女郎凑过来用左手捋他的胡子，右手轻轻拍他的脸颊，发出轻微的响声。年少的笑得更厉害了。陶望三突然跳起来，骂道：『鬼东西竟敢这样！』两个女郎吓得跑掉了。陶望三怕夜里受到骚扰，想搬回家去，又耻于自己的言论失信，于是点起灯来读书。黑暗中鬼影来来往往，他看也不看。快到半夜，他亮着灯睡觉。刚闭上眼睛，觉得有人用很细的东西捅他的鼻孔，痒得厉害，就打了个大喷嚏，只听暗处发出隐隐约约的笑声。他不吭声，假装睡着了等着。一会儿，见那年少的女郎用纸条捻成细捻儿，踮脚猫腰地走过来；陶望三突然跳起来大声呵斥，她们就飘飘荡荡地逃开了。待他睡下，又来用纸捻儿捅他的耳朵。整夜骚扰，他实在受不了。鸡叫之后，才寂静无声，陶望三好好睡了一觉，整个白天没看到也没听到什么。

天刚黑，那两个女郎隐隐约约又出现了。陶望三索性做好晚餐，准备通宵读书。年龄大些的女郎越挨越近，靠着书桌看他读书。一会儿，她伸手把书合上，等陶望三抓她时，她早飘然而去了。再一会儿，那年少的女郎又悄悄走来，用两手捂住他的双眼，然后赶紧跑开，站在远处嬉笑。陶望三气得指着她们骂道：『小鬼头，我把你们全宰了！』两个女郎嘻嘻哈哈，陶望三毫无办法。一会儿，那两个女郎来到炉灶前，淘米生火，帮陶望三做起饭来。陶望三转怒为喜，夸奖说：『这才是好女子呀！』

时间不长，米粥煮好了，两个女郎又争着把碗筷放到桌上。陶望三说：『二位这样服侍我，实在感激不尽，不知怎样才能报答你们？』她俩笑道：『那饭里放了毒药啦！』陶望三也笑着说：『我们无冤无仇，你们不会这样对我的。』说完，端起饭来就吃，刚吃完两个女郎又抢着跑去盛饭。这样倒很不错，每晚如此，陶望三逐渐也就习以为常了。

他们熟悉以后，高兴地坐在一起谈心，陶望三询问她们的姓名。年龄稍大一点儿的女郎说：『我叫秋容，姓乔；她是阮家的小谢。』又问她们是从哪里来的，小谢笑着说：『痴呆的郎君！现在你还不敢接近我们一下，为什么要问出生门第，难道是要娶我们吗？』陶望三严肃地说：『和美女在一起，怎么会不动情呢？只是鬼魂的阴气，接触人一定会死。如果你们不愿意和我住在一起，可以离开；如果你们愿意在一起住，就留下来。我想，假如你们不爱我，我为什么要让你们蒙受玷辱呢？假如你们爱我，又为什么要让我受害而死呢？』两位女郎互相看了一眼，深受感动。以后，再也不像以前那样戏弄陶望三了。

有一天，陶望三还没有把要抄的书抄完，便出去了。回来时，小谢正趴在桌边，拿起笔代他在那里抄。看到了他，便扔下笔，瞅着他微笑。陶望三走过去一看，字虽写得不好，但行列间隔还很整齐，便夸奖她说：『你是一个很风雅的人啊！如果喜欢写字，我教你来写。』便把她拉在怀里，手把着手地教她笔画，秋容从外边进来，脸色突然变了，似乎有些妒意。小谢笑着说：『小时候曾经跟父亲学习写字，好久没有写了，现在回想起来，真像做梦一般。』秋容没有吭声，陶望三了解她的心思，假装没有发觉似的，把她抱到怀里，并把笔递给她说：『我看你会写字吗？』写了几个字，陶望三便站起来说：『秋娘的笔力真好呀！』秋容这才高兴了。陶望三于是折了两张纸，写了范本，让她们模仿着写。他便在另一盏灯下读书，暗地里高兴今后各自有事，不会来打扰了。摹写完了，两人恭恭敬敬地站在桌子边，听他来批评指点。秋容从来没有读过书，乱涂一气，认也不好认，圈点完了，秋容自觉不如小谢，流露出惭愧的神色。陶望三夸奖并安慰了她，脸色才开朗一些。

两个女郎从此拜陶望三为师，坐着给他搔背，躺下为他捶腿，不但不敢侮慢，还争相讨他欢心。过了一个月，小谢的字居然写得端正好看。陶望三偶尔赞扬她，秋容听了大为惭愧，脸上的粉黛和着眼泪而下，泪痕如线，陶望三百般宽慰劝解，这才好了。陶望三就教她们读书，她们聪明异常，指点一遍，不会再问第二遍。她们和陶望三比赛读书，时常读一个通宵。小谢又将她弟弟三郎引见来了，拜在陶望三门下。三郎年纪十五六岁，容貌秀美，以一钩金如意作为拜师之礼。陶望三令他与秋容共同学习一部经书，满堂响起咿咿呀呀的读书声，陶望三在这里开办了一所鬼学校。姜部郎听说很高兴，按时给陶望三送来柴米。过了几个月秋容与三郎都能作诗了，时常互相酬唱。小谢背地里嘱咐陶望三不要教秋容，陶望三答应了。秋容背地里嘱咐陶望三不要教小谢，陶望三也答应了。一天，陶望三要去赶考，两个女孩流泪送他上路。三郎说：『这次应考可以推托生病不去，不然的话，恐怕遇到凶险。』陶望三认为托病不去是耻辱，就上路了。

原来，陶望三喜欢用诗词来讽刺时事，得罪了县里的权贵，那家伙天天都想中伤他，暗地里贿赂学使，诬蔑他行为不检点，将他关进牢里。陶望三带的盘缠已经花光了，只好饿着肚皮，自料再也没有活路了。忽然有一个人飘然而至，原来是秋容，送了些吃的东西来，两人相对哭了一场，秋容说：『三郎担心你要出事，如今果然遭了这场劫难。三郎跟我一同来的，他到巡抚衙门申诉了。』秋容说了几句话便出去了，同牢的犯人却没有看到她。过了一天，巡抚出巡，三郎拦路告状，巡抚把他带走了。秋容又到牢里，把消息告诉了陶望三，反身又去打听，三天还没有消息回来。陶望三又愁又饿，度日如年。忽然小谢来了，悲愤填膺，说：『秋容那天回去，路过城隍庙，被西廊那个黑面判官抓了去，逼着她当小老婆，秋容没有答应，如今也被关在阴曹地狱里。我跑了百把里路，累得要死，到了北郊，又被干枯的荆棘刺穿了脚背，疼痛钻心，恐怕再也来不了啦！』说罢便伸了脚给他看，果然淋漓的鲜血把皮肤和罗袜给粘在一块儿了。她拿出三两银子给陶望三，便一跛一跛地走了。

巡抚审问三郎，发现他跟陶望三向来非亲非故，无缘无故地替人打官司，非常可疑，就准备对他用刑，他摔倒在地上就消失了，巡抚感到奇怪。看他的状子，感情、言辞悲切忧伤。巡抚把陶望三提来当面审讯，问：『阮三郎是什么人？』陶望三假装不知道。巡抚明白他是受了冤枉，就把他释放了。

陶望三回到那座院子，整夜没人来。天快亮，小谢来了，凄惨地说：『三郎在巡抚衙门里被保护衙门的神将押到阴司，阎王说他有义气，让他托生到富贵人家。秋容被监禁了很久，我向城隍爷投了状子，又被压下，没法子递进去，这可怎么办呢？』陶望三气愤地说：『黑老鬼怎敢这样！明天我去推倒他的神像，踹成烂泥，数落城隍，责问他：他的下属官吏这样暴虐蛮横，难道他在醉梦中吗！』两人悲愤相对，不觉将要到四更了。秋容忽然飘飘然来到。两人又惊又喜，急忙询问。秋容流着泪说：『我这回为了陶郎，吃尽苦头了！黑判官天天拿着刀棍逼我，今天晚上忽然放我回来，说：「我没别的，原本因为爱你的缘故才这样；既然你不愿意，我实际上也没有玷污你。麻烦你转告陶官人，不要谴责我。」』陶望三听了，有些高兴了，想跟姑娘们同床共枕，说：『我今天愿意为你们而死。』两位女郎伤感地说：『前段时间受你的开导，懂得不少道理，怎能忍心因为爱你而害死你呢？』她们坚决不同意。然而同陶望三头颈相交、耳鬓厮磨，感情像夫妻一般。她们因为遭难之故，嫉妒之心也全都消失了。

有一次，有个道士在路上碰到陶望三，对他说：『你身上有鬼气。』陶望三认为这个人不同寻常，就把事情全部都告诉了他。道士说：『这两个鬼太好了，不要辜负了她们。』于是画了两道符交给了陶望三，说：『回去后交给她们，听凭她们的福和命吧。如果听到门外有哭女儿的声音，就把符吞下赶紧跑出去。先到的就能复活。』陶望三拜受之后，回去告诉了她们两个人。过了一个多月，的确听到有人在哭女儿，两人便争抢着奔跑而去。小谢非常着急，忘记吞下她的符。当灵车经过门前时，秋容一直跪过去，进入棺材就消失了；小谢没能进去，流着泪回来了。陶望三出来一看，原来是富翁郝氏在殡葬女儿。大家看见有个女子进入棺材之后消失了，都觉得奇怪；姚忽然听到棺材里有声音，打开棺材来验看，姑娘已经活过来了。于是，暂时寄居在陶望三屋子的外面，众人围成一圈看守着她。她忽然睁开眼睛寻找陶望三。郝氏问她怎么回事，回答说：『我不是你的女儿呀。』于是便把事情的经过讲了一遍，郝氏没有相信。想把她抬回家中，姑娘不同意，一直走进了陶望三的屋子，躺在床上不肯起来。郝氏只好认了女婿就回家了。陶望三走过去看她，面貌虽然不相同，但是光彩和秋容没差多少，大喜过望，高兴地谈起了往事。

忽然听到墙角有呜呜的哭声，原来是小谢。陶望三可怜她，让她到床头来，好言安慰她。但是小谢怎么也止不住哭泣，袖子和衣襟都弄湿了，直哭到天明才走。

天亮之后，郝家派来了仆人和丫鬟，送来了嫁妆，把陶望三真的当成了自家的女婿对待，陶望三和秋容沉浸于新婚之乐。可是，天一黑小谢就来了，哭哭啼啼的，闹得小夫妻心烦意乱，无法享受新婚之夜的天伦之乐，连续六七天都是如此。陶望三又同情，又烦恼，不知道怎么办。秋容出主意说：『救我的那个道士肯定是神仙，他一定有办法救小谢，何不去求他？』陶望三带了礼物，前去苦苦哀求，那道士推说没有办法，关上了房门。陶望三跪在他的门前磕头，整夜不停。早晨，道士打开门说：『真是个痴情的种子，如此纠缠不已！我就尽力而为，成人之美吧。』说着，随陶望三回了家，要了间干净房间，不吃不喝，闭着眼睛坐那儿打坐，连续十来天纹丝不动。他事先打过招呼，谁也不敢打扰他。

一天早晨，有个少女撩起门帘走了进来，明眸皓齿，光彩照人，微笑着说：『小谢被你纠缠得没有个完，跑出百里以外，才找到一个好的躯壳，如今道人载着她一同来了。等到见了那个人，我就交给你了。』到了黄昏时候，小谢来了，那少女突然站起来拥抱着她，很快合为一体，倒在地上便不动了。道士从房子里走了出来，拱拱手便径自去了，陶望三在后面叩头拜送，待他回来，那少女已经醒过来了。扶着她睡到床上，身体逐渐舒展起来，只是握着脚呻吟不止，说是腿脚酸痛，几天之后才能站起来行走。

后来陶望三应试得官，有个叫蔡子京的人与陶望三是同榜，他有事过访陶望三，在陶望三家住了几天。小谢从邻居家回来，蔡子京望见她，急忙赶过来跟上她，小谢侧身躲避，心中暗自气恼他举止轻薄。蔡子京告诉陶望三说：『有件事太让人吃惊，能告诉你吗？』陶望三问是什么事，回答说：『三年前，我的小妹死了，死后两夜她的尸首失踪，至今我还在疑惑惦念。刚才见到尊夫人，她怎么那么酷似我小妹呢？』陶望三笑着说：『我妻子很丑，怎么比得上令妹？不过既然我们同榜，情义就至为密切，何不让您见见我的妻子？』陶望三就到内室，让小谢穿上当日装敛的衣服出来。蔡子京一见大惊失色地说：『真是我妹妹呀！』说着就哭了起来。陶望三就把事情的始末说了一遍，蔡子京高兴地说：『妹妹没死，我要赶快回家，告慰二老！』随即离去。过了几天，蔡子京一家人全来了，后来，两家往来同郝家一样。

异史氏说：『绝代佳人，得到一个也不容易，何况忽然得到两个呢？这样的奇事，千古以来，只见到这一次，只有拒不接纳私奔的妇女者才能遇到。道士莫不是神仙吗？怎么他的法术那么灵啊。假设真有那样的妙法，即使是丑鬼，也可以结交呀！』

## 胡大姑

益都岳于九，家有狐祟，布帛器具，辄被抛掷邻堵。蓄细葛，将取作服；见捆卷如故，解视，则边实而中虚，悉被剪去。诸如此类，不堪其苦。乱诟骂之。岳戒止云：『恐狐闻。』狐在梁上曰：『我已闻之矣。』祟益甚。一日，夫妻卧未起，狐摄衾服去。各白身蹲床上，望空哀祝之。忽见好女子自窗入，掷衣床头。视之，不甚修长；衣绛红，外袭雪花比甲。岳着衣，揖之曰：『上仙有意垂顾，即勿相扰。请以为女，如何？』狐曰：『我齿较汝长，何得妄自尊？』又请为姊妹，乃许之。于是命家人皆呼以胡大姑。时颜镇张八公子家，有狐居楼上，恒与人语。岳问：『识之否？』答云：『是吾家喜姨，何得不识？』岳曰：『彼喜姨曾不扰人，汝何不效之？』狐不听，扰如故。犹不甚祟他人，而专祟其子妇：履袜簪珥，往往弃道上；每食，辄于粥碗中埋死鼠或粪秽。妇辄掷碗骂骚狐，并不祷免。岳祝曰：『儿女辈皆呼汝姑，何略无尊长体耶？』狐曰：『教汝子出若妇，我为汝媳，便相安矣。』子妇骂曰：『淫狐不自惭，欲与人争汉子耶？』时妇坐衣笥上，忽见浓烟出尻下，熏热如笼。启视，藏裳俱烬；剩一二事，皆姑服也。又使岳子出其妇，子不应。过数日，又促之，仍不应。狐怒以石击之，额破裂，血流几毙。岳益患之。西山李成爻，善符水。因币聘之。李以泥金写红绢作符，三日始成。又以镜缚梃上，捉作柄，遍照宅中。使童子随视，有所见，即急告。至一处，童言：『墙上若犬伏。』李即戟手书符其处。既而禹步庭中，咒移时，即见家中犬豕并来，帖耳戢尾，若听教命。李挥曰：『去！』即纷然鱼贯而去。又咒，群鸭即来，又挥去之。已而鸡至。李指一鸡，大叱之。他鸡俱去，此鸡独伏，交翼长鸣，曰：『余不敢矣！』李曰：『此物是家中所作紫姑也。』家人并言不曾作。李曰：『紫姑今尚在。』因共忆三年前，曾为此戏，怪异即自尔日始也。遍搜之，见刍偶犹在厩梁上。李取投火中。乃出一酒瓻，三咒三叱，鸡起径去。闻瓻口言曰：『岳四狠哉！数年后，当复来。』岳乞付之汤火；李不可，携去。或见其壁间挂数十瓶，塞口者皆狐也。言其以次纵之，出为祟，因此获聘金，居为奇货云。

【译文】

益都县有个名叫岳于九的人，有个狐狸在他的家里作祟，家里的布匹绸缎，以及日常用具，总是被它扔到邻居家的墙头上。箱子里放着细致的葛布，拿出来要做衣服的时候，表面看仍和从前一样，还是卷着捆着，打开一看，外边是实的，里面却是空的，统统都被剪去了。诸如此类，把人害得痛苦不堪。家人七嘴八舌地辱骂它。岳于九警告制止说：『别骂了，恐怕狐狸听见。』狐狸在梁上说：『我已听见了。』作祟作得更厉害了。一天，夫妻还没有起床，狐狸把衣服被子全给拿走了。两口子赤裸裸地蹲在床上，望着空中哀求。忽然看一个美女，从窗户上钻进来，把衣服扔到床上。仔细一看，女子身材不高，穿一身绛红色的衣服，外面套着雪花坎肩。岳于九穿上衣服，向她作个揖手礼说：『上仙有心看重我们，就不应该搅闹。请你给我做女儿，怎么样？』狐狸说：『我年岁比你大，你为什么这么妄自尊大呢？』他又请求作为姊妹，她才答应了。于是就告诉家人，都叫她胡大姑。

当时在颜镇的张八公子家里，也有一只狐狸住在楼上，经常和人说话。岳于九问胡大姑认不认识那只狐狸，胡大姑回答说：『那是我家的喜姨，怎能不认识呢？』岳于九说：『那个喜姨从来不扰害人，你为什么不向她学习呢？』胡大姑不听，还像过去一样地搅闹。对于别人，她还不怎么扰害，专门扰害岳于九的儿媳妇：鞋子、袜子、簪子、耳环，常常被她扔在道上；每次吃饭，总是在粥碗里埋着死老鼠或粪便。媳妇就摔碟子摔碗，大声辱骂骚狐狸，并不向她祈求饶恕。岳于九对狐狸说：『儿女们都喊你姑姑，你怎么没有一点尊长的体面呢？』狐狸说：『叫你儿子把他妻子休回娘家，我给你儿子做媳妇，咱们就相安无事了。』儿子媳妇骂道：『不害羞的骚狐狸，想和人家争汉子吗？』媳妇当时正坐在衣箱上，忽然看见屁股底下冒出一股浓烟，好像坐在热气腾腾的蒸笼上。打开箱子一看，里面装的衣服全部烧成了灰烬，剩下一两件，都是婆婆的衣服。她还是命令岳于九的儿子把媳妇休出去，儿子不答应。过了几天，她又逼着儿子休媳妇，儿子仍然不答应。狐狸火儿了，拿起一块石头就去打他，打破了额头，流了很多血，好险没死了。岳于九越发愁得没有办法。

西山有个名叫李成爻的巫师，善于画符念咒，岳于九就拿了一些钱，请李成爻捉妖降怪。李成爻用泥金在红绢上画符，三天才画完。又把一面镜子绑在一根棍子上，拿着棍子做把柄，在宅子里照来照去，处处都给照遍了。叫一个童子跟随着，眼盯着那面镜子，如果在镜子里看见什么东西，就急速告诉他。照到一个地方，童子说：『墙上好像趴着一只狗。』李成爻伸出一个手指，在童子指出的地方画了一道符。然后就在院子里踱着方步，念了一会儿咒语，就看见家里的猪狗一起来了，都抿着耳朵，夹着尾巴，好像聆听教训的样子。李成爻向它们一挥手说：『去！』马上纷纷攘攘的，一个跟一个地出去了。他又踱着方步念咒，就来了一群鸭子，他又一挥手，鸭子也出去了。最后来了一群鸡。李成爻指着一只鸡，大声呵斥它。别的鸡都走了，只有这只鸡趴在地下，交叉着翅膀，大声哀叫说：『我不敢了！』李成爻说：『这个家伙，是你家扎糊的一个紫姑。』家人都说没有做过那个东西。李成爻说：『紫姑今天还在你们家里保存着。』大家就想起三年以前，曾经扎过一个紫姑，狐狸作祟就是从那一天开始的。到处搜查，看见草扎的偶像还放在马圈的梁柁上。李成爻把它取下来，扔进火里烧掉了。又拿出一个酒瓶，念了三声咒语，又呵斥了三声，站起来，径自走了。忽听瓶口上有声音说：『岳老四啊，你真狠心！几年以后，我还回来。』岳于九请求把酒瓶放进汤锅里，烧火煮死它；李成爻不同意，竟把酒瓶带走了。有人看见他家里的墙壁上挂着几十个瓶子，塞口的瓶子里都装着狐狸。说他按着次序把狐狸放出去，叫它们出去作祟，因而赚到了很多聘金，当作骗取钱财的奇货。

## 美人首

诸商寓居京舍。舍与邻屋相连，中隔板壁；板有松节脱处，穴如盏。忽女子探首入，挽凤髻，绝美；旋伸一臂，洁白如玉。众骇其妖，欲捉之，已缩去。少顷，又至，但隔壁不见其身。奔之，则又去之。一商操刀伏壁下。俄首出，暴决之，应手而落，血溅尘土。众惊告主人。主人惧，以其首首焉。逮诸商鞫之，殊荒唐。淹系半年，迄无情词，亦未有以人命讼者，乃释商，瘗女首。

【译文】

有几个客商寓居在京城的一家客房之中。房舍与邻家的屋子相连，只是中间隔着一道木板墙；木板上有个松节脱落后形成的小洞穴，如一只茶碗大小。忽然有个女子的脑袋从这个洞穴中伸了过来，头上绾着凤髻，艳丽无比；一会儿又伸过来一条胳膊，洁白如玉。众人都惊骇她是妖怪，想捉住她时，脑袋和胳膊又缩回去了。过了一会儿，女子的脑袋又伸出来，只是隔着板壁看不见她的身子。众人奔过去，女子一下子又缩了回去。一个客商拿着一把刀埋伏在板壁下，一会儿脑袋又伸出来，客商猛然起身，一刀砍去，女子的脑袋应声而落，鲜血溅满了地面。众人惊告主人，主人害怕，拿着这个女子的头去向官府自首。官府把客商们抓了去审讯，觉得事情十分荒唐，把他们关押了半年，始终没有问出个究竟，也没人来打人命官司，于是便把商人们都放了，把女子的头埋了了事。

## 蕙芳

马二混，居青州东门内，以货面为业。家贫，无妇，与母共作苦。一日，媪独居，忽有美人来，年可十六七，椎布甚朴，而光华照人。媪惊顾穷诘，女笑曰：『我以贤郎诚笃，愿委身母家。』媪益惊曰：『娘子天人，有此一言，则折我母子数年寿！』女固请之。意必为侯门亡人，拒益力。女乃去。越三日，复来，留连不去。问其姓氏，曰：『母肯纳我，我乃言；不然，固毋庸问。』媪曰：『贫贱佣保骨，得妇如此，不称亦不祥。』女笑坐床头，恋恋殊殷。媪辞之，言：『娘子宜速去，勿相祸。』女乃出门，媪视之西去。又数日，西巷中吕媪来，谓母曰：『邻女董蕙芳，孤而无依，自愿为贤郎妇，胡弗纳？』母以所疑虑具白之。吕曰：『乌有此也？如有乖谬，咎在老身。』母大喜，诺之。吕去，媪扫室布席，将待子归往娶之。日将暮，女飘然自至。入室参母，起拜尽礼。告媪曰：『妾有两婢，未得母命，不敢进也。』媪曰：『我母子守穷庐，不解役婢仆。日得蝇头利，仅足自给。今增新妇一人，娇嫩坐食，尚恐不充饱；益之二婢，岂吸风所能活耶？』女笑曰：『婢来，亦不费母度支，皆能自得食。』问：『婢何在？』女乃呼：『秋月、秋松！』声未及已，忽如飞鸟堕，二婢已立于前。即令伏地叩母。既而马归，母迎告之。马喜。入室，见翠栋雕梁，侔于宫殿；中之几屏帘幕，光耀夺视。惊极，不敢入。女下床迎笑，睹之若仙。益骇，却退。女挽之，坐与温语。马喜出非分，形神若不相属。即起，欲出行沽。女曰：『无须。』因命二婢治具。秋月出一革袋，执向扉后，搭搭撼摆之。已而以手探入，壶盛酒，柈盛炙，触类熏腾。饮已而寝，则花罽锦茵，温腻非常。天明出门，则茅庐依旧。母子共奇之。媪诣吕所，将迹所由。入门，先谢其媒合之德。吕讶云：『久不拜访，何邻女之曾托乎？』媪益疑，具言端委。吕大骇，即同媪来视新妇。女笑逆之，极道作合之义。吕见其惠丽，愕眙良久，即亦不辩，唯唯而已。女赠白木搔具一事，曰：

『无以报德，姑奉此为姥姥爬背耳。』吕受以归，审视则化为白金。马自得妇，顿更旧业，门户一新。笥中貂锦无数，任马取着；而出室门，则为布素，但轻暖耳。女所自衣亦然。积四五年，忽曰：『我谪降人间十余载，因与子有缘，遂暂留止。今别矣。』马苦留之。女曰：『请别择良偶，以承庐墓。我岁月当一至焉。』忽不见。马乃娶秦氏。后三年，七夕，夫妻方共语，女忽入，笑曰：『新偶良欢，不念故人耶？』马惊起，怆然曳坐，便道衷曲。女曰：『我适送织女渡河，乘间一相望耳。』两相依依，语无休止。忽空际有人呼『蕙芳』，女急起作别。马问其谁，曰：『余适同双成姊来，彼不耐久伺矣。』马送之。女曰：『子寿八旬，至期，我来收尔骨。』言已，遂逝。今马六十余矣。其人但朴讷，无他长。

异史氏曰：『马生其名混，其业亵，蕙芳奚取哉？于此见仙人之贵朴讷诚笃也。余尝谓友人：若我与尔，鬼狐且弃之矣。所差不愧于仙人者，惟「混」耳。』

【译文】

马二混，家住在青州城的东门里，每日以卖面为业。他家境贫穷，没有老婆，每天和母亲一起辛辛苦苦地劳动。一天，老太太一个人坐在家里，忽然就来了一个美人，年龄大概有十六七岁，头上梳着棒槌似的发髻，穿一身粗布衣裳，很朴素，但却光彩照人。老太太很惊讶地看着她，刨根问底，问她来此做什么。女郎笑着说：『我听说你的儿子贤良而又忠厚，所以愿意托身到母亲家里，给你做媳妇。』老太太更加惊异地说：『娘子是天上的仙女，说出这样一句话，就折了我们母子的寿数了！』女郎固执地请求母亲收留她。老太太一想，这样一个如花似玉的少女，一定是从侯门里逃出来的，更是极力拒绝。女郎就走了。

过了三天，女郎又来了，留留恋恋地不愿意离开。问她姓甚名谁，她说：『母亲肯于收容我，我才能告诉你；不然的话，你就不用问了。』老太太说：『我们这样一个贫贱人家，一身奴才骨头，得你这样的美人做媳妇，身份不相称，也不吉利。』女郎笑盈盈地坐在床头上，恋恋不舍，神态很诚恳。老太太谢绝说：『娘子应该赶快离开我家，不要给我招灾惹祸。』女郎这才被迫出了房门，老太太瞄着她的后影，看她往西走了。

又过了几天，西巷里有个姓吕的老太太来了，对马二混的母亲说：『我邻居家的女儿董蕙芳，孤单单地一个人，无依无靠，自愿给你贤郎做媳妇，你为什么不肯收容呢？』母亲把心里的疑虑全都告诉了吕老太太。吕老太太说：『哪有这种事呢？她就是我的邻居，若有一点差错，拿我问罪。』母亲很高兴，就点头答应了。吕老太太走了，她就打扫屋子，往床上铺席子，要等儿子回来前去迎亲。快到黄昏的时候，蕙芳忽然飘飘然地自己来了。进屋就参拜婆母，凡是媳妇拜婆婆的礼节，她都拜到了。然后告诉婆婆说：『我还有两个使女，没有得到婆母的命令，不敢招呼她们进来。』老太太说：『我们母子二人，守着破房子过日子，从来不会使唤仆妇丫鬟。每天只赚一点蝇头小利，仅够两口人的吃喝。现在增添一位新娘子，看你柔嫩脆弱的样子，也只能坐着吃饭，那一点蝇头小利恐怕填不饱肚子；再加上两个使女，难道喝西北风能够活命吗？』蕙芳笑着说：『两个使女来了以后，也不破费母亲的用度，都能自己拿到吃的。』老太太问她：『你的使女在什么地方？』蕙芳就招呼：『秋月、秋松！』喊声还没有结束，忽然好像从天上掉下两只飞鸟，两个使女已经站在面前了。蕙芳就让她们跪下给母亲叩头。

过了一会儿，马二混回来了，母亲迎上去向他报喜。马二混一听就高兴了。他进了屋里，看见雕梁画栋，好您一座宫殿；屋里的桌子、屏风、帘子、帐幕，光彩夺目。他惊讶极了，不敢往里迈步。蕙芳下了床，笑盈盈地迎上来，他一看，真像一位仙女。心里更加惊异，吓得直往后退。蕙芳挽住他的胳膊，让他坐下，很温柔地和他说话。马二混喜出望外，飘飘然，好像自己的神魂已经不属于自己了。马上站起来，就要出去买酒。蕙芳拉住他说：『不需要现买。』说完就叫两个使女准备酒菜。秋月取出一个皮口袋，拿到门后，握着口袋嘴不停地摇摆。摇摆完了，把手伸进去，掏出来的东西，壶里盛着酒，盘里装着肉菜，凡是眼睛接触到的东西，全都热气腾腾的。喝完了就睡觉，床上铺着织花的毛毯、锦缎的褥子，都很细腻，特别温暖。天亮一出门，仍然是从前的破草房，母亲和儿子都感到很奇怪。

母亲到了吕老太太家里，想要询问蕙芳的来历。进门以后，首先感谢她做媒的好心肠。吕老太太惊讶地说：『我很久都没前去拜访你，哪有邻女托媒的事情呢？』老太太更加疑惑，就把蕙芳从头说了一遍。吕老太太很惊讶，就和老太太前来看望新娘子。蕙芳笑盈盈地迎出来，开口就非常感谢她做媒的恩义。吕老太太看她聪明美丽，陡然一惊，愣睁睁地看了很长时间，也就不加辩白，只是唯唯诺诺地答应着。蕙芳送她一支白木制作的挠痒耙，说：『我没有别的东西报答你的恩情，暂且奉献一支挠痒耙，给姥姥挠背吧！』吕老太太接到手里就回去了。到家一看，白木变成了白银。

马二混自从得到这个媳妇以后，马上更换了卖面的老行业，门第焕然一新。箱子里装着数不清的锦衣貂裘，凭他的愿望，任意拿出来穿戴；但是走出闺房以后，就又变成粗布衣裳，但却又轻又暖。蕙芳自己穿的衣服，也是这个样子。

过了四五年，蕙芳忽然说：『我被贬到人间，已经十几年了，因为和你有缘，就暂时住在你家。今天要分别了。』马二混苦苦地挽留她。蕙芳说：『请你另外选择一个好的配偶，给你生儿养女，将来好在你坟前守孝。我过一段时间就回来一趟。』忽然无影无踪了。马二混遵照她的嘱咐，就娶了秦氏做妻子。三年以后，七月初七的晚上，夫妻正在一起讲牛郎织女的故事，蕙芳忽然进了屋子，笑着说：『你和新娘子很快乐，不想故人吗？』马二混惊讶地站起来，很凄惨地拉她坐下，就向她陈述心里的苦衷。蕙芳说：『我刚才是送织女过河会牛郎，趁机下来看看你。』两个人久别重逢，恋恋不舍，心里话说也说不完。忽听半空中有人招呼蕙芳，她就急忙起来告别。马二混询问喊她的是个什么人，蕙芳说：『我刚才是和双成姐姐一起来的，她不耐烦长时间等我。』马二混送她。她说：『你的寿命八十岁，到了寿期，我来收拾你的尸骨。』说完就消逝了。现在马二混已经六十多岁了。他的为人，只是敦厚老实，没有别的长处。

异史氏说：『马生的名字叫「混」，卖面的行业也很龌龊，蕙芳图他什么呢？由此可以看到，仙女是敬重敦厚朴实的。我曾对一个朋友说过：像我和你这样的人，鬼怪狐狸都是嫌弃的。所差的，也无愧于仙女的，只有一个「混」字罢了。』

## 山神

益都李会斗，偶山行，值数人籍地饮。见李至，欢然并起，曳入坐，竞觞之。视其柈馔，杂陈珍错。移时，饮甚欢；但酒味薄涩。忽遥有一人来，面狭长，可二三尺许；冠之高细称是。众惊曰：『山神至矣！』即都纷纷四去。李亦伏匿坎窞中。既而起视，则肴酒一无所有，惟有破陶器贮溲溺，瓦片上盛蜥蜴数枚而已。

【译文】

山东益都有位名叫李会斗的人，他偶然到山里走走，碰到几个人坐在地上喝酒。他们看到李来了，都高兴地站了起来，拉着他去坐那里，争着劝他的酒。看那盘里盛的菜肴，许多珍品美味，混杂地放在一起。喝得非常高兴，只是芒酒味很淡，还带着一点苦涩的味道。忽然远远地来了一个人，狭长的面孔，约摸有两三尺长；帽子的高度和宽度，和他的面孔很相称。大家吃惊地说：『山神来了！』马上纷纷四散。李也躲到一个坑洞里；过了一会站起来看，那些酒肴已经一无所有，只有破烂的陶器中盛着一些小便，瓦片上放着几只蜥蜴而已。

# 菱角

胡大成，楚人。其母素奉佛。成从塾师读，道由观音祠，母嘱过必入叩。一日，至祠，有少女挽儿遨戏其中，发裁掩颈，而风致娟然。时成年十四，心好之。问其姓氏。女笑云：『我祠西焦画工女菱角也。问将何为？』成又问：『有婿家无？』女酡然曰：『无也。』成言：『我为若婿，好否？』女惭云：『我不能自主。』而眉目澄澄，上下睨成，意似欣属焉。成乃出。女追而遥告曰：『崔尔诚，吾父所善，用为媒，无不谐。』成曰：『诺。』因念其慧而多情，益倾慕之。归，向母实白心愿。母止此儿，常恐拂之，即浼崔作冰，焦责聘财奢，事已不就。崔极言成清族美才，焦始许之。成有伯父，老而无子，授教职于湖北。妻卒任所，母遣成往奔其丧。数月将归，伯又病，亦卒。淹留既久，适大寇据湖南，家耗遂隔。成窜民间，吊影孤惶而已。一日，有媪年四十八九，萦回村中，日昃不去。自言：『离乱罔归，将以自鬻。』或问其价。言：『不屑为人奴，亦不愿为人妇，但有母我者，则从之，不较直。』闻者皆笑。成往视之，面目间有一二颇肖其母，触于怀而大悲。自念只身，无缝纫者，遂邀归，执子礼焉。媪喜，便为炊饭织屦，劬劳若母。拂意辄谴之；而少有疾苦，则濡煦过于所生。忽谓曰：『此处太平，幸可无虞。然儿长矣，虽在羁旅，大伦不可废。三两日，当为儿娶之。』成泣曰：『儿自有妇，但间阻南北耳。』媪曰：『大乱时，人事翻覆，何可株待？』成又泣曰：『无论结发之盟不可背，且谁以娇女付萍梗人？』媪不答，但为治帘幌衾枕，甚周备。亦不识所自来。一日，日既夕，戒成曰：『烛坐勿寐，我往视新妇来也未。』遂出门去。三更既尽，媪不返，心大疑。俄闻门外哗，出视，则一女子坐庭中，蓬首啜泣。惊问：『何人？』亦不语。良久，乃言曰：『娶我来，即亦非福，但有死耳！』成大惊，不知其故。女曰：『我少受聘于胡大成，不意湖北去，音信断绝。父母强以我归汝家。身可致，志不可夺也！』成闻而哭曰：『即我是胡某。卿菱角耶？』女收涕而骇，不信。相将入室，即灯审顾，曰：『得无梦耶？』于是转悲为喜，相道离苦。先是乱后，湖南百里，涤地无类。焦携家窜长沙之东，又受周生聘。乱中不能成礼，期是夕送诸其家。女泣不盥栉，家中强置车中。至途次，女颠坠车下。遂有四人荷肩舆至，云是周家迎女者，即扶升舆，疾行若飞，至是始停。一老姥曳入，曰：『此汝夫家，但入勿哭。汝家婆婆，旦晚将至矣。』乃去。成诘知情事，始悟媪神人也。夫妻焚香共祷，愿得母子复聚。母自戎马戒严，同侍人妇奔伏涧谷。一夜，噪言寇至，即并张皇四匿。有童子以骑授母。母急不暇问，扶肩而上，轻迅剽遬，瞬息至湖上。马踏水奔腾，蹄下不波。无何，扶下，指一户云：『此中可居。』母将启谢；回视其马，化为金毛犼，高丈余，童子超乘而去。母以手挝门，豁然启扉。有人出问，怪其音熟，视之，成也。母子抱哭，妇亦惊起，一门欢慰。疑媪为大士现身，由此持观音经咒益虔。遂流寓湖北，治田庐焉。

【译文】

胡大成，是湖南人。他的母亲一直都很信奉佛教。他在私塾里跟着老师读书，每天路经观音庙；母亲嘱咐他，过庙的时候一定要进去磕几个头。一天，他进了观音庙，有个小姑娘领着一个小男孩，正在庙里做游戏呢。那个小姑娘头发刚刚盖住脖子，容颜姿态却很娟秀美好。当时胡大成十四岁了，心里爱上了小姑娘。他询问小姑娘的姓名，小姑娘笑着说：『我家住在观音庙的西边，我是焦画工的女儿，名叫菱角。你问这个想要干什么？』胡大成又问她：『有没有婆家？』小姑娘红着脸说：『没有婆家。』胡大成说：『我给你做女婿，好吗？』小姑娘羞答答地说：『我自己不能做主。』但却瞪着两只清亮亮的眼睛，上上下下地瞅着他，心里好像很高兴地答应了他的求婚。

胡大成给观音磕完了头，就出了庙门。菱角追出来，远远地告诉他说：『崔尔诚，是我父亲的好朋友，你去求他做媒，没有不妥的。』他应了一声：『好的。』想到小姑娘聪明而又多情，就更加倾心地爱慕她。回到家里以后，向母亲老老实实地说了自己的心愿。母亲只有这么一个儿子，常常害怕违背他的心意，就去请求崔尔诚给他做媒。焦画工过分地索取聘礼，不愿答应这门亲事。崔尔诚介绍胡大成是书香门第，又很有才华，焦画工才答应了。

胡大成有个伯父，年老没有儿子，被委任在湖北一个县里做学官。老伴儿死在他的任所，母亲打发胡大成前去奔丧。胡大成去了好几个月，将要回来的时候，伯父又病了，也死在任所。他逗留了很久，恰好大盗占据了湖南，家里的信息就断绝了。他流窜于民间，孤单单的一个人，只能对着自己的影子，恐惧不安地哀伤而已。

一天，有个四十八九岁的老太太，在村子里绕来绕去，太阳已经偏西了，也没离开村子。她自己说：『因为遭到战乱，和家人离散了，无家可归，要自己出卖自己。』有人询问她的身价。她说：『我不屑做奴仆，也不愿给人做老婆，只有把我当作母亲的，我才跟随他，不计较身价。』听到的人都笑她荒唐。胡大成前去一看，见她面目之间有一两个地方很像自己的母亲，便触动了胸怀，感到很悲痛。考虑自己孤单单的一个人，没有人给他缝缝补补的，就把老太太请回家里，执行儿子的礼节。老太太很高兴，给他做饭、编制鞋子，辛辛苦苦地为他操劳，就像他的母亲一样。胡大成如果违背她的意志，她就责备他；但他稍微有点头疼脑热，就体贴入微地给予照顾，胜过亲生的儿子。一天，她忽然对胡大成说：『这个地方很太平，庆幸没有值得忧虑的事情。但你已经长大成人了，虽然漂泊在外地，婚姻大事也是不可废弃的。两三天之内，应该给你娶个媳妇。』他流着眼泪说：『儿子自有媳妇，只是间隔在南北两地罢了。』老太太说：『天下大乱的时候，人间的事情翻天覆地，怎能守株待兔呢？』他又哭着说：『不要说结发的婚约不能违背，而且谁能把娇生惯养的女儿嫁给一个脚下没根、漂泊不定的流浪人呢？』老太太不回答，只是给他置办门帘、帐幔、被子和枕头，准备得很齐全，也不知是从哪里弄来的。

一天，日落西山以后，老太太告诉他说：『你要点上灯烛坐在家里，不要睡觉，我去看看新娘子来了没有。』说完就出门走了。三更过了，老太太也没回来。他心里很疑惑。过了不一会儿，听见门外喧哗，出去一看，只见一个女子坐在院子里，头上乱蓬蓬的，在抽抽咽咽地哭泣着。他惊讶地问道：『你是谁？』女子也不立即说话，哭了很长时间，才说：『你把我娶来，也不是你的幸福，我只有一死罢了！』他大吃一惊，不知她为什么想要寻死。女子说：『我小时候就把终身许给了胡大成；不料胡大成去了湖北，音信就断绝了。父母硬要把我嫁到你家。可以把身子送到你家，我的意志是不能强夺的！』他听完就哭着说：『我就是胡大成。你是菱角吗？』女子收住眼泪，吃了一惊，不信他是胡大成。一起进了屋里，就着灯光仔细看了看，才说：『我是不是做梦啊？』于是转悲为喜，互相追述离别以后的苦难。

在这以前，家乡遭到战乱之后，湖南百里以内，地皮像洗过一样，什么东西也没有了。焦画工携家带口逃到长沙以东，又接受了周生的聘礼。荒乱中不能举行婚礼，选定今天晚上把她送到周家。菱角流着眼泪，不洗脸也不梳头，家里的人硬把她塞进了车子。走到半路上，她一个前失掉下了车子。就有四个人抬来一乘小轿，说是周家迎接新娘的，把她搀进轿子里，抬起来就走，快得好像飞一样，到了这里才停下。有个老太太把她拽进院子里，说：『这是你丈夫的家，只要进去就行了，不要哭泣。你家的婆婆，早晚就要来了。』说完就离开了院子。胡大成问清了这些情况，才知道老太太是个神仙。夫妻二人烧起高香，共同祈祷，但愿母子重新得到团聚。

胡大成的母亲在兵荒马乱的时候，和同村的妇女一起逃进深山，藏在涧谷之中。一天晚上，大家吵吵嚷嚷的，说是强盗来了，都一起慌慌张张地四处隐藏。有一个童子，牵来一匹马，交给了母亲。母亲在急迫之中，没有工夫打听情况，就扶着童子的肩头跨上了马背。骏马轻捷而又迅速地往前奔驰，眨眼来到洞庭湖上。马又踏着湖水往前奔腾，蹄子下面没有波涛。不一会儿，童子把她扶下来，指着一个大门说：『这里可以居住。』母亲刚要开口向他道谢；回头看看那匹马，已经变成观音大士的金毛犼，身高一丈多，童子骑上飞走了。

母亲伸手敲门，门豁然开了。有人出来问她是谁，声音很熟悉，仔细一看，是胡大成。母子相逢，抱头痛哭。媳妇也惊讶地爬起来。全家欢欣而又安慰，怀疑那个老太太是观音大士现身。从此以后，他更加虔诚地诵读观音大士的经咒。于是就定居在湖北，置办了良田，造了房子。

## 向杲

向杲，字初旦，太原人。与庶兄晟，友于最敦。晟狎一妓，名波斯。有割臂之盟；以其母取直奢，所约不遂。适其母欲从良，愿先遣波斯。有庄公子者，素善波斯，请赎为妾。波斯谓母曰：『既愿同离水火，是欲出地狱而登天堂也。若妾媵之，相去几何矣！肯从奴志，向生其可。』母诺之，以意达晟。时晟丧偶未婚，喜，竭资聘波斯以归。庄闻，怒夺所好，途中偶逢，大加诟骂。晟不服，遂嗾从人折箠笞之，垂毙，乃去。杲闻奔视，则兄已死。不胜哀愤。具造赴郡。庄广行贿赂，使其理不得伸。杲隐忿中结，莫可控诉，惟思要路刺杀庄。日怀利刃，伏于山径之莽。久之，机渐泄。庄知其谋，出则戒备甚严；闻汾州有焦桐者，勇而善射，以多金聘为卫。杲无计可施，然犹日伺之。一日，方伏，雨暴作，上下沾濡，寒战颇苦。既而烈风四塞，冰雹继至，身忽然痛痒不能复觉。岭上旧有山神祠，强起奔赴。既入庙，则所识道士在内焉。先是，道士尝行乞村中，杲辄饭之，道士以故识杲。见杲衣服濡湿，乃以布袍授之，曰：『姑易此。』杲易衣，忍冻蹲若犬，自视，则毛革顿生，身化为虎。道士已失所在。心中惊恨。转念：得仇人而食其肉，计亦良得。下山伏旧处，见已尸卧丛莽中，始悟前身已死；犹恐葬于乌鸢，时时逻守之。越日，庄始经此，虎暴出，于马上扑庄落，龁其首，咽之。焦桐返马而射，中虎腹，蹶然遂毙。杲在错楚中，恍若梦醒；又经宵，始能行步，厌厌以归。家人以其连夕不返，方共骇疑，见之，喜相慰问。杲但卧，蹇涩不能语。少间，闻庄信，争即床头庆告之。杲乃自言：『虎即我也。』遂述其异。由此传播。庄子痛父之死甚惨，闻而恶之，因讼杲。官以其诞而无据，置不理焉。

异史氏曰：『壮士志酬，必不生返，此千古所悼恨也。借人之杀以为生，仙人之术亦神哉！然天下事足发指者多矣。使怨者常为人，恨不令暂作虎！』

【译文】

向杲，号初旦，是太原人。他有一个异母的哥哥，名叫向晟，两人很是友爱。向晟爱着一个名叫波斯的妓女，约定一定要把她娶回家来。但是由于波斯的母亲要的身价太高，向晟没有达到这个目的。后来，波斯的母亲自己想从良了，又打算先把波斯嫁出去。这时，有一个庄公子，他本来也喜欢波斯，就预备把她赎出去做妾。波斯却对母亲说道：『既然我们都要嫁人，这正像是从地狱里走上天堂。如果离开了火坑还是去做人家的小老婆，这和做妓女也差不了多少。你要是允许我自己选择，我是愿意嫁给向晟的。』她母亲答应了，便把这个意思通知向晟。这时向晟的妻子死了，还没有再娶，一听这消息，十分高兴，竭力筹集了一笔款子，把波斯娶了回来。这事被庄公子知道了，恨向晟夺他喜欢的人，一次偶然在路上碰到，对他百般辱骂。向晟不服气，庄公子便叫跟随的仆人拿马鞭子打他，直到向晟快死了，他们才扬长而去。向杲听到消息，赶去一看，哥哥已经死了，心里又是悲恸，又是气愤，便到衙门里去告状。姓庄的向各方面行贿，使得向杲没法申冤。向杲心里恼恨极了，又无处申诉，便想在路上刺杀姓庄的，成天带着一把锋利的刀子，伏在山路旁边的草丛里。日子一久，这计划泄露出去，被姓庄的知道了。姓庄的出门时就戒备很严。他听说汾州有一个名叫焦桐的，很勇敢，善于骑射，便出了很高的代价，请他来做保镖。向杲的计划虽然难以实现，但是他依然天天等候机会，并不灰心。有一天，他正在草中潜伏，忽然下大雨，把他淋个湿透，冻得浑身发抖。过了一会儿，寒风四起，又下了一阵冰雹。向杲忽然像是失掉了知觉。岭上原有一座山神庙，他勉强向那里奔去。一进庙门，见他所认识的一个道士正在里面。这道士从前曾经到过村中乞食，向杲总是给他饭吃。因此，道士认识向杲。道士见向杲衣服湿透了，便取出一件布袍子给他，说道：『你暂时把它换上。』向杲穿上袍子，忍着冻，像狗一般蹲在地上。低头一瞧，见自己已满身是毛，变成了一只老虎。这时，道士不知道到哪里去了。向杲又惊又恨。但转念一想，如果能把仇人捉住，吃他的肉，这办法倒也很好。他下山跑到先前潜伏的所在，看到自己的尸体躺在草丛里，这才知道自己已经死了。他唯恐尸体被乌鸦老鹰啄食，便时时防守着。过了一天，姓庄的恰好从山上经过。老虎突然跑出来，扑向那姓庄的，姓庄的从马上跌了下来。老虎咬断了他的头，嚼着吃。保镖焦桐转身放箭，射中了老虎的肚子，老虎也立即倒地死了。向杲迷迷糊糊地醒过来，像是做了一场梦。又过了一夜，才能勉强走路，有气无力地回到家里。家中人因为他几夜没有回来，正在惊骇怀疑，一见他，都很高兴，前来向他慰问。向杲只是睡在床上，舌头僵硬得说不上话来。过了不久，消息传来，姓庄的被老虎咬死了。大家争先跑到床前告诉他，向他贺喜。向杲说道：『那老虎就是我呀！』于是他把经过情形详细讲了一遍，这事便传开了。姓庄的儿子因为父亲死得很惨，听到这项传闻，气极了，便去控告向杲。县官觉得事情太离奇，又没有真凭实据，就没有受理。

异史氏说：『壮士完成了自己的志愿，一定不能活着回来，这是千古以来人们所痛惜和遗憾的。借虎去杀人，让人能活着，神仙的办法也太妙了。不过天下的事，令人发指眦裂的很多，使受屈的常为人，恨不得让他们暂时去做虎的好。』

## 董公子

青州董尚书可畏，家庭严肃，内外男女，不敢通一语。一日，有婢仆调笑于中门之外，公子见而怒叱之，各奔去。及夜，公子偕僮卧斋中。时方盛暑，室门洞敞。更深时，僮闻床上有声甚厉，惊醒。月影中，见前仆提一物出门去。以其家人故，弗深怪，遂复寐。忽闻靴声訇然，一伟丈夫赤面修髯，似寿亭侯像，捉一人头入。僮惧，蛇行入床下。闻床上支支格格，如振衣，如摩腹，移时始罢。靴声又响，乃去。僮伸颈渐出，见窗棂上有晓色。以手扪床上，着手沾湿，嗅之血腥。大呼公子，公子方醒。告而火之，血盈枕席。大骇，不知其故。忽有官役叩门。公子出见，役愕然，但言怪事。诘之，告曰：『适衙前一人神色迷惘，大声曰：「我杀主人矣！」众见其衣有血污，执而白之官。审知为公子家人。渠言已杀公子，埋首于关庙之侧。往验之，穴土犹新，而首则并无。』公子骇异，趋赴公庭，见其人即前狎婢者也。因述其异。官甚惶惑，重责而释之。公子不欲结怨于小人，以前婢配之，令去。积数日，其邻堵者，夜闻仆房中一声震响若崩裂，急起呼之，不应。排闼入视，见夫妇及寝床，皆截然断而为两。木肉上俱有削痕，似一刀所断者。关公之灵迹最多，未有奇于此者也。

【译文】

青州的董可畏尚书，家里的规矩很严格，内宅外宅的男人和女人不能说句话。一天，有个丫鬟和一个男仆在中门外调笑，董公子看见便发怒狠狠地训斥了他们一顿，二人便各自散去。到了夜里，董公子和一个童仆睡在了书斋中，这时正是盛夏热天，屋门都大敞着。夜深的时候，童仆忽然听见董公子的床上发出一阵凄厉的声音，立即惊醒了。借着月光，见白天的那个男仆提着一件东西出门而去。因为是家人的缘故，童仆也没有很觉奇怪，便又睡下了。过了会儿，童仆忽然又听见走路的靴子声，只见一个身材魁梧的男子，红脸长须，像汉寿亭侯关羽的模样，手提着一颗人头走进来。童仆见了，非常恐惧，像蛇一样扭曲着身子钻进床底。只听得董公子的床上吱吱咯咯地响着，像抖衣服，又像在按摩肚子，过了会儿才不响了。听见靴子声又响起来，来人离开了。童仆伸着脖子慢慢爬出来，见窗棂上有了亮色。用手摸摸董公子的床上，粘了一手湿漉漉的东西，一闻有血腥气味。童仆大叫公子，董公子才醒了。童仆告诉他刚才见到的情形，二人点上灯照了照，只见鲜血流满了枕席。董公子十分惊骇，不明白怎么回事。

忽然一个官府的衙役来敲门，董公子出去接见，衙役看见他很惊讶，连说怪事。董公子询问他怎么了，衙役告诉他说：『刚才官衙前有一人神色迷离恍惚，大声说：「我杀了主人了！」众人见他衣服上有血污，就将他抓住告了官。一审得知是你的家人。他说自己已经杀了公子，将头埋到关帝庙的一侧。我们到关帝庙察看了察看，见挖的坑土还是新的，头却没有。』董公子听了既吃惊又奇怪，连忙赶去官府，见那人正是先前调戏丫鬟的那个男仆。于是便讲了事情的起因经过，官府的官员们听了也觉得十分疑惑，便将男仆痛打一顿释放了。董公子不想和小人结怨，便把男仆调戏的那个丫头许配给他，让他们离开了自己家。

过了几天，与这个仆人一墙之隔的邻居听到仆人家的房里传出一声震响，天崩地裂一般，急忙起来呼喊仆人，却没人应声。撞开门进屋一看，见仆人夫妇二人连同他们睡的床都断为两截，床和人身上都有刀削的痕迹，像是被刀斩断。关公显灵的事情很多，却没有比这件事更神奇的了。

## 聂政

怀庆潞王，有昏德。时行民间，窥有好女子，辄夺之。有王生妻，为王所睹，遣舆马直入其家。女子号泣不伏，强舁而出。王亡去，隐身聂政之墓，冀妻经过，得一遥诀。无何，妻至，望见夫，大哭投地。王恻动心怀，不觉失声。从人知其王生，执之，将加搒掠。忽墓中一丈夫出，手握白刃，气象威猛，厉声曰：『我聂政也！良家子岂容强占！念汝辈不能自由，姑且宥恕。寄语无道王：若不改行，不日将抉其首！』众大骇，弃车而走；丈夫亦入墓中而没。夫妻叩墓归，犹惧王命复临。过十余日，竟无消息，心始安。王自是淫威亦少杀云。

异史氏曰：『余读刺客传，而独服膺于轵深井里也：其锐身而报知己也，有豫之义；白昼而屠卿相，有之勇；皮面自刑，不累骨肉，有曹之智。至于荆轲，力不足以谋无道秦，遂使绝裾而去，自取灭亡。轻借樊将军之头，何日可能还也？此千古之所恨，而聂政之所嗤者矣。闻之野史：其坟见掘于羊、左之鬼。果尔，则生不成名，死犹丧义，其视聂之抱义愤而惩荒淫者，为人之贤不肖何如哉！噫！聂之贤，于此益信。』

【译文】

安徽怀庆有一个名叫潞王的，荒淫无度，他经常会带人到民间去巡视，如果看见有标致的女子，就要把她抢走。有一个名叫王生的人，他的妻子也被潞王看上了，潞王就派遣车马闯进他的家里，王妻哭着去反抗，来的人硬把她给抬出去了。这时候，王生跑出去，藏身在聂政墓的旁边，希望妻子路过这里的时候，还能见上一面，远远地和她告别。一会儿，王生的妻子果然来到，看见丈夫，就哭喊着跳到地上。王生心里非常悲伤，也痛哭起来。随从们知道这就是王生，便把他抓住，就要拷打。这时忽然从墓中跳出一位大丈夫，手里拿着钢刀，气势威武，厉声说道：『我就是聂政！良家妇女怎么能让你们随便掠去！想到你们这些东西，都是身不由己，暂时原谅你们。麻烦你们告诉那荒淫的昏王，如果不改掉这种恶行，几天后我一定会就砍掉他的头！』大家非常害怕，丢下车逃跑了。这个大丈夫也进入墓中消失了。王生夫妻在墓前叩拜以后就回家了，回到家里还很担心，怕潞王再回来。十几天后，也没有什么消息，才放下心来。据说，从发生这件事以后，潞王的淫威也慢慢地收敛起来了。

异史氏说：『我读过刺客传，只敬佩聂政，他不顾忌自己的生命来报答知己，有大义之气；在众目睽睽之下刺杀当朝宰相，有专诸的勇猛；事成以后自毁容貌，不连累骨肉亲人，有曹刿的智慧。至于荆轲，没有能力刺杀无德的秦始皇，使他能够断襟逃脱，而自己却自取灭亡。他轻率地借了樊於期将军的头，什么时候才能还啊？荆轲这个千古的憾事，却要被聂政所嗤笑了。从野史上看到，荆轲的坟墓被羊角哀、左伯桃的鬼魂掘了。倘若真是如此，那么荆轲就是活着的时候没有成名，死去以后还丧失了侠义之气，这和聂政抱不平惩治荒淫的行为相比，为人的贤良与不肖，相差得就太远了。啊，聂政的贤良，从这件事上更加坚定不移了。』

## 山市

奂山山市，邑八景之一也，数年恒不一见。孙公子禹年，与同人饮楼上，忽见山头有孤塔耸起，高插青冥。相顾惊疑，念近中无此禅院。无何，见宫殿数十所，碧瓦飞甍，始悟为山市。未几，高垣睥睨，连亘六七里，居然城郭矣。中有楼若者、堂若者、坊若者，历历在目，以亿万计。忽大风起，尘气莽莽然，城市依稀而已。既而风定天清，一切乌有；惟危楼一座，直接霄汉。五架窗扉皆洞开；一行有五点明处，楼外天也。层层指数：楼愈高，则明愈少；数至八层，裁如星点；又其上，则黯然缥缈，不可计其层次矣。而楼上人往来屑屑，或凭或立，不一状。逾时，楼渐低，可见其顶；又渐如常楼；又渐如高舍；倏忽如拳如豆，遂不可见。又闻有早行者，见山上人烟市肆，与世无别，故又名『鬼市』云。

【译文】

淄川奂山的山市，是当地著名的景观之一，经常是都几年见不到一次。有位名叫孙禹年的公子和朋友们正在楼上喝酒，忽见奂山山头高高耸立着一座孤塔，直插入云霄。孙公子和众人都十分地惊疑，心想附近并没有什么寺院，哪来的佛塔啊？不一会儿，又见出现了几十座宫殿，绿色的琉璃瓦，高大的屋脊两端向上翘起，众人这才醒悟是出现了山市。不一会儿，出现了一道布满瞭望口的高大城墙，连绵六七里，居然是一座城市的样子。城中有的像高楼，有的像厅堂，历历在目，数以亿万计。

忽然一阵大风刮起，尘气苍苍茫茫，城市只依稀可见。又过一会儿，风过天清，一切都为乌有；只有一座高楼，耸入云霄，每层楼有五个窗户洞开着，五个亮点一行排着，那是透过窗口看见的蓝天。一层层指着数，楼层越高，亮点越小，数到第八层，亮点才像星星那么大；再往上，则变得很暗，虚无缥缈，无法再计算楼层了。而楼上的人来往奔忙，或倚着或站着，动作不一。过了会儿，高楼渐渐低下来，可以望见楼顶；又渐渐如平常的楼一样高；又渐渐和房舍一样高，倏忽间像拳头那么大，像豆粒那么小，接着就什么也看不见了。又听说有早起赶路的人，见奂山上商店集市人来人往，与人世间没有两样，所以又称作『鬼市』。

## 江城

临江高蕃，少慧，仪容秀美。十四岁入邑庠。富室争女之；生选择良苛，屡梗父命。父仲鸿，年六十，止此子，宠惜之，不忍少拂。初，东村有樊翁者，授童蒙于市肆，携家僦生屋。翁有女，小字江城，与生同甲，时皆八九岁，两小无猜，日共嬉戏。后翁徙去，积四五年，不复闻问。一日，生于隘巷中，见一女郎，艳美绝俗。从以小鬟，仅六七岁。不敢倾顾，但斜睨之。女停睇，若欲有言。细视之，江城也。顿大惊喜。各无所言，相视呆立，移时始别，两情恋恋。生故以红巾遗地而去。小鬟拾之，喜以授女。女入袖中，易以己巾，伪谓鬟曰：『高秀才非他人，勿得讳其遗物，可追还之。』小鬟果追付生。生得巾大喜。归见母，请与论婚。母曰：『家无半间屋，南北流寓，何足匹偶？』生言：『我自欲之，固当无悔。』母不能决，以商仲鸿，鸿执不可。生闻之闷闷，嗌不容粒。母忧之，谓高曰：『樊氏虽贫，亦非狙侩无赖者比。我请过其家，倘其女可偶，当亦无害。』高曰：『诺。』母托烧香黑帝祠，诣之。见女明眸秀齿，居然娟好，心大爱悦。遂以金帛厚赠之，实告以意。樊媪谦抑而后受盟。归述其情，生始解颜为笑。逾岁，择吉迎女归，夫妻相得甚欢。而女善怒，反眼若不相识；词舌嘲啁，常聒于耳。生以爱故，悉含忍之。翁媪闻之，心弗善也，潜责其子。为女所闻，大恚，诟骂弥加。生稍稍反其恶声，女益怒，挞逐出户，阖其扉。生门外，不敢叩关，抱膝宿檐下。女从此视若仇。其初，长跪犹可以解；渐至屈膝无灵，而丈夫益苦矣。翁姑薄让之，女抵牾不可言状。翁姑忿怒，逼令大归。樊惭惧，浼交好者请于仲鸿，仲鸿不许。年余，生出遇岳，岳邀归其家，谢罪不遑。妆女出见，夫妇相看，不觉恻楚。樊乃沽酒款婿，酬劝甚殷。日暮，坚止留宿，扫别榻，使夫妇并寝。既曙辞归，不敢以情告父母，掩饰弥缝。自此三五日，暂一寄岳家宿，而父母不知也。樊一日自诣仲鸿。初不见，迫而后见之。樊膝行而请。高不承，诿诸其子。樊曰：『婿昨夜宿仆家，不闻有异言。』高惊问：『何时寄宿？』樊具以告。高赧谢曰：『我固不知。彼爱之，我独何仇乎？』樊既去，高呼子而骂。生但俯首，不少出气。言间，樊已送女至。高曰：『我不能为儿女任过，不如各立门户，即烦主析爨之盟。』樊劝之，不听。遂别院居之，遣一婢给役焉。月余，颇相安，翁妪窃慰。未几，女渐肆，生面上时有指爪痕；父母明知之，亦忍不置问。一日，生不堪挞楚，奔避父所，茫茫然如鸟雀之被鹯殴者。翁媪方怪问，女已横梃追入，竟即翁侧捉而箠之。翁姑涕噪，略不顾瞻，挞至数十，始悻悻以去。高逐子曰：『我惟避嚣，故析尔。尔固乐此，又焉逃乎？』生被逐，徙倚无所归。母恐其折挫行死，令独居而给之食。又召樊来，使教其女。樊入室，开谕万端，女终不听，反以恶言相苦。樊拂衣去，誓相绝。无何，樊翁愤生病，与妪相继死。女恨之，亦不临吊，惟日隔壁噪骂，故使翁姑闻。高悉置不知。生自独居，若离汤火，但觉凄寂。暗以金啖媒媪李氏，纳妓斋中，往来皆以夜。久之，女微闻之，诣斋谩骂。生力白其诬，矢以天日，女始归。自此日伺生隙。李媪自斋中出，适相遇，急呼之；媪神色变异，女愈疑，谓媪曰：『明告所作，或可宥免；若有隐秘，撮毛尽矣！』媪战而告曰：『半月来，惟勾栏李云娘过此两度耳。适公子言，曾于玉笥山见陶家妇，爱其双翘，嘱奴招致之。渠虽不贞，亦未便做夜度娘，成否故未必也。』女以其言诚，姑从宽恕。媪欲去，又强止之。日既昏，呵之曰：『可先往灭其烛，便言陶家至矣。』

媪如其言。女即遽入。生喜极，挽臂促坐，具道饥渴。女默不语。生暗中索其足，曰：『山上一觐仙容，介介独恋是耳。』女终不语。生曰：『夙昔之愿，今始得遂，何可觌面而不识也？』躬自促火一照，则江城也。大惧失色，堕烛于地，长跪觳觫，若兵在颈。女摘耳提归，以针刺两股殆遍，乃卧以下床，醒则骂之。生以此畏若虎狼；即偶假以颜色，枕席之上，亦震慑不能为人。女批颊而叱去之，益厌弃不以人齿。生日在兰麝之乡，如犴狴中人，仰狱吏之尊也。女有两姊，俱适诸生。长姊平善，讷于口，常与女不相洽。二姊适葛氏，为人狡黠善辩，顾影弄姿，貌不及江城，而悍妒与埒。姊妹相逢无他语，惟各以阃威自鸣得意。以故二人最善。生适戚友，女辄嗔怒；惟适葛所，知而不禁。一日，饮葛所。既醉，葛嘲曰：『子何畏之甚？』生笑曰：『天下事颇多不解：我之畏，畏其美也；乃有美不及内人，而畏甚于仆者，惑不滋甚哉？』葛大惭，不能对。婢闻，以告二姊。二姊怒，操杖遽出。生见其凶，踩屣欲走。杖起，已中腰膂；三杖三蹶而不能起。误中颅，血流如沈。二姊去，蹒跚而归。妻惊问之。初以连姨故，不敢遽告；再三研诘，始具陈之。女以帛束生首，忿然曰：『人家男子，何烦他挞楚耶！』更短袖裳，怀木杵，携婢径去。抵葛家，二姊笑语承迎。女不语，以杵击之，仆；裂裤而痛楚焉。齿落唇缺，遗失溲便。女返，二姊羞愤，遣夫赴诉于高。生趋出，极意温恤。葛私语曰：『仆此来，不得不尔。悍妇不仁，幸假手而惩创之，我两人何嫌焉？』女已闻之，遽出，指骂曰：『龌龊贼！妻子亏苦，反窃窃与外人交好！此等男子，不宜打煞耶！』疾呼觅杖。葛大窘，夺门窜去。生由此往来全无一所。同窗王子雅过之，宛转留饮。饮间，以闺阁相谑，颇涉狎亵。女适窥客，伏听尽悉，暗以巴豆投汤中而进之。未几，吐利不可堪，奄存气息。女使婢问之曰：『再敢无礼否？』始悟病之所自来，呻吟而哀之。则绿豆汤已储待矣。饮之乃止。从此同人相戒，不敢饮于其家。王有酤肆，肆中多红梅，设宴招其曹侣。生托文社，禀白而往。日暮，既酣，王生曰：『适有南昌名妓，流寓此间，可以呼来共饮。』众大悦。惟生离席，兴辞。群曳之曰：『阃中耳目虽长，亦听睹不至于此。』因相矢缄口。生乃复坐。少间，妓果出。年十七八，玉珮丁冬，云鬟掠削。问其姓，云：『谢氏，小字芳兰。』出词吐气，备极风雅，举座若狂。而芳兰犹属意生，屡以色授。为众所觉，故曳两人连肩坐。芳兰阴把生手，以指书掌作『宿』字。生于此时，欲去不忍，欲留不敢，心如乱丝，不可言喻。而倾头耳语，醉态益狂，榻上胭脂虎，亦并忘之。少选，听更漏已动，肆中酒客愈稀；惟遥座一美少年，对烛独酌，有小僮捧巾侍焉。众窃议其高雅。无何，少年罢饮出门去。僮返身入，向生曰：『主人相候一语。』众则茫然，惟生颜色惨变，不遑告别，匆匆便去。盖少年乃江城，僮即其家婢也。生从至家，伏受鞭扑。从此禁锢益严，吊庆皆绝。文宗下学，生以误讲降为青。一日，与婢语，女疑与私，以酒坛囊婢首而挞之。已而缚生及婢，以绣剪剪腹间肉互补之，释缚令其自束。月余，补处竟合为一云。女每以自足踏饼尘土中，叱生摭食之。如是种种。母以忆子故，偶至其家，见子柴瘠，归而痛哭欲死。夜梦一叟告之曰：『不须忧烦，此是前世因。江城原静业和尚所养长生鼠，公子前生为士人，偶游其地误毙之。今作恶报，不可以人力回也。每早起，虔心诵观音咒一百遍，必当有效。』醒而述于仲鸿，异之，夫妻遵教。虔诵两月余，女横如故，益之狂纵。闻门外钲鼓，辄握发出，憨然引眺，千人指视，恬不为怪。翁姑共耻之，而不能禁。忽有老僧在门外宣佛果，观者如堵。僧吹鼓上革作牛鸣。女奔出，见人众无隙，命婢移行床，翘登其上。众目集视，女如弗觉。逾时，僧敷衍将毕，索清水一盂，持向女而宣言曰：『莫要嗔，莫要嗔！前世也非假，今世也非真。咄！鼠子缩头去，勿使猫儿寻。』宣已，吸水射女面，粉黛淫淫，下沾衿袖。众大骇，意女暴怒，女殊不语，拭面自归。僧亦遂去。女入室痴坐，嗒然若丧，终日不食，扫榻遽寝。中夜忽唤生醒。生疑其将遗，捧进溺盆。女却之。暗把生臂，曳入衾。生承命，四体惊悚，若奉丹诏。女慨然曰：『使君如此，何以为人！』乃以手抚扪生体，每至刀杖痕，嘤嘤啜泣，辄以爪甲自掐，恨不即死。生见其状，意良不忍，所以慰藉之良厚。女曰：『妾思和尚必是菩萨化身。清水一洒，若更腑肺。今回忆曩昔所为，都如隔世。妾向时得毋非人耶？有夫妇而不能欢，有姑嫜而不能事，是诚何心！明日可移家去，仍与父母同居，庶便定省。』絮语终夜，如话十年之别。昧爽即起，折衣敛器，婢携簏，躬襆被，促生前往叩扉。母出骇问，告以意。母尚迟回，女已偕婢入。母从入。女伏地哀泣，但求免死。母察其意诚，亦泣曰：『吾儿何遽如此？』生为细述前状，始悟曩昔之梦验也。喜，唤厮仆为除旧舍。女自是承颜顺志，过于孝子。见人，则如新妇。或戏述往事，则红涨于颊。且勤俭，又善居积；三年，翁媪不问家计，而富称巨万矣。生是岁乡捷。女每谓生曰：『当日一见芳兰，今犹忆之。』生以不受荼毒，愿已至足，妄念所不敢萌，唯唯而已。会以应举入都，数月乃返。入室，见芳兰方与江城对弈。惊而问之，则女以数百金出其籍矣。此事浙中王子雅言之甚详。

异史氏曰：『人生业果，饮啄必报，而惟果报之在房中者，如附骨之疽，其毒尤惨。每见天下贤妇十之一，悍妇十之九，亦以见人世之能修善业者少也。观自在愿力宏大，何不将盂中水洒大千世界也？』

【译文】

临江书生高蕃，从小就十分聪慧，仅仅十四岁就考上了秀才。当地的有钱人家都争着把女儿许配给他，可是都被他拒绝了。

他的父亲高仲鸿已经六十岁了，只有这一个儿子，不忍心违背他的意志，就一直没有给他定亲。东村有个樊翁，以教书为生，租了高家的房屋居住。樊翁有个女儿，小名叫江城，和高蕃同岁。他们从小一起长大，八九岁时还常常在一起玩耍。后来，樊翁搬走了，两家人有四五年没有见过面。一天，高蕃在小巷中遇到一位女郎，长得非常漂亮，后面跟着个六七岁的小丫鬟，高蕃斜着眼睛瞧她。女郎也停住脚步，斜着眼睛看他，好像有话要说的样子。高蕃觉得奇怪，再仔细端详，认出原来这个女郎就是江城，顿时又惊又喜。两个人呆呆地站在那里，谁也没有开口说话，只是含情脉脉地注视着对方。就这样过了很久才各自走开，心中还有些恋恋不舍。高蕃故意把自己的红手绢丢在地上，小丫鬟赶紧拾起来，欢欢喜喜地交给了江城。江城迅速换成自己的手巾，对小丫鬟说：『咱们可不能隐藏高公子的东西，你快去还给他吧！』小丫鬟果然追过去把手巾还给了高蕃，他高兴极了。回到家里，高蕃就和母亲商量，请求到樊家去提亲。高母来到樊家，见江城明眸皓齿，十分秀美，心中很是喜爱。当即如实说了自己的来意，樊婆婆高兴地答应了。过了一年多，高蕃便和江城办了亲事。

成亲后，两个人十分和美。但是江城脾气急躁，很容易生气，说话尖酸刻薄。高蕃因为爱她，所以一再忍让。父母听说后，对江城不满，也责怪儿子不该纵容妻子。江城知道后，心里很恼火，对高蕃更加刻薄。一次，高蕃忍不住回了几句嘴，江城连打带骂，把他赶出房间，紧闭房门。高蕃站在外边，冷得瑟瑟发抖，也不敢敲门，只好缩在屋檐下过了一夜。从此，江城越把高蕃看作仇人一般，经常打骂。公婆看不过去，责备几句，她便出言顶撞，态度骄横。公婆大怒，就逼着儿子把她休了。

一年后，高蕃偶然遇到樊翁，樊翁连连向他道歉，拉着他到了家里，又让江城打扮好出来和女婿见面。夫妻相见，泪如雨下。樊翁于是买酒设宴款待女婿，席上又殷勤劝酒。天黑后，让他们夫妻住在了一起。第二天一早，高蕃回到家中，不敢如实告诉父母，就编造些谎话应付了过去。从此后，他三五天就到樊家住一晚，高父和高母都不知道。

过了一段时间，樊翁去拜见高父，一开始，他避而不见。樊翁再三请求，只好见了一面。一见面，樊翁就对着高父跪了下去，请求他把女儿接回婆家。高父推托说：『这是他们年轻人的事情，我不好干涉。』樊翁说：『女婿昨夜还住在我家，他们已经和好了。』高父惊讶地说：『竟然有这样的事？』樊翁就把这段时间的事情说了一遍，高父红着脸说：『既然他们和好了，我们又何必阻拦呢？』樊翁离去后，高父把儿子叫到跟前，狠狠地责骂了一顿。高蕃只是低头听着，大气儿都不敢出。当天，樊翁就把女儿送来了。高父坚决和他们分了家，让他们住到另外一个院子去。

过了一个多月，夫妻俩相安无事，高父高母暗暗欣慰。可是，没过多久，江城又渐渐放肆起来，高蕃的脸上经常有被指甲抓破的痕迹。父母明明知道，但忍耐着不加过问。一天，高蕃被打得实在受不了，狼狈地逃到父亲这边来躲避。江城手持棍棒追了过来，在公婆面前捉住他猛力捶打。公婆流泪劝阻，江城就好像没有听见一样，连着打了数十棍，才咬牙切齿地离开。高父愤愤地对儿子说：『我分家就是不想看见你们吵闹。你不是喜欢她吗，还逃跑干什么？』高蕃被父亲赶出来，也不敢回自己家。高母恐怕他想不开，就悄悄地给他找了住的地方，又请樊翁过来教育自己的女儿。樊翁来到后，百般开导，江城根本不听，反而用恶言顶撞，樊翁气得拂袖而去，说：『我以后再也没有你这个女儿！』樊翁回去后不久就病倒了，和老伴相继去世。江城对父母怀恨在心，也不回娘家吊唁，只是整日隔着院墙高声叫骂，故意让公婆听到。

高蕃独自住着，虽然没了吵闹，可是也觉得寂寞凄凉。于是，他偷偷买通李媒婆，找了妓女来住。江城听到风声，就到高蕃的住处吵闹不休。高蕃极力为自己辩解，指着天地发誓，江城这才回去了。一天，媒婆刚刚从高蕃住的地方走出来，迎面就见了江城，吓得神色大变。江城心中怀疑，就对她说：『你如实说出来，我就饶了你，否则，就把你的头发全部拔光。』李媒婆颤抖着说：『半个月来，只有妓院的李云娘来住过两宿。刚才，公子让我去找陶家的媳妇，她还未必肯来。』江城想了想，强行把李媒婆留下。

天黑以后，江城对李媒婆说：『你到公子那里去，就说陶家的媳妇到了，让他先把灯吹灭。』李媒婆不敢违背，就按她的吩咐做了。江城随即走进屋子，高蕃以为是陶家媳妇，高兴地拉着她坐下，一边摸着她的双脚，一边说：『我自从见过你后，一直念念不忘，特别喜欢你这双小脚。』江城始终不言不语，高蕃又说：『我们今天终于如愿以偿了，怎么能在黑暗中相对呢？』说着亲自点上了灯，却发现坐在怀中的竟是江城。高蕃吓得像刀架在脖颈上一般，跪在地上战栗不安。江城提着他的耳朵，一直把他揪到自己的房间，用针把他的两条大腿刺个遍，然后让他躺在地下一个低矮的床上，睡醒一觉就痛骂一顿。从此，高蕃就像惧怕虎狼一般畏惧江城。虽然高家十分富裕，可是高蕃却像监狱里的囚犯一样，每天都要看着江城的脸色过日子。

江城有两个姐姐，都嫁给了秀才。大姐性情平和善良，不喜欢说话，与江城很少来往。二姐嫁到葛家，为人狡黠善辩，虽然不是很漂亮，凶悍忌妒的性格却与江城一样。姐妹俩聚到一起，总是夸耀如何制服自己的男人，并因此自鸣得意。高蕃出去拜访亲友时，江城总是生气，只有去葛家，她从不制止。

一天，高蕃在葛家喝酒。葛生嘲笑他说：『你为什么那么怕老婆？』高蕃笑着说：『我惧怕老婆，是因为她漂亮。可还有人，老婆并不漂亮，可他怕得比我还厉害，这不是更让人好笑吗？』说得葛生面红耳赤，一句话也答不上来。婢女听到后，就跑着去告诉了二姐。二姐生气地拿起拐杖，一溜烟儿冲到高蕃面前。高蕃光着脚就要逃，可是被一拐杖打中了腰椎骨，摔倒在地上。又一拐杖打到了头上，顿时血流如注。二姐这才解了气，扔下拐杖走了。高蕃一瘸一拐回到家中，江城看见丈夫的样子，就问发生了么事。刚开始，高蕃因为得罪了二姐，不敢说。经过再三追问，才说了实话。江城一边给他包扎伤口，一边愤愤地说：『人家的丈夫，何必烦劳她痛打呢。』包扎完毕，换上短衣，怀揣木杵，携带着丫鬟就去了。到了葛家，二姐笑呵呵地迎出与她打招呼，她一言不发，抽出木杵一下子就把她击倒。然后撕破她的裤子又狠狠地打了一顿，这才返回自己家。二姐又羞又气，派丈夫找高蕃来理论。高蕃好言安慰，连连赔罪，葛生却悄悄对他说：『我那凶悍的老婆也需要教训一顿，我是迫不得已才来的，我们之间又有什么嫌恶呢？』不想这些话被江城听到了，她立即走出来指着葛生骂道：『你这个没出息的东西，老婆吃了亏受了苦，你不心疼，反而偷偷地向别人讨好。这种男人，难道不应该往死里打吗？』说着，就喊婢女赶快寻找棍棒。葛生感到非常困窘，抢先跳到门外逃跑了。从此，高生就几乎没有什么亲友处可去了。

有一次，同窗学友王子雅前来拜访，高蕃留他饮酒。两人互相戏谑，说了不少不雅的话。江城在窗外都偷听到了，便暗中把巴豆放到汤里。不一会儿，王子雅就上吐下泻难以忍受，后来连气息都微弱了。江城就打发婢女去问他：『你还敢再无礼吗？』王子雅才明白自己的病是怎么来的，就一边呻吟一边哀求。从此，同窗之间互相告诫，都不敢再到高蕃家来饮酒了。子雅家有一座酒馆，一天，他宴请同窗好友。高蕃对江城撒谎，说是举办文社，得到允许后也赶来赴宴。一直喝到天色已晚，大家都很尽兴。王子雅说：『正巧有位南昌的名妓，叫谢芳兰，来到我们临江，可以请来陪大家饮酒。』众人都非常高兴，唯有高蕃站起来告辞。众人拉住他说：『夫人虽然厉害，但也不会知道这里的事情。』大家一起发誓，对今日的酒宴守口如瓶，高蕃这才重新就座。

不多时，谢芳兰果然来到，只见她年龄不过十七八岁，玉佩叮当，非常漂亮。众人十分欣喜，可是芳兰似乎对高蕃情有独钟，多次暗送秋波。众人便故意将他们拉在一起，并肩而坐。芳兰偷偷在高蕃手心画了一个『宿』字，高蕃心乱如麻，欲去不舍，欲留不敢。过了一会儿，高蕃酒意发作，便渐渐把江城忘了，举止轻狂起来。

到了深夜，酒馆中客人越来越少，唯有远处还坐着一位美少年，自酌自饮，一个小书童手捧头巾在旁边侍候。众人都悄悄议论，认为这位少年实在高雅。

不久，这位少年推门出去。过了一会儿，小书童返回来对高蕃说：『主人在外边相候，有些话要和你讲。』众人都感到莫名其妙，唯有高蕃的脸色突然变得非常难看，来不及与大家告别，便匆匆忙忙跟着书童走了。原来，那个美少年就是江城。

高蕃跟着江城回到家里，挨了一顿鞭子，从此被管得更加厉害，连婚丧嫁娶之类的事也不准他出来了。高母惦记儿子，偶尔来看一次，发现他骨瘦如柴，回去后心疼不已。

一天晚上，高母梦见一个老翁对她说：『你不必忧愁，这都是前世的因果报应。江城原来是一只长生鼠，你儿子前世是个书生，误把此鼠打死，所以才得到这样的恶报。如果你每天早起，诚心诚意地念诵观音咒一百遍，肯定会有效果。』高母醒来后十分惊异，和高父商量后，每天便早早起来，虔诚地诵经。

江城还是蛮横放纵，被人指指点点，也不觉得羞耻。一天，忽然来了一位老和尚在门外宣讲佛法，围观的人很多。老和尚吹着鼓上的皮革，发出牛叫似的声音，江城听到连忙跑过去，让婢女搬来木凳，站到上面去观看。过了一会儿，老和尚要了一碗清水，面向江城念道：『莫要嗔，莫要嗔，前世也非假，今世也非真。咄，鼠子缩头去，勿使猫儿寻。』说完，吸了一口水径直向江城的脸上喷去，滴下的水把衣服都弄湿了。围观的人都非常惊骇，认为这回江城必然气得暴跳如雷。然而，她竟一言不发，用袖子擦了擦脸，默默地回家去了。

回到家里，江城痴痴呆呆地坐着，一副丧魂失魄的样子，整整一天没有吃饭，天刚黑下来就睡了。半夜时，江城忽然把高蕃唤醒，十分温柔地抱着他。高蕃心中不安，不知道她又要做什么。江城感慨地说：『把你弄成这个样子，我还怎么做人呢？』说着，摸到他身上的伤痕，就嘤嘤地啜泣，用指甲掐自己。一副悔恨的样子，又是心疼，又是高兴。江城说：『那位老和尚一定是观音菩萨的化身。他清水往我身上一洒，就如同更换了我的五脏六腑。现在想想，过去的我，是多么可恶呀！』天刚一亮，立即起床，收拾行李，敦促高蕃去向父母赔罪。

见到高父、高母，江城立即跪在地上，边哭边陈诉自己的过失，悔恨不已。高母看出她确实是真心实意，也流着泪说：『媳妇怎么突然变得这么懂事了？』高蕃就详细说了老和尚的事情，高母这才醒悟到自己的梦已经应验了，立即高兴地吩咐仆人为他们打扫好原来的房间。从此，江城悉心侍奉公婆，温顺安静；见到客人，腼腆得像新媳妇一样。她还善于理财，三年的时间，就使高家积累了万贯家财，高蕃也考上了举人。

江城常常对丈夫说：『当年见了芳兰一面，今天还会想念她。』高蕃只要不受虐待，已经心满意足了，哪还会萌发非分之想呢，只是含含糊糊地应着就是了。适逢应试入京，几个月才回家，高蕃一进门，只见芳兰和江城正在下棋。吃惊地问起江城，才知道江城已花了几百两银子，把她从妓院里赎出来了。这件事，浙江的王子雅说得非常详细。

异史氏说：『人生的业果，一饮一啄，往往报应分明。只有恶报在夫妻之间的，就像寄生在骨头上的痈疽，那个毒害就非常惨了。我见到的世界上的贤妇不过十分之一，悍妇却有十分之九，可见世间上修善缘的很少啊。观音大士的法力宏大，何不将净盂中的清水，洒遍大千世界呢？』

## 罗祖

罗祖，即墨人也。少贫。总族中应出一丁戍北边，即以罗往。罗居边数年，生一子。驻防守备雅厚遇之。会守备迁陕西参将，欲携与俱去。罗乃托妻子于其友李某者，遂西。自此三年不得返。适参将欲致书北塞，罗乃自陈，请以便道省妻子。参将从之。罗至家，妻子无恙，良慰。然床下有男子遗舄，心疑之。既而诣李申谢。李致酒殷勤；妻又道李恩义，罗感激不胜。明日谓妻曰：『我往致主命，暮不能归，勿伺也。』出门跨马而去。匿身近处，更定却归。闻妻与李卧语，大怒，破扉。二人惧，膝行乞死。罗抽刃出，已复韬之曰：『我始以汝为人也，今如此，杀之污吾刀耳！与汝约：妻子而受之，籍名亦而充之，马匹械器具在。我逝矣。』遂去。乡人共闻于官。官笞李，李以实告。而事无验见，莫可质凭，远近搜罗，则绝匿名迹。官疑其因奸致杀，益械李及妻；逾年，并桎梏以死。乃驿送其子归即墨。后石匣营有樵人入山，见一道人坐洞中，未尝求食。众以为异，赍粮供之。或有识者，盖即罗也。馈遗满洞，罗终不食，意似厌嚣，以故来者渐寡。积数年，洞外蓬蒿成林。或潜窥之，则坐处不曾少移。又久之，见其出游山上，就之已杳；往瞰洞中，则衣上尘蒙如故。益奇之。更数日而往，则玉柱下垂，坐化已久。土人为之建庙；每三月间，香楮相属于道。其子往，人皆呼以小罗祖，香税悉归之；今其后人，犹岁一往，收税金焉。沂水刘宗玉向予言之甚详。予笑曰：『今世诸檀越，不求为圣贤，但望成佛祖。请遍告之：若要立地成佛，须放下刀子去。』

【译文】

罗祖，是山东即墨县的人。小时候，因为家里很穷。他一姓里的人，该抽一个壮丁到北方去防守边境，就叫罗祖去了。罗祖在边境住了有几年，生下了一个儿子。驻防边境的守备官十分厚待他。后来这守备升做陕西地方的参将官，要带罗祖一同去。罗祖就把老婆儿子托给一个姓李的朋友，往陕西去了。从这以后，三年中一直无法回家。这时正好参将要送一封信到北方边关上去，罗祖就去求这个差使，请求顺道回去探望他的老婆儿子。参将答应了他。

罗祖回到家中，看到老婆儿子平安无事，心里感到安慰。但发现床底下有一双男人留下的鞋子，便起了疑心。过了一会儿，去拜访那姓李的朋友表示感谢。姓李的摆上酒来，殷勤地款待他。老婆向他说姓李的恩德义气，罗祖听了非常感激。第二天，罗祖对老婆说：『我要去为长官送信，晚上不能回家了，不要等我。』走出门骑上马去了。他在附近躲藏起来，到了深夜，突然回到家中。听到他老婆和姓李的睡在床上说话，心中大怒，打破房门冲了进去。两人害怕，跪着膝行到罗祖跟前，请求将他们杀死。罗祖拔出刀来，停了一会儿，又插回刀鞘中，对姓李的说：『我起先把你当个人，如今做出这丑事来，杀你弄脏我的刀罢了！和你约定，老婆儿子你收了去，户籍上的名字你认了去，马匹器械统统在这里，我去了。』说毕，走了。

乡里的人把这事报告了官府。官府拷问那姓李的，姓李的说出了实情。但这事没有凭据，也没有人可做见证，远远近近到处寻找罗祖，却连影子也没有。官府怀疑罗祖因为发现了奸情被杀，就把姓李的和那妇人关了起来。过了一年，两人都死在牢里。官府就把罗祖的儿子送回即墨去。

后来石匣营地方有个砍柴的人进山，看见一个道士在山洞中打坐。这道士从来不到外面化斋饭吃，众人觉得很奇怪，就送了些粮食给他。有一个人认出了他，原来就是罗祖。众人纷纷送给他东西，山洞都堆满了，但他始终不吃，看他的神色，好像讨厌去打扰他，因此来的人慢慢地少了。

过了几年工夫，洞外的野草长得像树林一般。有人暗地里观察罗祖，只见他端坐在那里一点没有移动。又过了许多日子，看见他走出洞来，在山上游玩。走近去看他时，人就不见了。再到洞里去看看，他的衣服上蒙了厚厚的灰尘，仍和从前一样。众人更觉奇怪。又过了几天，走去一看，鼻涕挂下来，早已仙去了。乡下人为他盖了祠庙，每年三月间，拿着香烛纸锭前往祭奠的人接连不断。他的儿子前去时，人们都叫他小罗祖。香客施舍的钱，全都给了他。现在罗祖的后人，还一年前往一次，去收取香火钱。

沂水地方的刘宗玉，曾详细地对我说过这件事。我笑着说道：『现在世上的那些施主，不求做圣贤，却想成佛祖。请你一一告诉他们：若要立地成佛，必须放下屠刀。』

## 郭秀才

东粤士人郭某，暮自友人归，入山迷路，窜榛莽中。更许，闻山头笑语，急趋之。见十余人，藉地饮。望见郭，哄然曰：『坐中正欠一客，大佳，大佳！』郭既坐，见诸客半儒巾，便请指迷。一人笑曰：『君真酸腐！舍此明月不赏，何求道路？』即飞一觥来。郭饮之，芳香射鼻，一饮遂尽。又一人持壶倾注。郭故善饮，又复奔驰吻燥，一举十觞。众人大赞曰：『豪哉！真吾友也！』郭放达喜谑，能学禽语，无不酷肖。离坐起溲，窃作燕子鸣。众疑曰：『半夜何得此耶？』又效杜鹃，众益疑。郭坐，但笑不言。方纷议间，郭回首为鹦鹉鸣曰：『郭秀才醉矣，送他归也！』众惊听，寂不复闻。少顷，又作之。既而悟其为郭，始大笑。皆撮口从学，无一能者。一人曰：『可惜青娘子未至。』又一人曰：『中秋还集于此，郭先生不可不来。』郭敬诺。一人起曰：『客有绝技，我等亦献踏肩之戏，若何？』于是哗然并起。前一人挺身矗立，即有一人飞登肩上，亦矗立；累至四人，高不可登；继至者，攀肩踏臂，如缘梯状：十余人，顷刻都尽，望之可接霄汉。方惊顾间，挺然倒地，化为修道一线。郭骇立良久，遵道得归。翼日，腹大痛；溺绿色，似铜青，着物能染，亦无溺气，三日乃已。往验故处，则肴骨狼藉四周丛莽，并无道路。至中秋，郭欲赴约，朋友谏止之。设斗胆再往一会青娘子，必更有异，惜乎其见之摇也！

【译文】

广东有个姓郭的读书人，傍晚他从朋友家里回来，在山里迷了路，就走到了乱草丛中。过了一个时辰左右，听到山顶上有人说笑，就急急忙忙寻了过去。只看见几个人，一起坐在地上喝酒。这班人远远地就看见姓郭的走来，就七嘴八舌说道：『座上正缺一个客人，好极！好极！』姓郭的坐定后，见这班客人大半读书人打扮，便向他们问路。其中一个人说：『放着这明亮的月色不欣赏，为什么要寻路？』说着递上一杯酒。的接过酒杯，香味扑鼻，加上赶路口渴，所以一饮就是十杯。众人大加赞赏，说：『爽快！真够朋友！』

姓郭的为人豪爽，能说笑话，又会学鸟叫，学什么像什么。他离开座位去小解，暗暗地学燕子的叫声。夜三更，哪来的燕子叫呢？又模仿杜鹃的声音，众人更疑惑不解。姓郭的回到座位上，只是微微笑着，却不说话。你一句我一句正在议论，姓郭的转过头去，学着鹦鹉的声音叫道：『郭秀才醉了，送他回去吧！』众人惊奇地听着，却又静悄悄的没有声音了。停了一会儿，又叫起来。后来知道这是姓郭的装的，才大笑起来。大家都噘着嘴跟他学鸟叫，却没有一个人学得像的。又有一人说：『中秋节再到这里欢聚，郭先生不能不来。』姓郭的有礼貌地答应了。

有一人站起来说道：『客人有意奉献叠罗汉的游戏给他看看怎么样？』众人『哄』的一声一齐站了起来。前面一人直挺挺站着，便有另一人飞也似的跳到他肩上，也直挺挺站着。叠到四个人，高得不能再跳上去了。后面的人就攀着肩头，踏着臂膀，像爬梯子似的，十几个人，一刻工夫全上去了，看上去高得可以接到天上。姓郭的正惊奇地看着的时候，这人柱子又直挺挺倒在地上，变成了一条狭长的道路。姓郭的呆呆地站了半天，循着这条路回到了家中。

第二天，姓郭的肚子痛得厉害，拉出来的粪便，是绿色的，像铜青一样，碰着什么东西，都会染上这种颜色，也没有臭气。拉了三天才停止。跑去察看那老地方，只见饭菜骨头，撒了一地，四面却都是乱草，并没有道路。

到了中秋节，姓郭的要去参加约会，被朋友劝住了。假如大胆再去会一会青娘子，那必定更有奇事，可惜他的主意不坚定。

## 阿英

甘玉，字璧人，庐陵人。父母早丧。遗弟珏，字双璧。始五岁，从兄鞠养；玉性友爱，抚弟如子。后珏渐长，丰姿秀出，又惠能文。玉益爱之，每曰：『吾弟表表，不可以无良匹。』然简拔过刻，姻卒不就。适读书匡山僧寺，夜初就枕，闻窗外有女子声。窥之，见三四女郎席地坐，数婢陈设酒，皆殊色也。一女曰：『秦娘子，阿英何不来？』下座者曰：『昨自函谷来，被恶人伤右臂，不能同游，方用恨恨。』一女曰：『前宵一梦大恶，今犹汗悸。』下座者摇手曰：『莫道莫道！今宵姊妹欢会，言之吓人不快。』女笑曰：『婢子何胆怯尔尔！便有虎狼衔去耶？若要勿言，须歌一曲，为娘行侑酒。』女低吟曰：『闲阶桃花取次开，昨日踏青小约未应乖。付嘱东邻女伴少待莫相催，着得凤头鞋子即当来。』吟罢，一座无不叹赏。谈笑间，忽一伟丈夫岸然自外入，鹘睛荧荧，其貌狞丑。众啼曰：『妖至矣！』仓卒哄然，殆如鸟散。惟歌者婀娜不前，被执哀啼，强与支撑。丈夫吼怒，龁手断指，就便嚼食。女郎踣地若死。玉怜恻不可复忍，乃急袖剑拔关出，挥之，中股；股落，负痛逃去。扶女入室，面如尘土，血淋衿袖；验其手，则右拇断矣。裂帛代裹之。女始呻曰：『拯命之德，将何以报？』玉自初窥时，心已隐为弟谋，因告以意。女曰：『狼疾之人，不能操箕帚矣，当别为贤仲图之。』诘其姓氏，答言：『秦氏。』玉乃展衾，俾暂休养；自乃襆被他所。晓而视之，则床已空；意其自归。而访察近村，殊少此姓；广托戚朋，并无确耗。归与弟言，悔恨若失。珏一日偶游涂野，遇一二八女郎，姿致娟娟，顾之微笑，似将有言。因以秋波四顾而后问曰：『君甘家二郎否？』曰：『然。』曰：『君家尊曾与妾有婚姻之约，何今日欲背前盟，另订秦家？』珏云：『小生幼孤，夙好都不曾闻，请言族阀，归当问兄。』女曰：『无须细道，但得一言，妾当自至。』珏以未禀兄命为辞。女笑曰：『郎君！遂如此怕哥子耶？妾陆氏，居东山望村。三日内，当候玉音。」乃别而去。珏归，述诸兄嫂。兄曰：『此大谬语！父殁时，我二十余岁，倘有是说，那得不闻？』又以其独行旷野，遂与男儿交语，愈益鄙之。因问其貌。珏红彻面颈，不出一言。嫂笑曰：『想是佳人。』玉曰：『童子何辨妍媸？纵美，必不及秦；待秦氏不谐，图之未晚。』珏默而退。逾数日，玉在途，见一女子零涕前行。垂鞭按辔而微睨之，人世殆无其匹。使仆诘焉。答曰：『我旧许甘家二郎；因家贫远徙，遂绝耗问。近方归，复闻郎家二三其德，背弃前盟。往问伯伯甘璧人，焉置妾也？』玉惊喜曰：『甘璧人，即我是也。先人曩约，实所不知。去家不远，请即归谋。』乃下骑授辔，步御以归。女自言：『小字阿英。家无昆季，惟外姊秦氏同居。』始悟丽者即其人也。玉欲告诸其家，女固止之。窃喜弟得佳妇，然恐其佻达招议。久之，女殊矜庄，又娇婉善言。母事嫂，嫂亦雅爱慕之。值中秋，夫妻方狎宴，嫂招之。珏意怅惘。女遣招者先行，约以继至；而端坐笑言，良久殊无去志。珏恐嫂待久，故连促之。女但笑，卒不复去。质旦，晨妆甫竟，嫂自来抚问：『夜来相对，何尔怏怏？』女微哂之。珏觉有异，质对参差。嫂大骇：『苟非妖物，何得有分身术？』玉亦惧，隔帘而告之曰：『家世积德，曾无怨仇。如其妖也，请速行，幸勿杀吾弟！』女腆然曰：『妾本非人，只以阿翁夙盟，故秦家姊以此劝驾。自分不能育男女，尝欲辞去，所以恋恋者，为兄嫂待我不薄耳。今既见疑，请从此诀。』转眼化为鹦鹉，翩然逝矣。初，甘翁在时，蓄一鹦鹉甚慧，尝自投饵。时珏四五岁，问：『饲鸟何为？』父戏曰：『将以为汝妇。』间鹦鹉乏食，则呼珏云：『不将饵去，饿煞媳妇矣！』家人亦皆以此为戏。后断锁亡去。始悟旧约云即此也。然珏明知非人，而思之不置；嫂悬情尤切，旦夕啜泣。玉悔之而无如何。后二年，为弟聘姜氏女，意终不自得。有表兄为粤司李，玉往省之，久不归。适土寇为乱，近村里落，半为丘墟。珏大惧，率家人避山谷。山上男女颇杂，都不知其谁何。忽闻女子小语，绝类英。嫂促珏近验之，果英。珏喜极，提臂不释。女乃谓同行者曰：『姊且去，我望嫂嫂来。』既至，嫂望见悲哽。女慰劝再三，又谓：『此非乐土。』因劝令归。众惧寇至，女固言：『不妨。』乃相将俱归。女撮土拦户，嘱安居勿出，坐数语，反身欲去。嫂急握其腕，又令两婢捉左右足，女不得已，止焉。然不甚归私室；珏订之三四，始为之一往。嫂每谓新妇不能当叔意。女遂早起为姜理妆，梳竟，细匀铅黄，人视之，艳增数倍；如此三日，居然丽人。嫂奇之，因言：『我又无子。欲购一妾，姑未遑暇。不知婢辈可涂泽否？』女曰：『无人不可转移，但质美者易为力耳。』遂遍相诸婢，惟一黑丑者，有宜男相。乃唤与洗濯，已而以浓粉杂药末涂之，如是三日，面赤渐黄；四七日，脂泽沁入肌理，居然可观。日惟闭门作笑，并不计及兵火。一夜，噪声四起，举家不知所谋。俄闻门外人马鸣动，纷纷俱去。既明，始知村中焚掠殆尽；盗纵群队穷搜，凡伏匿岩穴者，悉被杀掳。遂益德女，目之以神。女忽谓嫂曰：『妾此来，徒以嫂义难忘，聊分离乱之忧。阿伯行至，妾在此，如谚所云，非李非桃，可笑人也。我姑去，当乘间一相望耳。』嫂问：『行人无恙乎？』曰：『近中有大难。此无与他人事，秦家姊受恩奢，意必报之，固当无妨。』嫂挽之过宿，未明已去。玉自东粤归，闻乱，兼程进。途遇寇，主仆弃马，各以金束腰间，潜身丛棘中。一秦吉了飞集棘上，展翼覆之。视其足，缺一指，心异之。俄而群盗四合，绕莽殆遍，似寻之。二人气不敢息。盗既散，鸟始翔去。既归，各道所见，始知秦吉了即所救丽者也。后值玉他出不归，英必暮至；计玉将归而早出。珏或会于嫂所，间邀之，则诺而不赴。一夕，玉他往，珏意英必至，潜伏候之。未几，英果来，暴起，要遮而归于室。女曰：『妾与君情缘已尽，强合之，恐为造物所忌。少留有余，时作一面之会，如何？』珏不听，卒与狎。天明，诣嫂。嫂怪之。女笑云：『中途为强寇所劫，劳嫂悬望矣。』数语趋出。居无何，有巨狸衔鹦鹉经寝门过。嫂骇绝，固疑是英。时方沐，辍洗急号，群起噪击，始得之。左翼沾血，奄存余息。把置膝头，抚摩良久，始渐醒。自以喙理其翼。少选，飞绕中室，呼曰：『嫂嫂，别矣！吾怨珏也！』振翼遂去，不复来。

【译文】

甘玉，字璧人，是庐陵人。他的父母很早就已经去世了，还留下了一个弟弟名叫甘珏，字双璧。甘珏从五岁就开始就由哥哥养育。甘玉十分有仁爱之心，就像对待自己的孩子一样抚养着自己的弟弟。后来，甘珏逐渐地长大了，不仅仪表堂堂，而且非常聪明。甘玉越发喜欢自己的这个弟弟。他常对别人说：『我弟弟如此优秀，一定会找个好媳妇。』不过，因为甘玉太过挑剔，甘珏一直也没能成婚。

有一天，甘玉在匡山上的寺院里读书。到了晚上，他刚刚躺下准备睡觉，却听到窗户外面有女人说话的声音。甘玉很好奇，于是起身偷偷地看，只见外面有三四个女子铺了席子坐在地上，旁边有几个丫鬟在摆放酒菜，没有一个不是绝色美女。

一个女子说道：『秦姑娘，为什么阿英还没过来？』坐在下面的女子回答说：『她昨天从函谷关回来，结果被坏人伤到了右臂，所以不能出来和大家玩。她现在还在郁闷呢！』又有一个女子说：『我昨天晚上做了一个噩梦，现在想起来，依然吓得浑身冒汗。』坐下面位置的那个女子赶紧摇着手说：『别讲，别讲！今天，我们姐妹几个聚会多开心啊，千万别说那些吓人的事。』那个女子笑着说：『你这胆子怎么这么小啊？还能出来野兽把你吃了啊？如果不想让我说，那你就必须唱一首歌，来为姐妹们助酒。』于是，坐在下面的那个女子便轻声唱道：『闲阶桃花取次开，昨日踏青小约未应乖。付嘱东邻女伴少待莫相催，着得凤头鞋子即当来。』一曲唱完，在座的所有人都不断地喝彩。一帮人正开心地谈笑，突然从外面进来一个高大的男人。他十分强壮，眼睛就像鹰一样冒着光，长相丑陋得吓人。大家吓得大喊：『妖怪来了！』四处逃亡。但唱歌的女子身体较弱，没有逃，被那个怪男人抓住：她不停地哭泣，拼命挣扎。那个怪男人忽然狂吼一声，一下子就把她的手指咬断了，然后嚼着吃。那个女子一下就昏倒在地上。甘玉十分可怜这位女子，又难忍心中的怒火，于是拔出宝剑冲了出去，一下砍中了那个怪人的大腿。怪人断了腿，带着伤逃走了。甘玉赶忙将那位女子扶进屋子里，当时这位女子面如土灰，衣服上全都是血，右手的拇指也断了。扯了一块布，帮她把伤口包扎好。这时，女子醒来呻吟着说：『您对我有救命之恩，我怎么才能报答您呢？』从看到这些女子开始，甘玉的心里就一直在想弟弟的婚事，所以就告诉了她自己的想法。女子回答说：『我已经受了这种伤害，以后没办法再做家务了。应当为您的弟弟再找个人。』甘玉问她姓什么，她回答说：『姓秦。』甘玉为她铺被褥，让她先休息，自己换了个地方去睡。

等到早晨，甘玉再去看她，床上已经空了，心想她一定已经走了。甘玉在附近的村庄询问，却根本没有姓秦的人家。后来他又托亲戚朋友打探消息，仍一无所获。回家和弟弟说起这件事，甘玉茫然若失，十分懊丧。

有一天，甘钰偶然在野外游玩，路上碰见了一位十六岁的姑娘。姑娘相貌出众，看着甘钰微笑，走到跟前之后，姑娘用那似水的眸子扫视了一下周围，然后对他说：『你是不是甘家的二郎？』甘钰回答：『正是在下。』姑娘又说：『你的父亲曾经与我有约，让我嫁给你，为什么现在违背之前的约定，重新找秦家呢？』甘钰回答：『我从小就是孤儿，从来没有听说过这件事。请你讲明你的家世，我回去问问我大哥。』那个姑娘又说：『不用问得那么仔细，只要你一句话，我就会跟你到家里。』但甘钰说自己还没有将此事告知兄长，所以推辞掉了。那位姑娘笑着说：『你真是个傻子！为何要这么怕你哥哥？我姓陆，住在东山望村中。三天之内，希望得到你的回复。』说完，姑娘告别甘钰，自己走了。

甘钰回到家之后，将这件事情告诉了哥嫂。甘玉说：『这完全是胡说八道！父亲去世时，我已经二十多岁了。如果有那种事情的话，我怎么可能不知道呢？』当他听说那个姑娘自己在荒野里行走，主动和男子交谈，便更加鄙视她。甘玉又问那个姑娘的容貌如何，甘钰面红耳赤，说不出话来。嫂子哈哈大笑，说：『美女。』甘玉却说：『小孩会看什么美丑？即使是美女，如果秦姑娘那件事办不成，再想这件事也不算晚。』甘钰听后，什么都没有说，自己就回去了。

又过了几天，甘玉正在赶路，碰见一个姑娘一边走一边哭。甘玉于是停下马看了一眼，见这个姑娘的容貌真是天下无双。甘玉派仆从过去询问她为何而哭，姑娘回答说：『我曾经许配给了甘家的二郎，但是因为家里穷，所以搬到了很远的地方，两家也没有了往来。最近我刚回到这里，听说甘家不守信誉，违背了之前的约定。我正要过去询问一下大哥甘璧人，看他要怎么处置我呢？』甘玉惊喜地回答：『甘璧人就是我呀！我实在是不知道长辈们订下的婚约啊。这里离我家很近，到家里再一起商量这事吧。』说完，甘玉就从马上下来，让姑娘骑上马，然后甘玉亲自拉着马回到家。

到家之后，姑娘说道：『我小名叫阿英，家里并没有兄弟姐妹，只有表姐秦氏和我住在一起。』这时，甘玉忽然明白，原来甘钰之前所说的美女就是这个人。甘玉想将婚事通报给阿英的父母，但阿英坚持拒绝。想到弟弟能得到这么一个漂亮媳妇，甘玉心里很开心，但也害怕阿英太轻浮，会让人说闲话。过了一段时间，甘玉发现阿英不仅十分矜持庄重，而且娇柔知礼。她像对待母亲一样来伺候嫂子，嫂子也十分喜爱阿英。于是甘玉就给弟弟和阿英办了婚事。

中秋佳节，甘钰夫妻二人正在家中，这时嫂嫂派人过来，招呼阿英过去。甘钰不想让妻子离开，于是阿英让仆从先回去，说自己随后就到。阿英在家和甘钰谈笑，一直不肯离开。甘玉怕嫂子等太久了生气，所以催了阿英好几次。但阿英只是笑笑，却一直没有去。

第二天，阿英早晨的妆还没有化完，嫂子就亲自过来问阿英：『昨天晚上见面，你怎么看上去不怎么开心呢？』阿英只是微微一笑，但甘钰却感觉不对，于是又问嫂子昨天的事情，发现两个人所说的事情对不上。嫂子大吃一惊：准道是妖精在作怪？甘玉也觉得害怕，于是隔着门帘，对阿英说：『我们家世代积德行善，从来没有什么仇家。如果你真的是妖怪的话，请你快走吧，千万不要伤害我弟弟。』阿英十分羞愧，说道：「我原本并不是人，只是因为公公订下了婚约，所以秦家姐姐也劝我来成亲。我知道自己没有办法给甘家生养后代，也多次想过离开这里。但因为哥哥嫂子对我太好，所以实在舍不得。既然现在你们已经猜疑我了，那今天就告辞吧。』说完，阿英变成了一只鹦鹉，轻盈地飞到了天空之中。

原来甘家父亲在世的时候，曾经养了一只十分聪明的鹦鹉。甘家父亲十分喜爱这只鹦鹉，都是自己给它喂食。甘钰四五岁的时候，曾经问父亲：『为什么养鸟啊？』父亲和他开玩笑说：『将来给你当媳妇啊。』有时候鹦鹉缺食了，父亲还会喊甘钰：

『快去喂食啊，你媳妇都快被饿死了。』家里人也经常开这种玩笑。后来，鸟笼的锁坏了，鹦鹉飞走了。

甘玉这才明白，原来过去的约定指的就是这个。甘钰明明知道阿英不是人，却仍然无时无刻不思念着她。嫂子则更加想念阿英，整天哭泣。甘玉这时也觉得后悔了，却不知如何是好。

两年之后，甘玉又为弟弟提亲，娶了一位姜家的姑娘，但甘钰始终不是很满意。甘玉有个表哥在广东做司理，因为许久未见，甘玉就到那边去拜访他，很长时间也没有回家。其间正好赶上有贼人作乱，附近一半的村子都被烧成了废墟。甘钰特别害怕，就带着家人逃到山谷里去避难。

山谷里避难的人群混杂，大家相互都不认识。忽然，甘钰听到有个女子说话，听起来特别像阿英。甘钰走过去一看，果真就是阿英。甘钰高兴极了，抓着阿英的胳膊，说什么也不放手。阿英只好和同伴们说：『姐姐们先走，我先去看看嫂子，一会儿去追你们。』

到了嫂子面前，嫂子一看就痛哭不止。阿英一直安慰她，又对她说：『这里可不是什么好地方啊。』阿英极力劝他们回家去。大家都害怕盗贼会到村中烧杀，不敢回去。阿英却说：『不会有事的。』于是，大家又都回到了家里。

阿英捏了一把土挡住了大门，叮嘱大家安心在家生活，千万不要出门。阿英坐下之后，没说几句话就打算离开。嫂子赶忙抓住阿英的手腕，又让两个丫鬟按住阿英的两只脚。阿英实在没有办法，只能不走了。嫂嫂经常对阿英说，甘钰不满意新的妻子。阿英就早早地起来，为姜氏梳理化妆。阿英为姜氏梳完头，又把粉磨细，为姜氏抹上。人们看到化完妆之后的姜氏，都说要比以前漂亮好几倍。就这样，反复三天。三天之后，姜氏居然变漂亮了许多。

嫂子知道后，十分惊奇，就对阿英说：『我没有生养儿子，所以打算买一个小妾，不过现在没有时间。不知道这些丫鬟之中哪个能打扮得漂亮点呢？』阿英回答说：『任何人的相貌都能变化，只不过天资好的人容易一点罢了。』于是把所有的丫鬟都看了一遍，但只有一个又丑又黑的丫鬟有生儿子的面相。于是，阿英把她喊过来，为她洗净身体，然后用厚重的脂粉和药末混合，涂抹在她身上。这样反复三天，三天之后，她的脸色逐渐开始转黄。七天之后，胭脂的光泽进入了皮肤深层，她竟然变得很好看，全家人整天只是在院子里欢笑，从不考虑外面战乱的事情。

一天夜里，盗贼忽然又来烧杀抢掠。强盗们成群结队，四处搜索，所有在河边山洞里藏着的百姓，都被抓走或杀害了。所以大家更加感念阿英的品德，都把她当神仙看待。忽然，阿英对嫂子说道：『这次来，只是因为没办法忘记嫂子对我的情谊，稍给你分担一点离别战乱的忧愁而已。大哥马上就要回来了，我暂时先走，如果有时间的话，我会再回来看你。』嫂子问阿英：『你大哥赶路不会出什么事情吧？』阿英说：『路途中间应当会大难，不过和别人没什么关系。秦家姐姐曾受到大哥的救命之恩，肯定会报答他，所以不会有事的。』嫂子又挽留阿英住了一晚。天还没亮，阿英就悄悄地离开了。

甘玉在从广东回来的路上，听说家乡发生了战乱，很是担心，于是日夜兼程地赶路。结果在路上遇到了强盗，只能与仆人将马匹扔掉，把银两绑在各自的腰上，然后在荆棘丛里藏起来。忽然，天上飞过来一只鸟，落在了荆棘丛上，张开翅膀能将他们遮住。甘玉看到鸟的爪子缺了一个脚趾，心中十分纳闷。不一会儿，强盗们过来了，绕着树丛从头到尾地搜索了一遍，这主仆二人吓得大气都不敢出。等到强盗们走后，秦吉了鸟才飞走。等到回家之后，大家互相叙述了这段时间的经历，甘玉才知道秦吉了鸟就是之前自己救过的美女。

后来，只要甘玉外出不回来，阿英晚上就会出现。算好甘玉马上要到家了，阿英就早一步出门。有时候，甘钰也会在嫂子的房间见到阿英，有时候也会约她到自己房间。阿英每次都答应他，却从来不赴约。

有一天晚上，甘玉又出门去了。甘钰知道阿英肯定会来，就藏起来等着她。没过多久，阿英果真来了。甘钰突然出现，挡着阿英的路，带她去了自己的卧室。阿英说：『我与你的缘分已经到头了，如果强行结合的话，老天就会发怒的。如果稍微保留余地，咱们偶尔还可以见一次面，这样不好吗？』但甘钰死活不肯答应，阿英只好从了他。天亮的时候，阿英去拜见嫂子，嫂子责问她昨天去哪儿了。阿英笑着说：『昨晚我在半路遇到了强盗，被强盗给抓走了。劳烦嫂子挂念了。』阿英说了几句话就走了。

没过多久，一天嫂子正在洗头发，忽然看到一只大猫叼着一只鹦鹉从卧室门口经过。嫂子大吃一惊，怀疑这个鹦鹉就是阿英，赶紧停下来大声呼喊。大家一起鼓噪追打，才把鹦鹉救了下来。只见鹦鹉左翅膀上带着血迹，只剩下了一口气。于是，嫂子把它放在自己的膝盖上，摩挲了好久，鹦鹉才慢慢苏醒。又过了一会儿，鹦鹉用嘴整理了一下自己的翅膀，然后飞到屋子里，喊道：『嫂嫂，我走了！我怨恨甘钰啊！』说完，鹦鹉扑扇着翅膀飞走了。从此以后，阿英再也不曾回来过。

# 青娥

霍桓，字匡九，晋人也。父官县尉，早卒。遗生最幼，聪慧绝人。十一岁，以神童入泮。而母过于爱惜，禁不令出庭户，年十三，尚不能辨叔伯甥舅焉。同里有武评事者，好道，入山不返。有女青娥，年十四，美异常伦。幼时窃读父书，慕何仙姑之为人。父既隐，立志不嫁。母无奈之。一日，生于门外瞥见之。童子虽无知，只觉爱之极，而不能言；直告母，使委禽焉。母知其不可，故难之。生郁郁不自得。母恐拂儿意，遂托往来者致意武，果不谐。生行思坐筹，无以为计。会有一道士在门，手握小镵，长裁尺许。生借阅一过，问：『将何用？』答云：『此药之具；物虽微，坚石可入。』生未深信。道士即以斫墙上石，应手落如腐。生大异之，把玩不释于手。道士笑曰：『公子爱之，即以奉赠。』生大喜，酬之以钱，不受而去。持归，历试砖石，略无隔阂。顿念穴墙则美人可见，而不知其非法也。更定，逾垣而出，直至武第；凡穴两重垣，始达中庭。见小厢中，尚有灯火，伏窥之，则青娥卸晚装矣。少顷，烛灭，寂无声。穿墉入，女已熟眠。轻解双履，悄然登榻；又恐女郎惊觉，必遭呵逐，遂潜伏绣褶之侧，略闻香息，心愿窃慰。而半夜经营，疲殆颇甚，少一合眸，不觉睡去。女醒，闻鼻气休休；开目，见穴隙亮入。大骇，急起，暗中拔关轻出，敲窗唤家人妇，共爇火操杖以往。见一总角书生，酣眠绣榻；细审，识为霍生。推之始觉，遽起，目灼灼如流星，似亦不大畏惧，但腼然不作一语。众指为贼，恐呵之。始出涕曰：『我非贼，实以爱娘子故，愿以近芳泽耳。』众又疑穴数重垣，非童子所能者。生出以言异。共试之，骇绝，讶为神授。将共告诸夫人。女俯首沉思，意似不以为可。众窥知女意，因曰：『此子声名门第，殊不辱玷。不如纵之使去，俾复求媒焉。诘旦，假盗以告夫人，如何也？』女不答。众乃促生行。生索。共笑曰：『儿童！犹不忘凶器耶？』生觑枕边，有凤钗一股，阴纳袖中。已为婢子所窥，急白之。女不言亦不怒。一媪拍颈曰：『莫道他若，意念乖绝也。』乃曳之，仍自窦中出。既归，不敢实告母，但嘱母复媒致之。母不忍显拒，惟遍托媒氏，急为别觅良姻。青娥知之，中情皇急，阴使腹心者风示媪。媪悦，托媒往。会小婢漏泄前事，武夫人辱之，不胜恚愤。媒至，益触其怒，以杖画地，骂生并及其母。媒惧窜归，具述其状。生母亦怒曰：『不肖儿所为，我都梦梦。何遂以无礼相加！当交股时，何不将荡儿淫女一并杀却？』由是见其亲属，辄便披诉。女闻，愧欲死。武夫人大悔，而不能禁之使勿言也。女阴使人婉致生母，且矢之以不他，其词悲切。母感之，乃不复言；而论亲之谋，亦遂辍矣。会秦中欧公宰是邑，见生文，深器之，时召入内署，极意优宠。一日，问生：『婚乎？』答言：『未。』细诘之，对曰：『夙与故武评事女小有盟约；后以微嫌，遂致中寝。』问：『犹愿之否？』生腆然不言。公笑曰：『我当为子成之。』即委县尉，教谕，纳币于武。夫人喜，婚乃定。逾岁，娶归。女入门，乃以掷地曰：『此寇盗物，可将去！』生笑曰：『勿忘媒妁。』珍佩之恒不去身。女为人温良寡默，一日三朝其母；余惟闭门寂坐，不甚留心家务。母或以吊庆他往，则事事经纪，罔不井井。年余，生一子孟仙。一切委之乳保，似亦不甚顾惜。又四五年，忽谓生曰：『欢爱之缘，于兹八载。今离长会短，可将奈何！』生惊问之，即已默默，盛妆拜母，返身入室。追而诘之，则仰眠榻上而气绝矣。母子痛悼，购良材而葬之。母已衰迈，每每抱子思母，如摧肺肝，由是遘病，遂病不起。逆害饮食，但思鱼羹，而近地则无，百里外始可购致。时厮骑皆被差遣；生性纯孝，急不可待，怀资独往，昼夜无停趾。返至山中，日已沉冥，两足跛踦，步不能咫。后一叟至，问曰：『足得毋泡乎？』生唯唯。叟便曳坐路隅，敲石取火，以纸裹药末，熏生两足讫，试使行，不惟痛止，兼益矫健。感极申谢。叟问：『何事汲汲？』答以母病，因历道所由。叟问：『何不另娶？』答云：『未得佳者。』叟遥指山村曰：『此处有一佳人，倘能从我去，仆当为君作伐。』生辞以母病待鱼，姑不遑暇。叟乃拱手，约以异日入村，但问老王，乃别而去。生归，烹鱼献母。母略进，数日寻瘳。乃命仆马往寻叟。至旧处，迷村所在。周章逾时，夕暾渐坠；山谷甚杂，又不可以极望。乃与仆分上山头，以瞻里落；而山径崎岖，苦不可复骑，跋履而上，昧色笼烟矣。蹀躞四望，更无村落。方将下山，而归路已迷。心中燥火如烧。荒窜间，冥堕绝壁。幸数尺下有一线荒台，坠卧其上，阔仅容身，下视黑不见底。惧极不敢少动。又幸崖边皆生小树，约体如栏。移时，见足傍有小洞口；心窃喜，以背着石，螬行而入。意稍稳，冀天明可以呼救。少顷，深处有光如星点。渐近之，约三四里许，忽睹廊舍，并无烛，而光明若昼。一丽人自房中出，视之，则青娥也。见生，惊曰：『郎何能来？』生不暇陈，抱祛呜恻。女劝止之。问母及儿，生悉述苦况，女亦惨然。生曰：『卿死年余，此得无冥间耶？』女曰：『非也，此乃仙府。曩时非死，所瘗，一竹杖耳。郎今来，仙缘有分也。』因导令朝父，则一修髯丈夫，坐堂上；生趋拜。女白：『霍郎来。』翁惊起，握手略道平素。曰：『婿来大好，分当留此。』生辞以母望，不能久留。翁曰：『我亦知之。但迟三数日，即亦何伤？』乃饵以肴酒，即令婢设榻于西堂，施锦茵焉。生既退，约女同榻寝。女却之曰：『此何处，可容狎亵？』生捉臂不舍。窗外婢子笑声嗤然，女益惭。方争拒间，翁入，叱曰：『俗骨污吾洞府！宜即去！』生素负气，愧不能忍，作色曰：『儿女之情，人所不免，长者何当伺我？无难即去，但令女须便将随。』翁无辞，招女随之，启后户送之；赚生离门，父子阖扉去，回首峭壁君，无少隙缝，只影茕茕，罔所归适。视天上斜月高揭，星斗已稀。怅怅良久，悲已而恨，面壁叫号，乞无应者。愤极，腰中出馋，凿石攻进，且攻且骂。瞬息洞入三四尺许。隐隐闻人语曰：『孽障哉！』生奋力凿益急。忽洞底豁开二扉，推娥出曰：『可去，可去！』壁即复合。女怨曰：『既爱我为妇，岂有待丈人如此者？是何处老道士，授汝凶器，将人缠混欲死！』生得女，意愿已慰，不复置辩；但忧路险难归。女折两枝，各跨其一，即化为马，行且驶，俄顷至家。时失生已七日矣。初，生之与仆相失也，觅之不得，归而告母。母遣人穷搜山谷，并无踪绪。正忧惶所，闻子自归，欢喜承迎。举首见妇，几骇绝。生略述之，母益忻慰。女以形迹诡异，虑骇物听，求即播迁。母从之。异郡有别业，刻期徙往，人莫之知。偕居十八年，生一女，适同邑李氏。后母寿终。女谓生曰：『吾家茅田中，有雉抱八卵，其地可葬。汝父子扶榇归窆。儿已成立，宜即留守庐墓，毋庸复来。』生从其言，葬后自返。月余，孟仙往省之，而父母俱杳。问之老奴，则云：『赴葬未还。』心知其异，浩叹而已。孟仙文名甚噪，而困于场屋，四旬不售。后以拔贡入北闱，遇同号生，年可十七八，神采俊逸，爱之。视其卷，注顺天廪生霍仲仙。瞪目大骇，因自道姓名。仲仙亦异之，便问乡贯，孟悉告之。仲仙喜曰：『弟赴都时，父嘱文场中如逢山右霍姓者，吾族也，宜与款接，今果然矣。顾何以名字相同如此？』孟仙因诘高、曾，并严、慈姓讳，已而惊曰：『是我父母也？』仲仙疑年齿之不类。孟仙曰：『我父母皆仙人，何可以貌信其年岁乎？』因述往迹，仲仙始信。场后不暇休息，命驾同归。才到门，家人迎告，是夜失太翁及夫人所在。两人大惊。仲仙入而询诸妇。妇言：『昨夕尚共杯酒，母谓：「汝夫妇少不更事。明日大哥来，吾无虑矣。」早旦入室，则阒无人矣。』兄弟闻之，顿足悲哀。仲仙犹欲追觅；孟仙以为无益，乃止。是科仲邻乡荐。以晋中祖墓所在，从兄而归。犹冀父母尚在人间，随在探访，而终无踪迹矣。

异史氏曰：『钻穴眠榻，其意则痴；凿壁骂翁，其行则狂。仙人之撮合之者，惟欲以长生报其孝耳。然既混迹人间，狎生子女，则居而终焉，亦何不可？乃三十年而屡弃其子，抑独何哉？异已！』

【译文】

霍桓，字匡九，是山西人，他的父亲曾经做过县尉，但是很早就已经过世了。霍桓在兄弟姐妹中年纪是最小的，他聪明过人，十一岁时就考中了秀才，母亲对他十分溺爱。同乡有个姓武的人，喜欢道术，有一年进山修道后再也没有回来。他的女儿青娥，长得非常漂亮，从小就偷偷看父亲留下的道书，十分倾慕何仙姑，立志终身不嫁。一天，霍桓在门外偶然遇到她，十分动心，便请母亲去武家提亲。霍母知道青娥的志向，但还是请人到武家去提了亲事，果然被拒绝了。霍桓因此闷闷不乐，坐卧不安，很快就消瘦了。一天，一个道士从霍家门前经过，手里拿着一把长柄的铲子，有一尺多长。霍桓十分好奇，便命家人拿过铲子看看，问道士：『这铲子有什么用？』道士说：『这是捣药的工具，东西虽然很小，但是坚固的石头也可以砍得动。』霍桓不信，道士便用铲子去砍墙上的石头。那些坚硬的石头竟然像豆腐一样被轻轻松松地砍了下来，变成了碎块。霍桓惊异万分，拿着铲子在手里玩赏，不舍得放下。道士笑着说：『既然公子喜欢，我就送给你吧。』霍桓想酬谢他，可是道士分文不收，拱拱手就飘然远去了。霍桓试着用铲子去砍砖头石头，果然得心应手，毫不费力。晚上，霍桓拿着铲子翻来覆去地看着，忽然想道：如果把墙凿个洞，不是马上就可以看到青娥吗？他想到这里，便跳墙出来，到了武家的院子里，挖通了两道厚墙，便看到小厢房里还亮着灯光，他凑到窗户边一看，青娥正在灯下卸妆呢。过了一会儿，灯光熄灭了，四处悄无声息。霍桓又等了很长时间，挖通墙壁进到房内。青娥已经睡着了，霍桓轻轻脱下鞋子，小心翼翼地爬到床上。他害怕惊醒了青娥，就偷偷地趴在被子旁边，闻到了一阵女孩子的脂粉香气，觉得已经心满意足了。没想到他折腾了半夜，早已疲惫不堪，刚闭上眼睛就睡过去了。青娥睡梦中忽然感觉到身边似乎有人在呼吸，她一下子惊醒了。睁开眼睛，就看见一道亮光，透过墙上的洞照进了房间。青娥十分害怕，忙把丫鬟推醒，叫来了家人仆妇，举着火把来到她的房中，却发现原来是个小书生，趴在床边睡得正香。再仔细一看，是霍家的少爷。众人把霍桓叫醒，他急忙站起来，左看右看，好像一点儿也不害怕，只是有些羞涩。大家都说他是贼，要送到官府去。霍桓这才流着泪说：『我不是贼呀，只是来看看小娘子罢了。』大家怀疑他怎么能在墙上凿出洞来，霍桓便拿出了那个铲子，把它的奇异之处说了出来。

大家准备把这件事情禀告夫人，可是青娥低头不语。众人看出了她的心思，一个丫鬟说：『说起来，公子的家世门第，和我们小姐正好相配。不如放他回去，明天就来提亲。这个墙上的洞，我们就说是强盗挖的，怎么样？』青娥还是不说话，众人便催着霍桓快离开。霍桓想要回铲子，众人笑着说：『还不忘拿走凶器呀？』说着，就把他拉了出去。霍桓回到家里，不敢告诉母亲实情，只是求她再去武家提亲。霍母担心儿子再次被拒绝，于是暗中物色合适的人家。青娥听说后，便派心腹仆妇去给霍母透露了自己的心意。霍母十分高兴，忙派媒人到武家提亲。没想到武夫人听到了风声，气得把媒人赶了出去，还大骂霍桓和他母亲。媒人吓得赶快向霍母报信，霍母生气地说：『我儿子既然无礼，他们当初为什么不把他送到官府呢？』于是，故意在亲戚邻居中间张扬那晚的事情。青娥听说后，羞愧地躲在家里，武夫人也很后悔。

过了一段时间，陕西的欧老先生到这里当官，十分器重霍桓。一天，欧老先生问他：『成亲了吗？』霍桓说：『还没有。』欧老先生再三细问，霍桓才倾吐了对青娥的爱慕之情。欧老先生笑着说：『我应当成全你们。』立即派了县尉，到武家提亲。武夫人十分高兴，当即应允了。一年后，青娥和霍桓成了亲。青娥把霍桓的那个铲子扔在地上，说：『这是强盗用的东西，应该扔了！』霍桓却珍惜地收在身边，说：『可不能忘了这个媒人啊。』

房中静坐，也不怎么料理家务。过了一年多，生了一个男孩，起名叫孟仙。她把孩子交给保姆照顾，自己好像不怎么用心。又过了四五年，青娥忽然对霍桓说：『我们两个的缘分，已经有八个年头了，恐怕以后相聚的时间不长了。』霍桓惊讶地问：『为什么这么说？』青娥并不答话，盛装打扮后去问候了婆母，回房后便躺在床上。霍桓还在琢磨她的话是什么意思，到了床边一看，她已经断气了。霍桓十分悲痛，厚葬了妻子。

孟仙年纪小，经常缠着奶奶要母亲，霍母怜惜孙子和儿子，大病了一场，每日茶饭不思，只想喝鱼汤。可是附近没有卖鲜鱼的，必须到一百里以外的地方。正好家里的仆人和马匹都到外地去了，霍桓等不及他们回来，决定自己一个人去买鱼。他一早就出发，不停地赶路，回来时经过一座山。太阳已经下山了，他两腿沉得像灌了铅一样，根本迈不开步子。忽然，后面跟来一个老翁，问他：『你的脚是不是起疱了？』霍桓连连点头，老翁便扶着他在路边坐下，拿出一个纸包，用火石点燃里面的药粉，熏烤他的两只脚。过了一会儿，不但不疼了，而且感到身上充满了力气。霍桓深深地表达了谢意，说自己急着回家给母亲做鱼汤吃。老翁说自己姓王，就住在附近的村子，临别时，老翁说：『这里有个佳人，我愿意替你做媒。』

桓回到家里，急忙把鱼煮好给母亲吃。母亲稍稍吃了一点，过了几天病就好了。霍桓让家人备好车马，准备去感谢那位王老汉。他带着一个仆人到了那座山里，只见道路崎岖，骑马根本上不去，只好徒步攀登，到了山顶，已经暮色降临，四下张望，根本没有村落的影子。想下山回家，却迷失了道路。

霍桓心中急躁，四处乱走。昏暗中摔到了绝壁下，幸好下面有个平台，正好落在上面。霍桓趴在台子上，往下看，只见黑不见底。他一动不敢动，过了一会儿，发现脚边有个小小的洞口，他便缩着身子，往里退了些，准备等到天亮后，再大声呼救。又过了一会儿，在洞的深处出现了星星点点的亮光。霍桓大着胆子慢慢地爬过去，渐渐地，洞内越来越宽敞，到了三四里的地方，豁然开朗，而且十分明亮。霍桓正好奇地四处打量，忽然一个美貌女子走了过来，看见他大吃一惊，问：『你怎么到这里来了？』

霍桓一看，却是青娥。他一下拉住青娥的胳膊，还没有张口眼泪就流了下来，青娥好言安慰，又问家里人的情况。霍桓说：『你过世一年多了，这里莫非就是阴间吗？』青娥说：『不，这里是神仙洞府。你们安葬的，只是一根竹杖。郎君今天能来这里，也是有仙缘啊。』于是带着他去拜见父亲。

一个胡子很长的男子端坐在堂上，看见霍桓，忙站起来迎接，说：『贤婿来到这里，真是好极了。』随即让人准备酒菜，挽留他住在洞府。霍桓一直念念不忘青娥，想让她和自己同住。两人正在拉拉扯扯，那些小丫鬟都哧哧地偷笑，武老爷忽然走了进来，呵斥道：『你把我的洞府都弄脏了，赶快走吧！』霍桓又羞又气，当即大声说：『我们本来是夫妻，恩爱也是应当的。我现在就可以走，不过要带着我的妻子一起走！』武老爷气呼呼地让青娥带着霍桓一起从后门离开。

霍桓刚刚跨出大门，青娥忽然退回去，把院门紧紧关上了。霍桓回头一看，只见一片悬崖峭壁，连条缝都没有。他大声喊着青娥，可是一点儿声音都没有。这时斜月当空，星光微弱，霍桓心中又是悲伤、又是愤怒，拿出身上的铲子，就在峭壁上凿起来。他埋头苦干，不觉便凿进了三四尺深，这时，隐隐约约听见有人说：『真是罪过呀。』霍桓竭尽全力，挖得更起劲儿了。忽然前面出现两扇大门，青娥被推了出来，马上又合了起来。青娥埋怨霍桓说：『哪里的老道士，给了你这个东西，不停地纠缠人！』霍桓找回妻子，心满意足，只想赶快回家。青娥折了两根树枝，两人一人骑上一根，树枝立即就变成了骏马，一会儿工夫就回到了家。霍桓这才知道，自己进山已经七天了。霍母正在着急，听说儿子回来，急忙出门迎接，看见儿媳，差点儿吓晕过去。霍桓把经过解释了一遍，因为害怕邻居惊怪，他们很快搬到了别的县居住。

青娥和霍桓又一起生活了十八年，霍母病逝了，青娥为婆婆选了墓地，让儿子孟仙去给祖母守墓。过了一个多月，孟仙回家看望父母，他们却没了踪影。孟仙寻找了很久，都没有结果，只好作罢。后来，孟仙四十岁时，在顺天参加乡试，同考场有一个十七八岁的年轻人，神采飘逸，名字叫霍仲仙。霍孟仙十分惊骇，问了他的籍贯和家世，才知道这是自己的弟弟。兄弟相见十分高兴，仲仙说：『小弟离家时，父亲曾叮嘱过，在考场可能遇见陕西姓霍的人，果然应验了。』考试结束后，他们来不及休息，匆匆赶到仲仙的家，刚到门口，一个老仆人就出来迎接，说：『昨天夜里，老太爷和老夫人不知到哪里去了。』两个人大惊，仲仙去问妻子，妻子说：『昨晚吃饭时，母亲说：「你们大哥就要来了，我也就没什么忧虑了。」今天早上去给父母问安，才发现他们不见了。』兄弟俩捶胸顿足，悲痛不已。后来，兄弟俩希望能再次探听到父母的消息，可是四处寻找打探，都没有任何踪迹。

异史氏说：『霍桓钻墙洞，睡绣榻，看他的心意非常痴情；凿石壁，骂岳翁，他的行为又非常狂放。仙人撮合他与青娥的情缘，不过是以长生不老报答他的孝顺罢了。然而既然混迹于人世间，又生了子女，那就在人世间居住直到最后，又有何不可？反而在三十年内屡次抛弃自己的孩子，又是为什么呢？真奇怪啊！』

## 金姑夫

会稽有梅姑祠。神故马姓，族居东莞，未嫁而夫早死，遂矢志不醮，三旬而卒。族人祠之，谓之梅姑。丙申，上虞金生，赴试经此，入庙徘徊，颇涉冥想。至夜，梦青衣来，传梅姑命招之。从去。入祠，梅姑立候檐下，笑曰：『蒙君宠顾，实切依恋。不嫌陋拙，愿以身为姬侍。』金唯唯。梅姑送之曰：『君且去。设座成，当相迓耳。』醒而恶之。是夜，居人梦梅姑曰：『上虞金生，今为吾婿，宜塑其像。』诘村人语梦悉同。族长恐玷其贞，以故不从。未几，一家俱病。大惧，为肖像于左。既成，金生告妻子曰：『梅姑迎我矣。』衣冠而死。妻痛恨，诣祠指女像秽骂；又升座批颊数四，乃去。今马氏呼为金姑夫。

异史氏曰：『未嫁而守，不可谓不贞矣。为鬼数百年，而始易其操，抑何其无耻也？大抵贞魂烈魄，未必即依于土偶；其庙貌有灵，惊世而骇俗者，皆鬼狐凭之耳。』

【译文】

浙江绍兴有个梅姑祠。梅姑神本来姓马，世代居住在山东东莞，但是还没出嫁丈夫就已经死了，于是便立志不再嫁人，到了三十多岁时也死了。族人便为她建了一座祠，称它为梅姑。

丙申年，浙江上虞一个姓金的书生，去考试时路过这里，进庙参观时看见梅姑像，颇为感慨。到夜里，他梦见一个青衣丫鬟来，传梅姑的话招他去。金生便跟她走了。进入祠庙，梅姑已经站在房檐下等候，笑着说：『承蒙你宠爱眷顾，我对你十分依恋。如不嫌我丑陋拙笨，我愿意做你的姬妾。』金生唯唯答应着。梅姑送他走时，说：『你先回去，等你的塑像落成后，我去接你。』金生醒了后，心里很厌恶。这一夜，本地的居民们都梦见梅姑托梦说：『上虞的金生，是我的夫婿，你们应该为他塑像。』村里人互相询问，都做了同样的梦。族长恐怕玷污了梅姑的贞洁，所以没有听从。不久，他一家人全部得病。族长十分恐惧，赶紧在梅姑像的左边塑了金生的像。塑像落成后，金生忽然告诉他的妻子说：『梅姑来迎我了！』于是穿戴整齐后便死了。妻子非常痛恨梅姑，到祠庙里指着梅姑的神像百般辱骂，又爬上神座打了神像一通耳光才走了。直到现在马家的人还呼金生为金姑父。

异史氏说：『还没嫁人就守节不嫁，不可算是不贞洁了。做鬼几百年，才开始改变自己的贞操，这又是多么无耻啊？大体上那些贞女烈妇的魂魄，不一定会依附在那些土塑的偶像上；祠庙有灵，使世俗之人惊奇而害怕的，都是一些鬼狐假借神像干的。』

## 梓潼令

常进士大忠，太原人。候选在都。前一夜，梦文昌投刺。拔签，得梓潼令。奇之。后丁艰归，服阕候补，又梦如前。默思岂复任梓潼乎？已而果然。

【译文】

进士常大忠，太原人。在京师中候选。头一夜梦见文昌帝君送一张名片，第二天便接到了梓潼令的任命，就感到很奇怪。后来回家守暖。丧满候补，又做了一个与当年同样的梦，他默念难道还要再做梓潼县令吗？不久果然又接到梓潼县令的任命。

## 仙人岛

王勉，字黾斋，灵山人。有才思，屡冠文场，心气颇高，善诮骂，多所凌折。偶遇一道士，视之曰：『子相极贵，然被「轻薄孽」折除几尽矣。以子智慧，若反身修道，尚可登仙籍。』王嗤曰：『福泽诚不可知，然世上岂有仙人！』道士曰：『子何见之卑？无他求，即我便是仙耳。』王乃益笑其诬。道士曰：『我何足异。能从我去，真仙数十，可立见之。』问：『在何处？』曰：『咫尺耳。』遂以杖夹股间，即以一头授生，令如己状。嘱合眼，呵曰：『起！』觉杖粗如五斗囊，凌空翕飞，潜扪之，鳞甲齿齿焉。骇惧，不敢复动。移时，又呵曰：『止！』即抽杖去，落巨宅中，重楼延阁，类帝王居。有台高丈余，台上殿十一楹，弘丽无比。道士曳客上，即命童子设筵招宾，殿上列数十筵，铺张炫目。道士易盛服以伺。少顷，诸客自空中来，所骑，或龙、或虎、或鸾凤，不一类。又各携乐器。有女子，有丈夫，有赤其两足。中独一丽者，跨彩凤，宫样妆束，有侍儿代抱乐具，长五尺以来，非琴非瑟，不知其名。酒既行，珍肴杂错，入口甘芳，并异常馐。王默然寂坐，惟目注丽者，然心爱其人，而又欲闻其乐，窃恐其终不一弹。酒阑，一叟倡言曰：『蒙崔真人雅召，今日可云盛会，自宜尽欢。请以器之同者，共队为曲。』于是各合配旅。丝竹之声，响彻云汉。独有跨凤者，乐伎无偶。群声既歇，侍儿始启绣囊，横陈几上。女乃舒玉腕，如筝状，其亮数倍于琴，烈足开胸，柔可荡魄。弹半炊许，合殿寂然，无有咳者。既阕，铿尔一声，如击清磬。共赞曰：『云和夫人绝技哉！』大众皆起告别，鹤唳龙吟，一时并散。道士设宝榻锦衾，备王寝处。王初睹丽人，心情已动；闻乐之后，涉想尤劳。念己才调，自合芥拾青紫，富贵后何求弗得。顷刻百绪，乱如蓬麻。道士似已知之，谓曰：『子前身与我同学，后缘意念不坚，遂坠尘网。仆不自他于君，实欲拔出恶浊，不料迷晦已深，梦梦不可提悟。今当送君行。未必无复见之期，然作天仙须再劫矣。』遂指阶下长石，令闭目坐，坚嘱无视。已，乃以鞭驱石。石飞起，风声灌耳，不知所行几许。忽念下方景界，未审何似，隐将两眸微开一线，则见大海茫茫，浑无边际。大惧，即复合，而身已随石俱堕，砰然一声，汩没若鸥。幸夙近海，略谙泅浮。闻人鼓掌曰：『美哉跌乎！』危殆方急，一女子援登舟上，且曰：『吉利，吉利，秀才「中湿」矣！』视之，年可十六七，颜色艳丽。王出水寒栗，求火燎之。女子言：『从我至家，当为处置。苟适意，勿相忘。』王曰：『是何言哉！我中原才子，偶遭狼狈，过此图以身报，何但不忘！』女子以棹催艇，疾如风雨，俄已近岸。于舱中携所采莲花一握，导与俱去。半里许入村，见朱户南开，进历数重门，女子先驰入。少间，一丈夫出，是四十许人，揖王升阶，命侍者取冠袍袜履，为王更衣。既，询邦族。王曰：『某非相欺，才名略可听闻。崔真人切切眷恋，招升天阙。自分功名反掌，以故不愿栖隐。』丈夫起敬曰：『此名仙人岛，远绝人世。文若，姓桓。世居幽僻，何幸得近名流。』因而殷勤置酒。又从容而言曰：『仆有二女，长者芳云，年十六矣，只今未遭良匹。欲以奉侍高人，如何？』王意必采莲人，离席称谢。桓命于邻党中，招二三齿德来。顾左右，立唤女郎。无何，异香浓射，美姝十余辈，拥芳云出，光艳明媚，若芙蕖之映朝日。拜已，即坐。群姝列侍，则采莲人亦在焉。酒数行，一垂髫女自内出，仅十余龄，而姿态秀曼，笑依芳云肘下，秋波流动。桓曰：『女子不在闺中，出作何务？』乃顾客曰：『此绿云，即仆幼女。颇惠，能记典、坟矣。』因令对客吟诗。遂诵竹枝词三章，娇婉可听。便令傍姊隅坐。桓因谓：『王郎天才，宿搆必富，可使鄙人得闻教乎？』王即慨然颂近体一作，顾盼自雄。中二句云：『一身剩有须眉在，小饮能令块磊消。』邻叟再三诵之。芳云低告曰：『上句是孙行者离火云洞，下句是猪八戒过子母河也。』一座抚掌。桓请其他。王述水鸟诗云：『潴头鸣格磔……』忽忘下句。甫一沉吟，芳云向妹呫呫耳语，遂掩口而笑。绿云告父曰：『渠为姊夫续下句矣。云：「狗腚响弸巴。」』合席粲然。王有惭色。桓顾芳云，怒之以目。王色稍定，桓复请其文艺。王意世外人必不知八股业，乃炫其冠军之作，题为孝哉闵子骞二句，破云：『圣人赞大贤之孝……』绿云顾父曰：『圣人无字门人者，「孝哉……」一句，即是人言。』王闻之，意兴索然。桓笑曰：『童子何知！不在此，只论文耳。』王乃复诵。每数句，姊妹必相耳语，似是月旦之词，但嚅嗫不可辨。王诵至佳处，兼述文宗评语，有云：『字字痛切。』绿云告父曰：『姊云：「宜删切字。」』众都不解。桓恐其语谩，不敢研诘。王诵毕，又述总评，有云：『羯鼓一挝，则万花齐落。』芳云又掩口语妹，两人皆笑不可仰。绿云又告曰：『姊云：「羯鼓当是四挝。」』众又不解。绿云启口欲言，芳云忍笑诃之曰：『婢子敢言，打煞矣！』众大疑，互有猜论。绿云不能忍，乃曰：『去「切」字，言「痛」则「不通」。鼓四挝，其声云「不通又不通」也。』众大笑。桓怒诃之。因而自起泛卮，谢过不遑。王初以才名自诩，目中实无千古；至此，神气沮丧，徒有汗淫。桓谀而慰之曰：『适有一言，请席中属对焉：「王子身边，无有一点不似玉。」』众未措想，绿云应声曰：『黾翁头上，再着半夕即成龟。』芳云失笑，呵手扭胁肉数四。绿云解脱而走，回顾曰：『何预汝事！汝骂之频频，不以为非；宁他人一句，便不许耶？』桓咄之，始笑而去。邻叟辞别。诸婢导夫妻入内寝，灯烛屏榻，陈设精备。又视洞房中，牙签满架，靡书不有。略致问难，响应无穷。王至此，始觉望洋堪羞。女唤『明珰』，则采莲者趋应，由是始识其名。屡受诮辱，自恐不见重于闺闼；幸芳云语言虽虐，而房帏之内，犹相爱好。王安居无事，辄复吟哦。女曰：『妾有良言，不知肯嘉纳否？』问：『何言？』曰：『从此不作诗，亦藏拙之一道也。』王大惭，遂绝笔。久之，与明珰渐狎。告芳云曰：『明珰与小生有拯命之德，愿少假以辞色。』芳云乃即许之。每作房中之戏，招与共事，两情益笃，时色授而手语之。芳云微觉，责词重叠；王惟喋喋，强自解免。一夕，对酌，王以为寂，劝招明珰。芳云不许。王曰：『卿无书不读，何不记「独乐乐」数语？』芳云曰：『我言君不通，今益验矣。句读当不知耶？「独要，乃乐于人要；问乐，孰要乎？曰：不。」』一笑而罢。适芳云姊妹赴邻女之约，王得间，急引明珰，绸缪备至。当晚，觉小腹微痛；痛已，而前阴尽肿。大惧，以告芳云。云笑曰：『必明珰之恩报矣！』王不敢隐，实供之。芳云曰：『自作之殃，实无可以方略。既非痛痒，听之可矣。』数日不瘳，忧闷寡欢。芳云知其意，亦不问讯，但凝视之，秋水盈盈，朗若曙星。王曰：『卿所谓「胸中正，则眸子了焉」。』芳云笑曰：

『卿所谓「胸中不正，则了子眸焉」。』盖『没有』之『没』，俗读似『眸』，故以此戏之也。王失笑，哀求方剂。曰：『君不听良言，前此未必不疑妾为妒意，不知此婢原不可近。曩实相爱，而君若东风之吹马耳，故唾弃不相怜。无已，为若治之，然医师必审患处。』乃探衣而咒曰：『黄鸟黄鸟，无止于楚！』王不觉大笑，笑已而瘳。逾数月，王以亲老子幼，每切怀忆。以意告女。女曰：『归即不难，但会合无日耳。』王涕下交颐，哀与同归。女筹思再三，始许之。桓翁张筵祖饯。绿云提篮入，曰：『姊姊远别，莫可持赠。恐至海南，无以为家，夙夜代营宫室，勿嫌草创。』芳云拜而受之。近而审谛，则用细草制为楼阁，大如橼，小如橘，约二十余座，每座梁栋榱题，历历可数；其中供帐床榻，类麻粒焉。王儿戏视之，而心窃叹其工。芳云曰：『实于君言：我等皆是地仙。因有夙分，遂得陪从。本不欲践红尘，徒以君有老父，故不忍违。待父天年，须复还也。』王敬诺。桓乃问：『陆耶？舟耶？』王以风涛险，愿陆。出则车马已候于门。谢别而迈，行踪骛驶。俄至海岸，王心虑其无途。芳云出素练一匹，望南抛去，化为长堤，其阔盈丈。瞬息驰过，堤亦渐收。至一处，潮水所经，四望辽邈。芳云止勿行，下车取篮中草具，偕明珰数辈，布置如法，转眼化为巨第。并入解装，则与岛中居无稍差殊，洞房内几榻宛然。时已昏暮，因止宿焉。早旦，命王迎养。王命骑趋诣故里，至则居宅已属他姓。问之里人，始知母及妻皆已物故，惟老父尚存。子善博，田产并尽，祖孙莫可栖止，暂僦居于西村。王初归时，尚有功名之念，不恝于怀；及闻此况，沉痛大悲，自念富贵纵可携取，与空花何异？驱马至西村，见父衣服滓敝，衰老堪怜。相见，各哭失声。问不肖子，则出赌未归。王乃载父而还。芳云朝拜已毕，燂汤请浴，进以锦裳，寝以香舍。又遥致故老与谈宴，享奉过于世家。子一日寻至其处，王绝之，不听入，但予以廿金，使人传语曰：『可持此买妇，以图生业。再来，则鞭打立毙矣！』子泣而去。王自归，不甚与人通礼；然故人偶至，必延接盘桓，抑过于平时。独有黄子介，夙与同门学，亦名士之坎坷者，王留之甚久，时与秘语，赂遗甚厚。居三四年，王翁卒，王万钱卜兆，营葬尽礼。时子已娶妇，妇束男子严，子赌亦少间矣；是日临丧，始得拜识姑嫜。芳云一见，许其能家，赐三百金为田产之费。翼日，黄及子同往省视，则舍宇全渺，不知所在。

异史氏曰：『佳丽所在，人且于地狱中求之，况享受无穷乎？地仙许携姝丽，恐帝阙下虚无人矣。轻薄减其禄籍，理固宜然，岂仙人遂不之忌哉？彼妇之口，抑何其虐也！』

【译文】

王勉，字黾斋，是山东灵山卫人。他很有才华，科举考试屡考都是第一，但是他为人心高气傲，喜欢讥讽别人，很多人都曾受过他的奚落。这天，他偶然遇上了一个道士，道士端详了端详他，说：『你的长相主大富大贵，但是都被你的轻薄给抵消没了。凭你的智慧，如果急流勇退去修道，倒还可以名列仙籍。』王勉嗤笑说：『将来的富贵诚然不能预知，但世上哪里有什么仙人？』道士说：『你的见识怎么这么浅薄？仙人不用到别处去找，我就是仙人。』王勉更加嘲笑道士荒谬。道士说：『我还没有什么特别的，你若能跟我去，几十个真仙人，可以立即见到。』王勉问：『在什么地方？』道士回答说：『近在咫尺。』于是把一根木杖夹在双腿间，把另一头交给王勉，然后喝一声：『起！』王勉只觉木杖立即变成了一个很粗的口袋，一收一鼓地凌空飞行。他悄悄地用手摸了摸，摸着一排排牙齿一般的鳞甲。王勉非常惊骇，不敢再动。过了一会儿，听见道士又喝道：『止！』随即抽走木杖，二人落在一座很大的宅第中，只见楼台亭阁绵延不断，就像是帝王的王宫。有个台子一丈多高，上面是一间矗立着十一根柱子的大殿，十分宏大华丽。道士拉着王勉进入殿内，命童子准备宴席招待贵宾。殿上便摆上了几十桌酒宴，其丰盛铺张，耀人眼目。道士特地换上了盛装，等待着客人到来。

不一会儿，客人们都从空中来了。有人骑龙，有人骑虎，还有人骑鸾凤，不一而足。又带着各种乐器，有女的，有男的，还有光着两只脚的。其中唯独有个艳丽的美人，骑着彩凤，宫中打扮，身边一个小丫头抱着乐器，长五尺多，既不是琴，也不是瑟，叫不出什么名字。酒宴开始，满桌珍馐美味，吃起来又甜又香，与常人吃的迥然不同。王勉默默坐着，只是盯着那个美人，心中既很喜欢她，想听她弹的乐曲，又怕她最终也不会弹一曲。酒饮得差不多了的时候，一个老翁倡议说：『蒙崔真人相招，今天可算是一个盛会，自然应当尽欢。请以乐器分类，乐器相同的合奏一曲。』于是那些乐器相同或近似的都聚集在一起，互相配合着演奏起来。美妙的乐声，响彻云霄。唯独那个美人，乐器没有相同的。等大家的乐声都歇息下来，小丫头才打开绣囊，拿出乐器，横摆到桌几上。美人于是伸出白皙的手腕，像拨筝那样开始演奏。那乐器发出的声音比琴要响亮几倍，声音激越处令人胸怀开阔，柔美处则勾人魂魄。一直弹了半顿饭的工夫，整个大殿里静悄悄的，连个咳嗽的也没有。一曲终了，当的一声收住，像击磬一样清脆悦耳。众人齐声称赞说：『云和夫人真是绝技啊！』大家起身告别，一时龙吟鹤鸣，纷纷都散了。

道士安排下华丽的床榻和锦绣被褥，王勉初次见到那个美人，已经心动；听了她弹的音乐后，思念更加迫切。想到凭自己的才华，将来取富贵功名如拾草芥，发达后什么样的女子求不到？顷刻间思绪纷纷，乱如蓬麻。道士似乎已经知道了他的心思，对他说：『你前身曾与我一同修道，后来因为意念不坚，才坠入尘世。我不是勉强你，实在是想把你从恶浊的尘世中拯救出来。不料你已经越陷越深，像做梦一样懵懵懂懂，不能醒悟。现在我仍送你回去，以后也不一定没有再见之期，但想做天仙，须再经历一劫了。』于是指着台阶下的一块长条石，让王勉闭着眼睛坐上，一再嘱咐不要睁眼看。然后用鞭子一抽石头，石头立即飞起来，王勉只觉两耳边风声呼呼，不知道已经飞了多远。忽然想起下方的景色不知道是什么样子，于是便将两眼偷偷睁开条缝，往下一看，只见大海茫茫，无边无际。王勉大为恐惧，立即闭上双眼，然而身子却已经随着石块掉落下来，只听砰的一声，就像一只海鸥那样一头扎进了海水里。幸亏他过去就住在海边，多少会点游泳。这时听见有人鼓掌，说道：『这一跤摔得真美啊！』正危急间，一个女子把他拉到一只船上，还说：『吉利！吉利！秀才「中湿」了！』（中湿：谐音中式，秀才考中举人称为中式。）王勉一看，女子有十六七岁，生得十分美丽。王勉刚从海水里出来，冻得直打哆嗦，求她弄火烤烤。女子说：『跟我回家，我替你收拾。今后发达了，不要忘了我。』王勉说：『这是什么话！我是中原的大才子，偶尔这么狼狈，过后我还要以此身相报呢，岂但是不忘！』

女子摇橹划船，快如疾风骤雨，不一会儿便靠了岸。她从船舱里拿出一枝采到的莲花，引导着王勉一路前行。大约走了半里路，进了一个村庄，见一座朝南的红漆大门，进大门后又走过了几重门，女子先跑了进去。一会儿，一个四十多岁的男子迎出来，向王勉作揖，请他进屋。又命仆人拿来衣帽鞋袜，为王勉换上。然后，问起王勉的家族。王勉说：『我不是说假话，我的才能还是多少有点名声的。崔真人很眷恋我，要招我去天宫。我自觉取功名易如反掌，所以不愿意归隐。』男子肃然起敬，说：『这个地方叫仙人岛，远离人世。我姓桓，名叫文若。我们几代人都住在这幽僻地方，与世隔绝，没想到今天能见到名士。』于是殷勤地摆酒招待。又不紧不慢地说道：『我有两个女儿，大的叫芳云，十六岁了，至今也没遇上一个好配偶。我想让她侍奉你这位高人，不知你意下如何？』王勉以为就是那位采莲姑娘，忙离席道谢。桓文若便命从邻居中找两三位年高有德的人来，又命仆人立即把女儿喊来。不一会儿，传过来阵阵异样的浓香，有十几个美女簇拥着芳云出来，光艳明媚，就像朝阳映照下的莲花。拜见了客人坐下，美女们都站立一边侍奉着，只见采莲姑娘也在里面。

酒过数巡，一个还未成年的小女孩走出来，只有十几岁，姿态俊秀，眼睛水汪汪的像流动的秋波，笑着依偎在芳云的胳膊肘边。桓文若说：『小闺女不在闺中，出来干什么？』又看着客人说，『这是绿云，是我的小女儿。还聪明，能背诵经典了。』便命绿云给客人吟诗，绿云吟诵了三首竹枝词，声音娇婉动听。桓文若便命她挨着姐姐坐下。又对王勉说：『王郎这样的天才，过去的佳作一定很多，不知可否领教领教？』王勉便爽快地背诵了一首近体诗作，诵完了颇为自得。其中有两句说道：『一身剩有须眉在，小饮能令块垒消。』邻座老者再三念诵，芳云低声告诉他说：『上句是孙行者离火云洞，下句是猪八戒过子母河啊！』一座人听了都拊掌大笑。

桓文若又请教其他的诗作，王勉便又背诵了一首水鸟诗：『潴头鸣格磔……』忽然忘了下句，刚一沉思，芳云向妹妹耳边低声咕哝了几句，两人便掩口而笑。绿云告诉父亲说：『姐姐给姐夫续上下句了，是「狗腚响硼巴」。』满座人都哑然失笑。王勉脸上有了惭色。桓文若生气地用眼睛瞪了下芳云，王勉表情才平静了些。桓文若又请教他的文章，王勉觉得世外之人，肯定不懂八股文，便炫耀起自己考试得了第一的那篇文章，题目是『孝哉闵子骞』二句。王勉文章破题的头一句是：『圣人赞大贤之孝……』一句话没完，绿云看着父亲说：『圣人是不会用表字称呼自己弟子的，「孝哉闵子骞」这话不是圣人说的，是别人的话。』王勉听了，一下子失去了再背诵下去的兴致。桓文若笑着说：『小孩知道什么？不挑剔这个，只论文章优劣。』王勉便继续背诵下去。每诵数句，芳云姐妹便相互耳语一番，好像是些评论之词，但咕咕哝哝听不清楚。王勉背诵到好的地方，还捎带着连考官的评语一块儿背了出来，其中一句是『字字痛切』。绿云告诉父亲说：『姐姐说：应该删去「切」字。』众人都不明白是什么意思。桓文若恐怕她的话不好听，也不敢细问。王勉背诵完毕，又讲述了考官的总评，中有『羯鼓一挝，则万花齐落』的句子。芳云又掩着嘴向妹妹讲了几句，两人都笑得前仰后合。绿云告诉父亲说：『姐姐说：羯鼓应当是四挝。』众人又不懂。绿云张口要说，芳云忍住笑呵斥她说：『丫头敢说，看不打死你！』众人大为疑惑，纷纷猜测是什么话。绿云忍不住，说道：『删去「切」字，说「痛」则「不通」了；羯鼓挝四下，发出的声音是「不通又不通」。』众人听了大笑起来。

桓文若恼怒地斥责她们，又亲自起身为王勉斟酒，连连谢过。王勉开始还以自己的才名自诩，目中无人；至此，神情沮丧，只剩下流汗的份儿了。桓文若故意夸赞了他几句，安慰他说：『刚才正好想起一句话，请你对下联：「王子身边，无有一点不似玉。」』众人还没来得及想，绿云应声说道：『「黾翁头上，再着半夕即成龟。」』芳云失声笑了出来，哈哈手去扭绿云胁下。绿云挣脱出来跑了，回过头来说：『关你什么事！你一次次地骂不要紧，我骂他一句就不行了？』桓文若呵斥她一声，绿云才笑着跑了。

邻居老翁都告辞走了，丫鬟们引导着王勉夫妇进入寝室休息。室内灯烛屏风床榻，陈设齐全精美。又看看洞房中，满架子的函套，什么书都有。王勉试着问个生僻的问题，芳云没有答不上来的。王勉至此才望洋兴叹，深为自己过去的自大羞愧。芳云叫『明珰』，采莲姑娘就跑过来伺候，王勉这才知道她的名字。因为屡受芳云的讥讽，王勉深恐芳云瞧不起他。幸而芳云虽然话语刻薄，洞房之内还是温柔多情的。王勉闲居无事，有时便吟诵几句诗文。芳云说：『我有句良言，不知你肯听吗？』王勉问道：『什么良言？』芳云说：『从此不作诗，也是藏拙的一个好办法。』王勉大为羞惭，从此不再提笔。

住了很久，王勉与明珰渐渐亲热起来。他告诉芳云说：『明珰对我有救命之恩，希望你对她好一些。』芳云答应了。夫妻二人每次在房内玩耍时，也把明珰叫来，时间久了，王勉与明珰的感情更深了，有时二人便使眼色、打手势，心照不宣。芳云稍微察觉了些，便责备他们俩，王勉只有唯唯答应，多方为自己开脱。

一夜，夫妻二人一块儿喝酒，王勉以太冷清为由，劝芳云喊明珰来。芳云不同意。王勉说：『你无书不读，怎么不记得「独乐乐」几句（《孟子》原文是：独乐乐，与人乐乐，孰乐？曰：不若与）？』芳云说：『我说你不通，现在更证明了。你怎么连句读都不懂啊？这句话其实是：「独要，乃乐于人要；问乐，孰要乎？曰：不。」』夫妻二人一笑而罢。正巧芳云姐妹去邻女那儿赴约，王勉逮住机会，急忙把明珰找来，二人尽情欢娱了一番。到晚上，王勉觉得小肚子疼痛，痛过后，私处肿了。王勉十分恐惧，连忙告诉芳云。芳云笑着说：『必定是报了明珰的恩了！』王勉不敢隐瞒，把实情招了。芳云说：『自己作的祸，我实在没有办法。又不痛不痒的，随它去吧。』一连几天好不了，王勉十分担忧，闷闷不乐。芳云知道他的心思，故意不闻不问，只是凝视着他，眼睛水汪汪的，明亮得就像天上的星星。王勉说：『你正应了一句话：「胸中正，则眸子了焉。」』芳云笑着说：『你也应了一句话，「胸中不正，则了子眸焉（了子：山东土话，男性生殖器）。」』原来『没有』的『没』，俗读作『眸』，故意以此戏弄他。王勉失声而笑，哀求治疗的方法。芳云说：『你小听我的良言，我以前不让你和她在一起，你未必不认为是我妒忌。你不知道那丫头本就不是可以接近的。以前我是爱你，才忠告你要远离她，你却把我的话当成了耳边风，我所以不可怜你。没办法，就替你治治吧。然而医师必得要观察观察患病的地方。』于是把手伸进他衣服里，口里念道：『黄鸟黄鸟，无止于楚。』王勉听了不觉大笑，笑完了病便好了。

又过了几个月，王勉因为双亲年迈、孩子幼小，常常想家，就把想回家的意思告诉了芳云。芳云说：『回去不难，但再无见面的日子。』王勉双泪交流，哀求她一同回去。芳云思索再三，才同意了。桓文若便设宴为他们二人送行。绿云提着一个篮子过来，说：『姐姐要远行了，我没什么可以送的。恐怕你们到海南后，没处居住，我便连夜替你们造了宫室，别嫌潦草。』芳云施礼接受了。王勉走近仔细看看，见是用细草做成的楼阁，大的像椽那么大，小的才像橘子，二十多座，每座的梁栋椽檩，都历历可数。屋内帐幔床榻，像花椒粒一样。王勉以为是小孩的儿戏，然而心里却也惊叹她的手巧。芳云说：『实话告诉你吧，我们都是地仙。因和你有段夙缘，我们二人才得以在一起。我本不愿与你到尘世去，只因你有老父在，我所以不忍心拒绝你。等老父百年之后，我还要回来。』王勉恭敬地答应了。

桓文若便问：『你们是坐车走，还是坐船走？』王勉觉得海上风大浪高，愿意从陆上走。一出家门，只见车马已经等在门口。告别后，坐上车马一路疾行，很快便到了海边，王勉担心海上无路可走，只见芳云拿出一匹白练，往南抛去，白练化为一道长堤，一丈多宽。车马瞬息间飞驰而过，长堤也随走随收。又来到一处地方，四方都是无边无际的潮水。芳云止住车马，不让前行了。下了车，取出篮子中用草编的楼台房舍，带着明珰等丫鬟如法布置，转眼间便变成了一座巨大的府第。一起进去，解下行装，见与岛上的住宅没什么差别，房内桌几床榻应有尽有。这时天已经晚了，便住下歇息了。

第二天早早起来，芳云便命王勉去把父母接来。王勉骑上马，向家乡跑去。到了村子，见自家的住宅已经归了别人。询问村里的人，才得知母亲和妻子都已去世了，只有老父亲还在。自己的儿子喜好赌博，把田产家业都输没了，祖孙二人没处居住，暂时借宿在西村。王勉刚回来时，还存有博取功名的念头，心里依然念念不忘。及至听说了这些情况，既悲痛又伤心，自己想即使富贵可以到手，可是跟梦中之花有什么区别？驱马来到西村，见父亲穿着肮脏破烂的衣服，颤颤巍巍的衰老样子，令人可怜。父子相见，都失声痛哭。王勉询问自己的那个不孝儿子，说是出去赌博还没回来。王勉便载着父亲返回住处。芳云拜见已毕，立即用香料烧了热水请父亲洗浴，准备了绸缎衣服和香熏过的卧室。又从远处请来了父亲的老友陪他说话，供奉周到超过世家大族。拒绝见他，不让他进门，只是给了他二十两银子，让人传话说：『拿这银子去买个老婆，好好过日子。再敢来，用鞭子打死！』儿子哭泣着走了。

勉自从回来，不大和人来往。然而若是老朋友偶然来到，他必定挽留住下，说话比以前谦虚多了。其中独有个黄子介，是以前的老同学，也是个经历坎坷的名士，王勉留他住了很久，还不时密谈，送给他很多礼物。住了三四年，父亲去世了，王勉花了一万钱，买了坟地，隆重埋葬了。这时儿子已经娶了媳妇，媳妇管束得很严，儿子赌博的次数也少了。在爷爷的丧礼上，儿媳妇才得以认识公婆。芳云一见，赞许她能持家，赐给她三百两银子买田产。埋葬王翁的第二天，黄子介和王勉的儿子同去拜谒，只见原来的房舍院落都不见了，王勉和芳云也无影无踪了。

异史氏说：『有美人的地方，即使是下地狱，也有人去追求，何况是长生不老、享用无穷呢！地仙如果允许人们把美人带走，恐怕皇宫外就会没人奔走了。王勉轻薄，被削减禄籍，合情合理，难道仙人不讨厌轻薄吗？芳云的嘴是多么尖酸刻薄啊！』

## 颠道人

颠道人，不知姓名，寓蒙山寺。歌哭不常，人莫之测，或见其煮石为饭者。会重阳，有邑贵载酒登临，舆盖而往，宴毕过寺，甫及门，则道人赤足着破衲，自张黄盖，作惊跸声而出，意近玩弄。邑贵乃惭怒，挥仆辈逐骂之。道人笑而却走。逐急弃盖；共毁裂之，片片化为鹰隼，四散群飞。众始骇，盖柄转成巨蟒，赤鳞耀目。众哗欲奔。有同游者止之曰：『此不过翳眼之幻术耳，乌能噬人！』遂操刃直前。蟒张吻怒逆，吞客咽之。众骇，拥贵人急奔，息于三里之外。使数人逡巡往探，渐入寺，则人蟒俱无。方将返报，闻老槐内喘急如驴，骇甚。初不敢前；潜踪移近之，见树朽中空，有窍如盘。试一攀窥，则斗蟒者倒植其中，而孔大仅容两手，无术可以出之。急以刀劈树，比树开而人已死。逾时少苏，舁归。道人不知所之矣。

异史氏曰：『张盖游山，厌气浃于骨髓。仙人游戏三昧，一何可笑！余乡殷生文屏，毕司农之妹夫也，为人玩世不恭。章丘有周生者，以寒贱起家，出必驾肩而行。亦与司农有瓜葛之旧。值太夫人寿，殷料其必来，先候于道，着猪皮靴，公服持手本。俟周舆至，鞠躬道左，唱曰：『淄川生员，接章丘生员！』周惭，下舆，略致数语而别。少间，同聚于司农之堂，冠裳满座，视其服色，无不窃笑；殷傲睨自若。既而筵终出门，各命舆马。殷亦大声呼：「殷老爷独龙车何在？」有二健仆，横扁杖于前，腾身跨之。致声拜谢，飞驰而去。殷亦仙人之亚也。』

【译文】

有一个疯疯癫癫的道士，也不知道他姓什么叫什么，就借住在蒙山的一个寺庙里。他有时唱、有时哭，人们都猜不透他。

曾有人见到他煮着石头当饭吃。

一次，正逢重阳节，本县的一个贵人带着酒菜来登山，坐着轿子，还打着仪仗伞。酒宴完毕从寺庙门前经过，只见疯道士光脚穿着破道袍，自己撑着把大黄伞，嘴里还喊着清道的号子走出来，意思像是嘲弄耍笑这位贵人。贵人非常羞惭，指使仆人们边骂边追赶道士。道士一笑，转身跑开。仆人们继续追赶，眼看要赶上了，道士把伞扔到地上。仆人们捡起黄伞，撕得粉碎，伞片却突然变成了一只只鹰隼，四下里乱飞。众人正在害怕，伞柄又一下子变成了一条巨蟒，红色的鳞片耀人眼目。众人惊叫着想要逃开，一个同来的人说：『这不过是障眼法罢了，哪能真吃人？』说完持刀直奔巨蟒。巨蟒张开大口，愤怒地迎过来，猛地将他吞在口里咽了下去。众人大惊，赶忙簇拥着贵人落荒而逃，一直跑出三里开外才停下来歇息。等了会儿，贵人便派出几个人小心翼翼地回去察看动静，渐渐进入寺庙，见道士和巨蟒都不见了。正想返回去禀报，忽然听见一棵老槐树内有驴喘气一样的声音，他们十分害怕。起初不敢走近前看；后来慢慢地悄悄靠近槐树，见树腐烂得中间空空的，树身上有个盘子大小的洞。人们便试着爬上去往洞里一看，只见那个斗蟒的人倒栽葱竖在树洞中，而树身上的孔洞只有两只手大小，没有办法把他救出来。人们急忙用刀去劈树，等树身劈开，那人已经昏死过去了。过了会儿才苏醒过来，人们便把他抬回家去了。而那个疯道士却已经不知去向了。

异史氏说：『张着仪仗伞游山，令人讨厌的俗气深入骨髓。遭到仙人的戏弄，又是多么可笑！我家乡的殷秀才，名叫文屏，是毕尚书的妹夫，为人玩世不恭。章丘有个姓周的秀才，出身于一个贫寒家庭，考中秀才后，每逢出行必定坐轿。这人与毕尚书家也是转弯抹角的亲戚。一次，正赶上太夫人的寿辰，殷文屏料定周秀才一定会来，便穿上衙役才穿的猪皮靴子和公服，手拿着拜见官长时才用的名帖，提前在路上等候。到周秀才来了，他在路左边毕恭毕敬地鞠了一躬，高喊道：「淄川秀才，前来迎接章丘秀才！」周秀才很羞惭，连忙下轿，跟他寒暄几句才走了。不一会儿，众位宾客都同聚于尚书家的大厅堂里，只见满座都是身着华丽官服的客人，贵宾们看见殷秀才寒酸的衣着，无不偷笑；然而殷秀才丝毫不在意，傲慢地左顾右看。等到酒宴结束出门，客人们纷纷喊叫自己的轿子或者车马。殷秀才也大声喊道：「殷老爷的独龙车在哪里？」只见两个健壮的仆人，拿过一根扁担横在他前面，他一步跨上去，跟客人们道个别，两个仆人便抬着他飞也似的跑了。殷秀才也算是和仙人一类的人了。』

## 胡四娘

程孝思，剑南人。少惠能文。父母俱早丧，家赤贫，无衣食业，求佣为胡银台司笔札。胡公试使文，大悦之，曰：『此不长贫，可妻也。』银台有三子四女，皆褓中论亲于大家；止有少女四娘，孽出，母早亡，笄年未字，遂赘程。或非笑之，以为惛髦之乱命，而公弗之顾也。除馆馆生，供备丰隆。群公子鄙不与同食，婢仆咸揶揄焉。生默默不较短长，研读甚苦。众从旁厌讥之，程读弗辍；群又以鸣钲锽聒其侧，程携卷去，读于闺中。初，四娘之未字也，有神巫知人贵贱，遍观之，都无谀词，惟四娘至，乃曰：『此真贵人也！』及赘程，诸姊妹皆呼之『贵人』以嘲笑之；而四娘端重寡言，若罔闻之。渐至婢媪，亦率相呼。四娘有婢名桂儿，意颇不平，大言曰：『何知吾家郎君，便不作贵官耶？』二姊闻而嗤之曰：『程郎如作贵官，当抉我眸子去！』桂儿怒而言曰：『到尔时，恐不舍得眸子也！』二姊婢春香曰：『二娘食言，我以两睛代之。』桂儿益恚，击掌为誓曰：『管教两丁盲也！』二姊忿其语侵，立批之。桂儿号哗。夫人闻知，即亦无所可否，但微哂焉。桂儿噪诉四娘；四娘方绩，不怒亦不言，绩自若。会公初度，诸婿皆至，寿仪充庭。大妇嘲四娘曰：『汝家祝仪何物？』二妇曰：『两肩荷一口！』四娘坦然，殊无惭怍。人见其事事类痴，愈益狎之。独有公爱妾李氏，三姊所自出也，恒礼重四娘，往往相顾恤。每谓三娘曰：『四娘内慧外朴，聪明浑而不露，诸婢子皆在其包罗中而不自知。况程郎昼夜攻苦，夫岂久为人下者？汝勿效尤，宜善之，他日好相见也。』故三娘每归宁，辄加意相欢。是年，程以公力得入邑庠。明年，学使科试士，而公适薨，程缞哀如子，未得与试。既离苫块，四娘赠以金，使趋入遗才籍。嘱曰：『曩久居，所不被呵逐者，徒以有老父在，今万分不可矣！倘能吐气，庶回时尚有家耳。』临别，李氏、三娘赂遗优厚。程入闱，砥志研思，以求必售。无何，放榜，竟被黜。愿乖气结，难于旋里，幸囊资小泰，携卷入都。时妻党多任京秩，恐见诮讪，乃易旧名，诡托里居，求潜身于大人之门。东海李兰台见而器之，收诸幕中，资以膏火，为之纳贡，使应顺天举；连战皆捷，授庶吉士。自乃实言其故。李公假千金，先使纪纲赴剑南，为之治第。时胡大郎以父亡空匮，货其沃墅，因购焉。既成，然后贷舆马往迎四娘。先是，程擢第后，有邮报者，举宅皆恶闻之；又审其名字不符，叱去之。适三郎完婚，戚眷登堂为锳，姊妹诸姑咸在，惟四娘不见招于兄嫂。忽一人驰入，呈程寄四娘函信；兄弟发视，相顾失色。筵中诸眷客始请见四娘。姊妹惴惴，惟恐四娘衔恨不至。无何，翩然竟来。申贺者，捉坐者，寒暄者，喧杂满屋。耳有听，听四娘；目有视，视四娘；口有道，道四娘也：而四娘凝重如故。众见其靡所短长，稍就安帖，于是争把盏酌四娘。方宴笑间，门外啼号甚急。群致怪问。俄见春香奔入，面血沾染。共诘之，哭不能对。二娘呵之，始泣曰：『桂儿逼索眼睛，非解脱，几抉去矣！』二娘大惭，汗粉交下。四娘漠然，合坐寂无一语，各始告别。四娘盛妆，独拜李夫人及三姊，出门登车而去。众始知买墅者，即程也。四娘初至墅，什物多阙。夫人及诸郎各以婢仆、器具相赠遗，四娘一无所受；惟李夫人赠一婢，受之。居无何，程假归展墓，车马扈从如云。诣岳家，礼公柩，次参李夫人。诸郎衣冠既竟，已升舆矣。胡公殁，群公子日竞资财，柩弗顾。数年，灵寝漏败，渐将以华屋作山丘矣。程睹之悲，竟不谋于诸郎，刻期营葬，事事尽礼。殡日，冠盖相属，里中咸嘉叹焉。程十余年历秩清显，凡遇乡党厄急，罔不极力。二郎适以人命被逮，直指巡方者，为程同谱，风规甚烈。大郎浼妇翁王观察函致之，殊无裁答，益惧。欲往求妹，而自觉无颜，乃持李夫人手书往。至都，不敢遽进，觇程入朝，而后诣之。冀四娘念手足之义，而忘睚眦之嫌。阍人既通，即有旧媪出，导入厅事，具酒馔，亦颇草草。食毕，四娘出，颜温霁，问：『大哥人事大忙，万里何暇枉顾？』大郎五体投地，泣述所来。四娘扶而笑曰：『大哥好男子，此何大事，直复尔尔？妹子一女流，几曾见呜呜向人？』大郎乃出李夫人书。四娘曰：『诸兄家娘子，都是天人，各求父兄，即可了矣，何至奔波到此？』大郎无词，但顾哀之。四娘作色曰：『我以为跋涉来省妹子，乃以大讼求贵人耶！』拂袖径入。大郎惭愤而出。归家详述，大小无不诟詈；李夫人亦谓其忍。逾数日，二郎释放宁家，众大喜，方笑四娘之徒取怨谤也。俄而四娘遣价候李夫人。唤入，仆陈金币，言：『夫人为二舅事，遣发甚急，未遑字覆。聊寄微仪，以代函信。』众始知二郎之归，乃程力也。后三娘家渐贫，程施报逾于常格。又以李夫人无子，迎养若母焉。

【译文】

程孝思，四川人，自小就非常聪明，很会写文章。父母很早就已经去世了，家里非常贫穷，又没有什么可以赖以谋生的办法，他只好求胡银台雇用他做文书的差事。胡银台让程生试着去写篇文章，看后非常高兴，说：『这人不会永远受穷，可以把女儿许配给他。』胡银台有三个儿子、四个女儿，都是在吃奶的时候就和大户人家定亲了，只有小女儿四娘，是小老婆生的，母亲很早就死了，到了十五六岁还没定亲，于是胡银台就把四娘许配给程生，招他入赘为婿。有人讥笑胡银台，认为他老糊涂了才这样胡乱主张，而胡银台一概置之不理。他让人收拾了房子，让程生住下，还供给他饭食、衣服等丰盛的日用品。胡家公子都鄙视程生，不愿和他同桌吃饭，连仆人和丫鬟都常常戏弄他。程生默默地忍受，不予计较，只是刻苦读书。众人在旁边故意讽刺挖苦他，程生照旧不停地读书，那些人又鸣锣敲钟地在他前后扰乱他，程生就拿起书本离开，到卧房中读书。

起初，四娘还没定亲时，有个巫婆能预知人的贵贱，巫婆挨个看了胡银台的子女们，都没有说什么奉承的话，只有看到四娘后，才说：『这是真正的贵人！』等到程生入赘后，姐妹们都称呼四娘贵人来嘲笑她，但是四娘性情端庄，沉默寡言，听到这些嘲笑也置若罔闻。渐渐地连丫鬟、老妈子都这样叫起来。四娘有个丫鬟叫桂儿，对此感到不平，大声说：『怎么知道我家姑爷不会做大官呢？』二姐听后，嗤之以鼻地说：『程郎如果做了大官，你就挖了我的眼睛去！』桂儿生气地说：『到那时，恐怕你就会舍不得你的眼珠子了！』二姐的丫鬟春香说：『二小姐如果食言，就用我的两个眼珠子代替。』桂儿听后更加愤怒，和春香击掌发誓说：『准保让你们两个都变成瞎子！』二姐认为桂儿的话冲撞了自己，就甩手打了桂儿几巴掌。桂儿号啕大哭起来。胡夫人听说这件事后，也没说什么，只是微微地冷笑了一声。桂儿吵吵嚷嚷地向四娘哭诉，四娘正在纺线，听了之后不生气也不说话，照旧纺线。

正赶上胡银台做寿，女婿们都来了，送来的贺礼摆满了庭院。大嫂嘲笑四娘说：『你家送的什么寿礼啊？』二嫂接口说：『两个肩膀挑着一张嘴呗！』四娘却坦然处之，没有一点羞惭。众人见四娘凡事都跟傻子一样，就更加戏弄她了。只有胡银台的爱妾李氏，三姐的母亲，一直对四娘以礼相待，总是照顾怜恤她。还常嘱咐三娘说：『四娘外表朴实，内心聪明，精明浑然不外露，那些姐妹丫鬟都在她的罗网之中而自己还不知道。况且程郎日夜苦读，难道会久为人下吗？你可别效仿他们的样子，要善待四娘，将来也好相见啊。』所以三娘每次回娘家，总是特意向四娘示好。

这年，程生凭借胡银台的帮助，考中了秀才。第二年，学使来进行科考，这时胡银台去世了，程生披麻戴孝，像儿子一样守丧尽孝，没有参加考试。孝满以后，四娘给了程生一些银子，让他去取得补考举人的资格，并且嘱咐他说：『以前你能长久住在这里，没有被赶走，只因为有父亲在，现在可是万万不行了！倘若你这次考中举人，回来时可能还能有个家。』程生临走时，李氏、三娘都赠送了他很多银钱。

程生进了考场，穷思苦想，仔细构思，以求务必考中。不久，放榜了，他竟然榜上无名。程生没能实现夙愿，心中郁闷，觉得没脸回家，幸亏行囊中有些钱，就带着行李进了京城。当时妻子家的很多亲戚都在京城做官，程生担心被这些人讥笑，就改了名，假说了个籍贯住址，托人在大官家中谋求差事做。东海的李御史，看到程生后非常器重他，留下他做自己的幕僚，并资助他生活费用，替程生捐了个贡生，让他去参加顺天府的考试。这次程生接连考中了举人、进士，被授予『庶吉士』的官职。程生这才和李御史说明了自己的身世遭遇。李御史先替他拿出一千两银子，派了个管家去四川，为程生买宅子。这时，胡家的大儿子因为父亲去世，家里缺钱用，要卖一所上好的宅院，李家管家就买了下来。房屋安排妥当后，就派车马去接四娘。

在此之前，程生考中后，有个报喜的来到家中，胡家都不愿理会。又发现喜报上的名字不相符，就把报喜的人赶走了。这时正赶上胡家三郎结婚，亲戚朋友都来道喜庆贺，姑嫂姐妹都在，只有四娘没有受到兄嫂的邀请。忽然有个人骑马跑进来了，送上程生交给四娘的一封信，胡家兄弟们打开一看，面面相觑，顿失颜色。此时酒宴中的女眷们才请四娘出来相见。姐妹们都惴惴不安，唯恐四娘记恨不来。不一会儿，四娘就翩然而至。人们纷纷凑上去，有人向她祝贺，有人拉她入座，有人嘘寒问暖，满屋子都闹腾嘈杂着。耳朵听着的是四娘，眼睛看着的是四娘，嘴里说着的也是四娘。而四娘还是像以前一样安详端庄。大家见四娘并不计较什么，才稍稍安下心来，于是争着给四娘斟酒。正在喝酒谈笑的时候，门外传来一阵哭号啼叫的声音。大家奇怪地询问缘故。一会儿看见春香跑了进来，满脸是血。众人一齐追问原因，春香哭得说不上话来。二娘大声呵斥她，春香才哭着说：『桂儿逼着要挖我的眼珠子，要不是我挣脱了，眼珠子就让她挖去了！』二娘听后大为羞惭，汗水把脸上的胭脂都冲了下来。四娘依旧漠然置之，满座的人静悄悄的没人说话，接着客人便陆续告辞。四娘身着盛装，只与李夫人和三姐行礼道别，然后出门上车走了。众人这才知道买宅院的就是程生。四娘初到宅院，日常用的家什大都缺少。胡夫人和哥哥们各以丫鬟、仆人和各种器具相赠，四娘一概不接受，只接受了李夫人送来的一个小丫鬟。

过了不久，程生请假回家扫墓，车马随从如云。到了岳父家，先去向胡银台的灵柩行了祭礼，然后去参拜了李夫人。等到胡家兄弟们穿戴整齐要拜见程生时，程生已上轿打道回府了。胡银台死后，胡家的几个兄弟天天争夺家产，把父亲的灵柩扔在那里不管。过了几年，停放棺木的屋子就破败地漏雨了，渐渐地简直把停放棺木的屋子当成了坟墓。程生看了十分悲伤，也没有和胡家兄弟商量，就自己出资，选定了日子把棺木下葬了，一切按照规定的礼节隆重地进行。出殡那天，很多有地位的人都来送葬，车马相接，家乡的人都赞叹不已。

程生做官十几年都是清贵显要的官职，凡是乡亲们遇到难事，他没有不尽力帮助的。胡二郎因为人命案子被牵连入狱，处理案子的官员，和程生是同榜考中的，办事非常严明。胡大郎央求他的岳父王观察写信求情，却毫无回音，胡家更加害怕。他们想去求四妹，又觉没脸见她，便拿着李夫人的书信前去。到了京城，胡大郎不敢贸然进程家门，暗中看到程生上朝走后才登门求见。胡大郎希望四娘顾念手足之情，忘了从前的种种怨恨。看门的人通报后，就有从前的一个老妈子出来了，带着胡大郎进入内厅，摆上酒菜，不过是简单的饭菜。胡大郎吃完后，四娘出来了，面色温和地问：『大哥在家那么多事情要忙，怎么有空不远万里来到这里看我呢？』大郎跪伏在地，哭泣着说明了来由。四娘扶他起来，笑着说：『大哥是个男子汉，这算什么了不得的大事，值得这个样子？妹子只是女流之辈，你何时见我在人面前呜呜哭泣？』大郎于是拿出李夫人的书信。四娘看后说：『各位嫂子的娘家，都是些了不起的人，各自去找找她们的父亲、兄长，事情就了结了，何必奔波到这里？』大郎无言应答，只是一再哀求。四娘变了脸色，说：『我原以为你跋涉千里只是为了来看妹子，原来是因为有人命官司求「贵人」来了！』说完一甩袖子就进了内室。大郎又羞又恼地出来了。回家后他详细说了见到四娘的情况，一家大小没有不痛骂四娘无情的，就连李夫人也觉得四娘心太硬了。

过了几天，胡二郎竟然被释放回家，大家都很高兴，讥笑四娘不近人情，白白遭到众人的怨恨。不一会儿，四娘派了仆人来问候李夫人。李夫人叫他进来，那人送上带来的金钱，说：『我家夫人为了二舅老爷的案子，忙着托人料理，没顾上给您写回信。让我送上这点儿薄礼，聊表问候来替代书信了。』这时，大家才知道，二郎的平安归来还是靠程生和四娘的帮助。后来，三娘家渐渐贫困了，程生对她的接济远远超出了常规。又因为李夫人没有儿子，程生就把李夫人接到家中，像侍候母亲一样侍候她。

## 禄数

某显者多为不道，夫人每以果报劝谏之，殊不听信。适有方士，能知人禄数，诣之。方士熟视曰：『君再食米二十石、面四十石，天禄乃终。』归语夫人。计一人终年仅食面二石，尚有二十余年天禄，岂不善所能绝耶？横如故。逾年，忽病『除中』，食甚多而旋饥，一昼夜十余餐。未及周岁，死矣。

【译文】

有个很有地位的人，干了许多的坏事，他的妻子常用因果报应的道理劝阻他，但他一点也不听信。这时正好有个方士，能预知人的寿命，于是他就前去拜访。方士仔细端详着他说：『你再吃米二十石、面四十石，天年就尽了。』他把方士的话告诉了妻子。他计算一人一年仅吃面两石，那么还有二十多年的寿命，难道几桩坏事就能把寿命折了吗？因而照旧横行霸道。过了一年，他突然得了糖尿病，吃得很多而又饿得很快，一天一夜要吃十多餐。不到一年，就死了。

## 冤狱

朱生，阳谷人。少年佻达，喜诙谑。因丧偶，往求媒媪。遇其邻人之妻，睨之美。戏谓媪曰：『适睹尊邻，雅少丽，若为我求凰，渠可也。』媪亦戏曰：『请杀其男子，我为若图之。』朱笑曰：『诺。』更月余，邻人出讨负，被杀于野。邑令拘邻保，血肤取实，究无端绪；惟媒媪述相谑之词，以此疑朱。捕至，百口不承。令又疑邻妇与私，搒掠之，五毒参至。妇不能堪，诬伏。又讯朱，朱曰：『细嫩不任苦刑，所言皆妄。既是冤死，而又加以不节之名，纵鬼神无知，予心何忍乎？我实供之可矣：欲杀夫而娶其妇，皆我之为，妇实不知之也。』问：『何凭？』答言：『血衣可证。』及使人搜诸其家，竟不可得。又掠之，死而复苏者再。朱乃云：『此母不忍出证据死我耳，待自取之。』因押归告母曰：『予我衣，死也；即不予，亦死也：均之死，故迟也不如其速也。』母泣，入室移时，取衣出，付之。令审其迹确，拟斩。再驳再审，无异词。经年余，决有日矣。令方虑囚，忽一人直上公堂，怒目视令而大骂曰：『如此愦愦，何足临民！』隶役数十辈，将共执之。其人振臂一挥，颓然并仆。令惧，欲逃。其人大言曰：『我关帝前周将军也！昏官若动，即便诛却！』令战惧悚听。其人曰：『杀人者乃宫标也，于朱某何与？』言已，倒地，气若绝。少顷而醒，面无人色。及问其人，则宫标也。搒之，尽服其罪。盖宫素不逞，知某讨负而归，意腰橐必富，及杀之，竟无所得。闻朱诬服，窃自幸。是日身入公门，殊不自知。令问朱血衣所自来，朱亦不知之。唤其母鞫之，则割臂所染；验其左臂，刀痕犹未平也。令亦愕然。后以此被参揭免官，罚赎羁留而死。年余，邻母欲嫁其妇；妇感朱义，遂嫁之。

异史氏曰：『讼狱乃居官之首务，培阴骘，灭天理，皆在于此，不可不慎也。躁急污暴，固乖天和；淹滞因循，亦伤民命。一人兴讼，则数农违时；一案既成，则十家荡产：岂故之细哉！余尝谓为官者，不滥受词讼，即是盛德。且非重大之情，不必羁候；若无疑难之事，何用徘徊？即或邻里愚民，山村豪气，偶因鹅鸭之争，致起雀角之忿，此不过借官宰之一言，以为平定而已，无用全人，只须两造，笞杖立加，葛藤悉断。所谓神明之宰非耶？每见今之听讼者矣：一票既出，若故忘之。摄牒者入手未盈，不令消见官之票；承刑者润笔不饱，不肯悬听审之牌。蒙蔽因循，动经岁月，不及登长吏之庭，而皮骨已将尽矣！而俨然而民上也者，偃息在床，漠若无事。宁知水火狱中，有无数冤魂，伸颈延息，以望拔救耶！然在奸民之凶顽，固无足惜；而在良民之株累，亦复何堪？况且无辜之干连，往往奸民少而良民多；而良民之受害，且更倍于奸民。何以故？奸民难虐，而良民易欺也。皂隶之所殴骂，胥徒之所需索，皆相良者而施之暴。自入公门，如蹈汤火。早结一日之案，则早安一日之生，有何大事，而顾奄奄堂上若死人，似恐溪壑之不遽饱，而故假之以岁时也者！虽非酷暴，而其实厥罪维均矣。尝见一词之中，其急要不可少者，不过三数人；其余皆无辜之赤子，妄被罗织者也。或平昔以睚眦开嫌，或当前以怀璧致罪，故兴讼者以其全力谋正案，而以其余毒复小仇。带一名于纸尾，遂成附骨之疽；受万罪于公门，竟属切肤之痛。人跪亦跪，状若乌集；人出亦出，还同猱系。而究之官问不及，吏诘不至，其实一无所用，只足以破产倾家，饱蠹役之贪囊；鬻子典妻，泄小人之私愤而已。深愿为官者，每投到时，略一审诘：当逐逐之，不当逐芟之。不过一濡毫、一动腕之间耳，便保全多少身家，培养多少元气。从政者曾不一念及于此，又何必桁杨刀锯能杀人哉！」

【译文】

朱生是山东阳名县人。这个年轻人很爱说笑话，行为举止轻佻。不久前，他的老婆去世了，于是便想着请媒婆再为他找一个小媳妇。碰巧，在路上，他遇到了媒婆邻居的妻子，他偷偷看了几眼，见那妇女生得非常漂亮，就开玩笑地对媒婆说：『刚才我在路上看见你邻居的老婆，长得太漂亮了，你要是能把她介绍给我，就好了。』媒婆听了，也开玩笑地说：『你要是能把她的男人杀了，我就帮你说这个媒。』朱生听罢，笑着答道：『行啊！』于是便回去了。

过了一个多月，那个邻居出去讨债，被人杀死在玉米地里。县官拘捕了他的邻居，把他们一个个打得皮开肉绽，想从他们身上得到线索。媒婆怕受皮肉苦，马上将当初与朱生讲的玩笑话说了出来。

县令赶紧派人把朱生抓来，朱生无论怎样拷问也不承认。县令又怀疑死者的老婆和朱生有私情，对她严刑拷打，为了逼供，各种毒刑都用上了，她无法忍受，被迫招认了。回头又审问朱生，朱生说：『那女子细皮嫩肉熬不过苦刑，所说都是假的，叫她含冤而死，又给她加上不贞洁的罪名，我的良心怎能忍受呢？我实供算了，欲杀她丈夫讨她做老婆都是我做的，她一点都不知道。』县令问：『有什么证据？』朱生说：『有血衣可证。』派人到他家搜查，根本没有血衣。又加以严刑拷打，几次打得死而复苏。朱生说：『我母亲不忍心让我死，不肯拿出证据来，让我自己回去拿。』

朱生在衙役押送下回到家里，对母亲说：『拿出血衣我固然活不成，不拿出血衣，我还是活不成，反正是死，迟死不如早死，还可以少受些罪。』朱母哭着走进后房，过了一会儿，拿出血衣交给差役。县令认为事实可靠，判处朱生死刑。反复多次审问，朱生再不改口，前后折腾了一年多，不久就要执行了。

县令正准备最后一次审讯，忽然有一个人径直走上公堂，瞪着县令大骂说：『像你这样的昏官，怎能治理百姓！』数十名衙役拥上来，想抓这个人，这人振臂一挥，衙役全部摔倒了。县官害怕了，要逃，那人大声说：『我是关老爷跟前的周将军，昏官敢动一动，我就马上把你杀掉！』

县令战战兢兢地听着。那人说：『杀人的人乃是宫标，与朱生有什么关系？』说完，倒在地上，好像没气了。过了一会儿醒了，面无人色。问他是什么人，原来是宫标，一拷打，全部招认了他的罪行。原来宫标平素就是个不法之徒，知道媒婆的邻居讨债归来，心想他身上必然带着许多钱，等杀了人以后，竟然一无所得。听说朱生被屈打成招，暗自庆幸。这天他来到公堂上，自己也不知道是怎么回事。

县令问朱生血衣是怎么来的，朱生也不知道。叫来朱母一问，才知道是朱母割开自己的胳膊染上的血，看了看她的左胳膊，刀痕还没有长好，县令对此也很惊愕。

后来县令因此事被参奏免了官，罚他赎罪留在当地，后来死了。过了一年多，媒婆邻居的母亲想叫媳妇改嫁，媳妇感激朱生的义气，就嫁给了朱生。

异史氏说：『审理案件是当官的最重要的职责，是积阴德，还是灭天理，都在于怎么样断案，这是不能不谨慎小心的。急躁、贪污、残暴，固然违背天理，办事拖拉因循，亦要伤残人命。一人告状就妨碍几户的生产，办成一件大案常使上十户破产，这难道是小事吗？我曾说做官的不随便受理案件就是很大的德行。不是重大案件不必关押人犯，若没有疑难的事就不用拖拉。偶有乡间无知百姓，挟山里人桀骜脾气，偶然因失掉鹅鸭之类小事，造成对立的情绪，这类事只消借当官几句话就可以平定下来，根本不消牵扯更多的人，只消对双方各打几下板子，纠葛马上就可解决。人们称为神明的老爷不就是这样吗？而现在的官却不这样：一张拘票把人抓来，却又不记得是怎么回事。拿着传票的手，钱没塞满不消传票；办案的润笔的钱不够，不肯挂听审的牌子；欺骗拖延，动辄年把几个月。打官司的还没等到上堂，油水已被榨干了。而那些俨然民上的父母官，却悠然高卧在床，漠然无事。怎知水深火热的牢狱中，有无数的冤魂，伸着脖子苟延残喘，等待搭救呢？

『当然对待那些凶顽的刁民，是没什么可怜惜的；但是善良的百姓受到牵连，他们怎能忍受呢？何况受到无辜牵连的，往往是奸民少而良民多；而良民受到的伤害，比奸民受到的伤害加倍地酷烈。为什么呢？因为对奸民难以凌虐，而良民则易于欺压。衙役们殴打辱骂的，官差们伸手勒索的，都看他们是良民而敢于对他们施以暴行。这些良民一进官府大门，如同进入火海。早结一天案子，就早一天安生。有什么大事，看着公堂上那奄奄快死的人，好像唯恐深沟中死尸填不满，而故意拖延时日让他们死掉呢！这种做法虽然还说不上残酷暴烈，而所造的罪孽是一样的啊！

『我曾经看到一份案卷，其中急需审问的要犯，不过三四个人，其余都是无辜的老百姓，都是被错误地牵连进来的。这些人也许一时有些细微的矛盾而涉嫌，或因目前有些钱财而获罪，所以告状的人用全力来谋求主案的解决，用余下的歹毒心肠报小仇。如果名字被写在状纸的末尾，就如同患了深入骨髓的毒瘤。在衙门受尽各种罪，竟成了切肤之痛。人家跪自己跟着跪，就好像群鸟集在一处。人家出来自己也出来，如同拴在一起的猿猴。而审问官问不到他，小吏也问不到他，其实对断案一无所用，只足以让他倾家破产，让衙役中饱贪囊，只足以让他典妻卖子，让小人泄泄私愤而已。我深愿那些为官的人，每当投到一个人犯时，略一审问，该放的就放，不该放的就处罚。这样做，只不过是用笔蘸蘸墨、动动手腕的事，却保全了多少人的身家性命，培养了多少正气。从政官员既不能在保护百姓上用心思，又何必用刑具刀锯杀人害人呢！』

## 甄后

洛城刘仲堪，少钝而淫于典籍，恒杜门攻苦，不与世通。一日，方读，忽闻异香满室；少间，珮声甚繁。惊顾之，有美人入，簪珥光采；从者皆宫妆。刘惊伏地下。美人扶之曰：『子何前倨而后恭也？』刘益惶恐，曰：『何处天仙，未曾拜识。前此几时有侮？』美人笑曰：『相别几何，遂尔梦梦！危坐磨砖者，非子耶？』乃展锦荐，设瑶浆，捉坐对饮，与论古今事，博洽非常。刘茫茫不知所对。美人曰：『我止赴瑶池一回宴耳；子历几生，聪明顿尽矣！』遂命侍者，以汤沃水晶膏进之。刘受饮讫，忽觉心神澄彻。既而曛黑，从者尽去，息烛解襦，曲尽欢好。未曙，诸姬已复集。美人起，妆容如故，鬓发修整，不再理也。刘依依苦诘姓字，答曰：『告郎不妨，恐益君疑耳。妾，甄氏；君，公干后身。当日以妾故罹罪，心实不忍，今日之会，亦聊以报情痴也。』问：『魏文安在？』曰：『丕，不过贼父之庸子耳。妾偶从游嬉富贵者数载，过即不复置念。彼曩以阿瞒故，久滞幽冥，今未闻知。反是陈思为帝典籍，时一见之。』旋见龙舆止于庭中，乃以玉脂合赠刘，作别登车，云推而去。刘自是文思大进。然追念美人，凝思若痴。历数月，渐近羸殆。母不知其故，忧之。家一老妪，忽谓刘曰：『郎君意颇有思否？』刘以言隐中情，告之。妪曰：『郎试作尺一书，我能邮致之。』刘惊喜曰：『子有异术，向日昧于物色。果能之，不敢忘也。』乃折柬为函，付妪便去。半夜而返曰：『幸不误事。初至门，门者以我为妖，欲加缚絷。我遂出郎君书，乃将去。少顷唤入，夫人亦欷歔，自言不能复会。便欲裁答。我言：「郎君羸惫，非一字所能瘳。」夫人沉思久，乃释笔云：「烦先报刘郎，当即送一佳妇去。」濒行，又嘱：「适所言，乃百年计；但无泄，便可永久矣。」』刘喜，伺之。明日，果一老姥率女郎，诣母所，容色绝世，自言：『陈氏，女其所出，名司香，愿求作妇。』母爱之，议聘，更不索资，坐待成礼而去。惟刘心知其异，阴问女：『系夫人何人？』答云：『妾铜雀故妓也。』刘疑为鬼。女曰：『非也。妾与夫人俱隶仙籍，偶以罪过谪人间。夫人已复旧位；妾谪限未满，夫人请之天曹，暂使给役，去留皆在夫人，故得长侍床箦耳。』一日，有瞽媪牵黄犬丐食其家，拍板俚歌。女出窥，立未定，犬断索咋女。女骇走，罗衿断。刘急以杖击犬。犬犹怒，龁断幅，顷刻碎如麻，嚼吞之。瞽媪捉领毛，缚以去。刘入视女，惊颜未定，曰：『卿仙人，何乃畏犬？』女曰：『君自不知：犬乃老瞒所化，盖怒妾不守分香戒也。』刘欲买犬杖毙。女不可，曰：『上帝所罚，何得擅诛？』居二年，见者皆惊其艳，而审所从来，殊恍惚，于是共疑为妖。母诘刘，刘亦微道其异。母大惧，戒使绝之。刘不听。母阴觅术士来，作法于庭。方规地为坛，女惨然曰：『本期白首；今老母见疑，分义绝矣。要我去，亦复非难，但恐非禁咒可遣耳！』乃束薪爇火，抛阶下。瞬息烟蔽房屋，对面相失。忽有声震如雷，已而烟灭，见术士七窍流血死矣。入室，女已渺。呼妪问之，妪亦不知所去。刘始告母：『妪盖狐也。』

异史氏曰：『始于袁，终于曹，而后注意于公干，仙人不应若是。然平心而论：奸瞒之篡子，何必有贞妇哉？犬睹故妓，应大悟分香卖履之痴，固犹然妒之耶？呜呼！奸雄不暇自哀，而后人哀之已！』

【译文】

洛阳的刘仲堪，从小就很愚钝，但却十分喜欢读书，经常自己闭门苦读，不曾与外界交往。一天，他又在那里攻读，忽然就闻到了室内充满了一种异香；不一会儿，环佩声叮当作响，刘生正惊讶，这时进来一位美女，头上的首饰光彩夺目；随从的人都是宫中打扮。刘生吃惊地跪到地上。美人扶他起来，说：『你怎么以前那么傲慢，现在这样谦恭呢？』刘生一听，更加惶恐不安，说：『你是哪里的天仙？我从来不认识你。以前什么时候对你有过不敬？』美人笑着说：『这才分别了多长时间，你就懵里懵懂的像在梦中一样？正襟危坐在那儿磨砖的，不是你吗？』于是铺下锦缎坐垫，摆上美酒佳肴，与刘生对坐饮酒，谈古论今，学问非常渊博。刘生却一片茫然，对答不上来。美人说：『我只去瑶池赴了一次宴，你已经历了几生几死，过去的那点聪明全都没有了！』于是便命侍女用热水冲了水晶膏给他喝。刘生接过喝完，忽觉神清气爽，心里也一下子变得明白清澈起来。一会儿，天黑了，侍女们都走了，二人灭灯解衣上床，极尽欢爱。

天还没亮，侍女们都来了。美人起床，脸上的妆容一如昨天，头发也一丝不乱，不用再梳理。刘生依依不舍，苦苦追问她的名姓。美人回答说：『告诉你也不妨，只是怕你更起疑心。我就是当年的甄后，你是刘桢的后身。你当年因为我的缘故犯了罪，我心里很不忍。今天的相会，就是为了报答你的一片痴情。』刘生便问：『魏文帝现在哪里？』甄后回答说：『曹丕，不过是曹操老贼的一个平庸的儿子罢了。我偶然跟着他游戏了几年富贵生涯，一过去就不再理会了。他以前受他父亲的牵累，在地狱里待了很久，现在不知在哪里。倒是陈思王曹植现为玉皇大帝掌管典籍，有时能见到。』一会儿见一辆龙车停在了院中，甄后把一个盛玉脂的盒子赠给刘生，然后道别上车，祥云簇拥着车子走了。

从此后，刘生写文章的才思大有长进。然而却经常想念甄后，想得如醉如痴。过了几个月，身体便憔悴不堪了。他母亲不知道是什么缘故，十分担忧。家中一个老仆妇忽然对刘生说：『你是不是在想念某个人？』刘生因为她说中了自己的心事，便告诉了她原委。老太太说：『你试着写一封信，我能给你送了去。』刘生惊喜地说：『你有奇异的法术，以前竟然没发现你。如果真能送到，我忘不了你。』于是修书一封，交给老太太让她走了。到半夜，老太太回来了，说：『侥幸没耽误事。刚到人家门上时，看门的人以为我是妖怪，要捆起我来。我便拿出你写的书信，看门人把信拿进去，不一会儿便喊我进去。夫人看了信也唏嘘不已，自己说不可能再见面了，就要写回信。我说：「公子的病，不是一封信就能治好的。」夫人沉思了很久，放下笔说：「麻烦你先去告诉刘郎，不久之后就给他送一个漂亮媳妇去。」我要走时，又嘱咐我说：「刚才告诉你的事，是百年大计，只要不泄露，他们夫妇就可以白头到老。」』刘生听了大喜，就专心等着。

第二天，果然有个老妇人领着一个女郎到了他母亲那边，女郎生得艳丽无双。老妇人自称姓陈，女郎是她的亲生女儿，叫司香，愿意到刘家做媳妇。刘生的母亲很喜欢这个女子，便和老妇人商量下聘礼。老妇人却一点聘礼也不要，坐等刘生和她女儿成了婚才走了。刘生心里知道是怎么回事，他悄悄问女子：『你是甄后的什么人？』女子回答说：『我是曹操铜雀台里的嫔妃。』刘生怀疑她是鬼，女子说：『不是，我与甄后都已经成了仙，后因有过错，被贬谪到人间。甄后已经被召回，我期限还没满。甄后向天上的仙官们求情，暂时把我派给她使唤，我去还是留全在于夫人，所以我们能长相厮守。』

一天，有个瞎老太太牵着一条黄狗来到刘家乞讨，敲着板儿唱着小曲。女子从房里出来偷瞧，还没站稳，那条黄狗挣断绳子窜过去就要咬她。女子惊骇地连连倒退，裙子脚已经被狗撕烂了。刘生急忙抄起一根棍子向狗打去，黄狗仍然愤怒地咬着撕下来的布条，顷刻间就嚼碎了。瞎老太太抓住狗脖子上的毛，重新拴上绳子牵走了。刘生进屋看看女子，见她还吓得惊魂未定，便说：『你是仙人，怎么还怕狗？』女子说：『你不知道，那条黄狗是曹操老贼变的，他肯定是愤怒我没有遵守「分香」的戒律。』刘生要买下那条狗打死，女子不同意，说：『玉皇大帝罚他做狗，哪能随便杀他？』

过了两年，见过女子的人都惊奇她的艳丽，可是问起她的家世，又总是含含糊糊，于是众人便都怀疑她是妖怪。母亲询问刘生，刘生也多少透露了些她的身世，母亲非常恐惧，告诫儿子与女子断绝关系。刘生不听。母亲便暗中找了一个法师来，在院子里作法驱赶女子。刚刚在地下画出筑法坛的位置，女子已知，悲戚地对刘生说：『本来期望能白头到老，现在被老母疑虑，我们的情分到头了。要赶我走也不是难事，但恐怕不是禁咒能办到的！』于是抱了一捆柴草点上火，扔到屋外台阶下，瞬息间浓烟遮蔽了房屋，对面看不见人。忽然又响起打雷一样的声音，不一会儿，烟灭了，只见法师已经七窍流血，死在地上。进屋一看，女子也已经消失得无影无踪。又呼喊家中的那个老仆妇，也不知哪里去了。刘生把这事告诉了母亲。老仆妇大概是个狐仙吧。

异史氏说：『甄后这人，起初嫁给袁氏，最终跟了曹家，而后又钟情于刘桢，按说仙人不应该这样。然而平心而论，奸贼曹操的篡逆儿子，凭什么就该有贞洁烈妇？黄狗看见原来的嫔妃，应该觉悟「分香卖履」之傻，还依然嫉妒吗？唉！奸雄来不及为自己悲哀，从而让后人为他悲哀啊！』

## 小翠

王太常，越人。总角时，昼卧榻上。忽阴晦，巨霆暴作，一物大于猫，来伏身下，展转不离。移时晴霁，物即径出。视之，非猫，始怖，隔房呼兄。兄闻喜曰：『弟必大贵，此狐来避雷霆劫也。』后果少年登进士，以县令入为侍御。生一子名元丰，绝痴，十六岁不能知牝牡，因而乡党无与为婚。王忧之。适有妇人率少女登门，自请为妇。视其女，嫣然展笑，真仙品也。喜问姓名。自言：『虞氏。女小翠，年二八矣。』与议聘金。曰：『是从我糠核不得饱，一旦置身广厦，役婢仆，厌膏粱，彼意适，我愿慰矣，岂卖菜也而索直乎！』夫人大悦，优厚之。妇即命女拜王及夫人，嘱曰：『此尔翁姑，奉侍宜谨。我大忙，且去，三数日当复来。』王命仆马送之。妇言：『里巷不远，无烦多事。』遂出门去。小翠殊不悲恋，便即奁中翻取花样。夫人亦爱乐之。数日，妇不至。以居里问女，女亦憨然不能言其道路。遂治别院，使夫妇成礼。诸戚闻拾得贫家儿作新妇，共笑姗之；见女皆惊，群议始息。女又甚慧，能窥翁姑喜怒。王公夫妇，宠惜过于常情，然惕惕焉惟恐其憎子痴；而女殊欢笑，不为嫌。第善谑，刺布作圆，蹋蹴为笑。着小皮靴，蹴去数十步，绐公子奔拾之；公子及婢恒流汗相属。一日，王偶过，圆訇然来，直中面目。女与婢俱敛迹去，公子犹踊跃奔逐之。王怒，投之以石，始伏而啼。王以告夫人；夫人往责女，女俯首微笑，以手刓床。既退，憨跳如故，以脂粉涂公子作花面如鬼。夫人见之，怒甚，呼女诟骂。女倚几弄带，不惧，亦不言。夫人无奈之，因杖其子。元丰大号，女始色变，屈膝乞宥。夫人怒顿解，释杖去。女笑拉公子入室，代扑衣上尘，拭眼泪，摩挲杖痕，饵以枣栗。公子乃收涕以忻。女阖庭户，复装公子做霸王，作沙漠人；己乃艳服，束细腰，婆娑作帐下舞；或髻插雉尾，拨琵琶，丁丁缕缕然，喧笑一室，日以为常。王公以子痴，不忍过责妇；即微闻焉，亦若置之。同巷有王给谏者，相隔十余户，然素不相能；时值三年大计吏，忌公握河南道篆，思中伤之。公知其谋，忧虑无所为计。一夕，早寝，女冠带，饰冢宰状，剪素丝作浓髭，又以青衣饰两婢为虞候，窃跨厩马而出，戏云：『将谒王先生。』驰至给谏之门，即又鞭挞从人，大言曰：『我谒侍御王，宁谒给谏王耶！』回辔而归。比至家门，门者误以为真，奔白王公。公急起承迎，方知为子妇之戏。怒甚，谓夫人曰：『人方蹈我之瑕，反以闺阁之丑登门而告之，余祸不远矣！』夫人怒，奔女室，诟让之。女惟憨笑，并不一置词。挞之，不忍；出之，则无家：夫妻懊怨，终夜不寝。时冢宰某公赫甚，其仪采服从，与女伪装无少殊别，王给谏亦误为真。屡侦公门，中夜而客未出，疑冢宰与公有阴谋。次日早朝，见而问曰：『夜相公至君家耶？』公疑其相讥，惭言唯唯，不甚响答。给谏愈疑，谋遂寝，由此益交欢公。公探知其情，窃喜，而阴嘱夫人，劝女改行；女笑应之。逾岁，首相免，适有以私函致公者，误投给谏。给谏大喜，先托善公者往假万金，公拒之。给谏自诣公所。公觅巾袍，并不可得；给谏伺候久，怒公慢，愤将行。忽见公子衮衣旒冕，有女子自门内推之以出，大骇；已而笑抚之，脱其服冕而去。公急出，则客去远。闻其故，惊颜如土，大哭曰：『此祸水也！指日赤吾族矣！』与夫人操杖往。女已知之，阖扉任其诟厉。公怒，斧其门。女在内含笑而告之曰：『翁无烦怒。有新妇在，刀锯斧钺，妇自受之，必不令贻害双亲。翁若此，是欲杀妇以灭口耶？』公乃止。给谏归，果抗疏揭王不轨，衮冕作据。上惊验之，其旒冕乃粱秸心所制，袍则败而黄袱也。上怒其诬。又召元丰至，见其憨状可掬，笑曰：『此可以作天子耶？』乃下之法司。给谏又讼公家有妖人，法司严诘臧获，并言无他，惟颠妇痴儿，日事戏笑；邻里亦无异词。案乃定，以给谏充云南军。王由是奇女。又以母久不至，意其非人。使夫人探诘之，女但笑不言。再复穷问，则掩口曰：『儿玉皇女，母不知耶？』无何，公擢京卿。五十余，每患无孙。女居三年，夜夜与公子异寝，似未尝有所私。夫人异榻去，嘱公子与妇同寝。过数日，公子告母曰：『借榻去，悍不还！小翠夜夜以足股加腹上，喘气不得；又惯掐人股里。』婢妪无不粲然。夫人呵拍令去。一日，女浴于室，公子见之，欲与偕；女笑止之，谕使姑待。既出，乃更泻热汤于瓮，解其袍裤，与婢扶之入。公子觉蒸闷，大呼欲出。女不听，以衾蒙之。少时，无声，启视，已绝。女坦笑不惊，曳置床上，拭体干洁，加复被焉。夫人闻之，哭而入，骂曰：『狂婢何杀吾儿！』女辗然曰：『如此痴儿，不如勿有。』夫人益恚，以首触女；婢辈争曳劝之。方纷噪间，一婢告曰：『公子呻矣！』辍涕抚之，则气息休休，而大汗浸淫，沾浃茵褥。食顷，汗已，忽开目四顾，遍视家人，似不相识，曰：『我今回忆往昔，都如梦寐，何也？』夫人以其言语不痴，大异之。携参其父，屡试之，果不痴。大喜，如获异宝。至晚，还榻故处，更设衾枕以觇之。公子入室，尽遣婢去。早窥之，则榻虚设。自此痴癫皆不复作，而琴瑟静好，如形影焉。年余，公为给谏之党奏劾免官，小有挂误。旧有广西中丞所赠玉瓶，价累千金，将出以贿当路。女爱而把玩之，失手坠碎，惭而自投。公夫妇方以免官不快，闻之，怒，交口呵骂。女奋而出，谓公子曰：『我在汝家，所保全者不止一瓶，何遂不少存面目？实与君言：我非人也。以母遭雷霆之劫，深受而翁庇翼；又以我两人有五年夙分，故以我来报曩恩、了夙愿耳。身受唾骂、擢发不足以数，所以不即行者，五年之爱未盈。今何可以暂止乎！』盛气而出，追之已杳。公爽然自失，而悔无及矣。公子入室，睹其剩粉遗钩，恸哭欲死；寝食不甘，日就羸瘁。公大忧，急为胶续以解之，而公子不乐。惟求良工画翠小像，日夜浇祷其下，几二年。偶以故自他里归，明月已皎，村外有公家亭园，骑马墙外过，闻笑语声，停辔，使厩卒捉鞚，登鞍一望，则二女郎游戏其中。云月昏蒙，不甚可辨。但闻一翠衣者曰：『婢子当逐出门！』一红衣者曰：『汝在吾家园亭，反逐阿谁？』翠衣人曰：『婢子不羞！不能作妇，被人驱遣，犹冒认物产也？』红衣者曰：『索胜老大婢无主顾者！』听其音，酷类小翠，疾呼之。翠衣人去曰：『姑不与若争，汝汉子来矣。』既而红衣人来，果小翠。喜极，女令登垣，承接而下之，曰：『二年不见，骨瘦一把矣！』公子握手泣下，具道相思。女言：『妾亦知之，但无颜复见家人。今与大姊游戏，又相邂逅，足知前因不可逃也。』请与同归，不可；请止园中，许之。公子遣仆奔白夫人。夫人惊起，驾肩舆而往，启钥入亭。女即趋下迎拜；夫人捉臂流涕，力白前过，几不自容，曰：『若不少记榛梗，请偕归，慰我迟暮。』女峻辞不可。夫人虑野亭荒寂，谋以多人服役。女曰：『我诸人悉不愿见，惟前两婢朝夕相从，不能无眷注耳，外惟一老仆应门，余都无所复须。』夫人悉如其言。托公子养疴园中，日供食用而已。女每劝公子别婚，公子不从。后年余，女眉目音声，渐与曩异，出像质之，迥若两人。大怪之。女曰：『视妾今日，何如畴昔美？』公子曰：『今日美则美，然较昔则似不如。』女曰：『意妾老矣！』公子曰：『二十余岁，何得速老？』女笑而焚图，救之已烬。一日，谓公子曰：『昔在家时，阿翁谓妾抵死不作茧。今亲老君孤，妾实不能产，恐误君宗嗣。请娶妇于家，旦晚侍奉公姑，君往来于两间，亦无所不便。』公子然之，纳币于钟太史之家。吉期将近，女为新人制衣履，赍送母所。及新人入门，则言貌举止，与小翠无毫发之异。大奇之。往至园亭，则女亦不知所在。问婢，婢出红巾曰：『娘子暂归宁，留此贻公子。』展巾，则结玉玦一枚，心知其不返，遂携婢俱归。虽顷刻不忘小翠，幸而对新人如觌旧好焉。始悟钟氏之姻，女预知之，故先化其貌，以慰他日之思云。

异史氏曰：『一狐也，以无心之德，而犹思所报；而身受再造之福者，顾失声于破甑，何其鄙哉！月缺重圆，从容而去，始知仙人之情，亦更深于流俗也！』

【译文】

浙江有个叫王太常的读书人，他小的时候就遇到了一件很怪的事。那天，他正趴在床上玩耍时，忽然间，天空中就阴云密布，白天转瞬就变成了黑夜，还响起阵阵震耳欲聋的雷声。就在此时，从屋外猛地窜进来一只小动物，『嗖』地就跳上床，一头钻入王太常怀中，趴在他身下瑟瑟发抖，小爪子还紧紧拽着他的衣衫，翻来覆去就是不肯离开。

不一会儿，天又放晴了，那个小东西迅捷地跳下床，头也不回一溜烟地跑了。王太常这才发现那是只狐狸，吓得连声叫唤：『哥哥，快来。』哥哥匆忙从隔壁房间跑过来，听了以后，高兴地说：『这只狐狸是来躲避雷霆劫的，弟弟助它逃过一难，将来一定会大富大贵啊。』后来，王太常果然很年轻就考中进士，当了几年县官后，就进京做了监察御史。王太常夫妇膝下只有一子，这孩子名叫元丰，十分傻笨，因此直到十六岁，仍然没人肯把女儿嫁给他。王太常为了儿子的婚事整日唉声叹气。

有一个妇人登门造访，还领着一个小姑娘，说是给元丰做媳妇。王太常看那小姑娘，容貌很美，脸上还总是带着微笑，很满意，连忙问妇人的姓名。妇人自我介绍说：『我姓虞。女儿叫小翠，今年已经十六岁了。』王太常越看小翠越喜欢，就和妇人商量彩礼，准备订下婚约。

妇人拒绝道：『小翠跟着我，没少吃苦。一旦嫁入您家，往后住的是高宅大院，吃的是珍馐美味，她日子过得好，我也就心满意足了，怎么还敢向大人要彩礼呀？』妇人又拉着女儿上前拜见王太常夫妇，叮嘱她说：『这就是你的公公婆婆，以后要好好侍奉二老。我很忙，就先回去了，过几天再来看你。』王太常连忙吩咐仆人备马送亲家回去。妇人连连摆手，说：『我家离这里不远，就不用麻烦了。』说完就走了。

小翠离开了母亲，似乎也不特别悲伤，反倒兴致勃勃地跑到房间里，在梳妆匣里翻取首饰玩。王夫人看她天真活泼的模样，也很喜爱。过了几天，妇人始终没有再来，问小翠家住在哪里，小翠支支吾吾的，就是说不清楚。

王家唯恐有变，决定马上给儿子举行婚礼。许多亲戚听说王太常捡了一个穷人家的女儿做儿媳妇，都暗地里讥笑他。可当他们见到小翠时，都被她的美貌惊住了，无不交口称赞。

小翠不仅漂亮，而且聪明伶俐，总能一眼看出公婆的喜怒哀乐。王太常夫妇也因此更加宠爱她，但总是担心小翠嫌儿子太傻。可小翠整日快快乐乐，对傻丈夫没有半点嫌弃之意。

小翠活泼好动，喜欢玩闹，总能想出些稀奇古怪的法子来。有一次，她用碎布缝了一个圆球，整天带着一帮丫鬟踢球取乐。小翠动作灵巧，踢起球来花样百出，蹬着一双小皮靴，用足尖一挑，就把球踢出几十步远。元丰和丫鬟们则追在后头，东奔西跑地去抢球，一个个累得汗流浃背。

小翠她们正在院中踢球，王太常刚好路过。突然，球斜飞出来，『砰』的一声砸在他脸上。小翠和丫鬟们机灵得很，一溜烟就躲起来了，只有傻元丰还跑着跳着去追球。王太常气得捡起一块石头就朝他丢去。元丰捂着头，蹲在地上哇哇大哭。王夫人听说了这件事。小翠也不回嘴，低着头笑眯眯的，一边听婆婆训话，一边用指甲在床沿上画来画去。没等夫人走远，她就跳起来，招呼元丰继续玩耍，用胭脂给他涂了一个大花脸。夫人转回来一看，见儿媳妇毫无悔改之意，更加生气了，不由分说就训斥起来。小翠倚着桌子，捻着裙带，不害怕也不说话。夫人拿她没辙，只好拿儿子撒气，举起木棍抽打元丰。元丰逃到墙角缩成一团，大哭大叫。小翠这才着急起来，赶忙跪在地上请求婆婆饶恕。

夫人见她还是真心爱护元丰的，怒火顿消，于是放下了木棍。等她走了，小翠笑盈盈地把丈夫拉进屋里，替他扑打身上的尘土，给他擦眼泪，轻轻抚摸着棒伤，还用红枣栗子哄他。元丰立即破涕为笑了。从此以后，小翠再也不去院子里踢球，而是把大门一关，和元丰两人窝在屋子里嬉闹。有时，她把元丰打扮成楚霸王项羽，自己则穿上艳丽的服装，把腰束得细细的，扮作虞姬婆娑起舞。有时，又把元丰打扮成匈奴人，自己扮作出塞的王昭君，在发髻上插上两根长长的雉尾翎，一边弹琵琶一边唱歌。小翠天天逗着傻丈夫玩耍，公公婆婆尽管心中不快，但因为儿子痴傻，也不忍过分责备媳妇，只当作什么也不知道，听之任之。

在王太常所住的这条街上，隔着十几户人家，住着都察院官吏王给谏，两人向来是水火不容。王给谏忌妒王太常握着河南道监察御史的权印，整天想着攻击陷害他。当时正赶上三年一次的官吏考核，王太常唯恐被王给谏抓住把柄陷害自己，无时无刻不提心吊胆。

一天晚上，王太常早早就睡下了。小翠蹑手蹑脚地来到马房，偷偷牵出了三匹马，带上两个丫鬟出了后门。她戴上纱帽，穿上朝服，剪了些白丝线做成浓密的胡须，粘在下巴上，扮成吏部尚书的模样。又叫两个丫鬟穿上青衣，戴上青帽，扮成侍从，三人骑着马，一路来到王给谏的门前。小翠故意装出生气的样子，一边鞭打侍从，一边大声喝道：『我要见的是御史王大人，你们怎么领我到王给谏家来了？』说完，就勒转马头往回走。

等回到家门口，守门人误以为真是尚书来了，急忙跑进去禀告王太常。王太常急忙起床，手忙脚乱地穿好衣服，跑去前厅迎接，也来不及细看，就向『尚书』施礼下拜。谁料，『尚书』大人却扑哧一笑，听起来分明是女子的声音，王太常抬头一看，这不是小翠吗？

他这才知道是儿媳妇开的玩笑，十分恼火，怒气冲冲地返回内室，对夫人说：『王给谏正想方设法地找碴儿陷害我，小翠倒好，直接把把柄送到人手里去了，看来我要大祸临头了。』夫人一听，火冒三丈，跑进小翠的绣房，劈头盖脸就是一顿痛骂。小翠一句话也不争辩，只是憨笑。打她吧，不忍心；休她吧，她又无家可归。夫妻俩又是懊悔又是怨恨，一宿都没睡觉。隔壁的王给谏也是一夜未眠，因为小翠的装扮实在是太逼真了，无论是衣着还是神态，都像极了当朝吏部尚书，把他也骗过去了。王给谏怀疑吏部尚书和王太常在背后密谋什么，就一遍遍派人去王太常家门口侦察，可是直到半夜，始终不见客人出来。

第二天早朝，王给谏看见王太常，就问：『昨晚尚书大人光临贵府啦？』王太常却以为他在讥笑自己，羞愧得满脸通红，支支吾吾地应了一声。王给谏见他含糊其词，就更加疑心了。吏部尚书是当朝显贵，王给谏见王太常和尚书关系如此密切，便不敢轻举妄动，也就打消了陷害王太常的念头。王太常探听到这个情况，心里暗自高兴，没想到小翠开的这个玩笑，误打误撞给他解决了个大难题。还是劝儿媳以后不要再胡闹。小翠听了，笑眯眯地连连点头。

一年后，宰相被免职了，他写给王太常的私人书信误投给了王给谏。王给谏暗自高兴，觉得抓住了仇敌的把柄，便托人向王太常勒索一万两银子，却遭到王太常的严词拒绝。第二天，王给谏就亲自找上门来。王太常正要出去应酬客人，可偏偏怎么也找不到官服、帽子。王给谏枯坐客厅，等了很长时间，始终不见主人出来，觉得王太常对他实在是太轻慢无理了，气冲冲地就往外走。一转身，却看见王太常的儿子身穿龙袍，头戴龙冠，被小翠从屋子里推出来。王给谏先是大吃一惊，随即就挤出一个假笑，哄着元丰脱下龙袍，摘下皇冠。小翠站在一旁笑嘻嘻地看着，并不过问。等王太常闻讯赶来，王给谏已经走远了。他听说了事情的来龙去脉，顿时面如土色，痛哭流涕地说：『我们家媳妇可真是一个祸害呀。私造龙袍是灭九族的大罪，咱们王家是要完蛋了。』说着，就抄起棍子要找小翠算账。小翠赶忙拉着丈夫跑进屋，闩好门闩，任凭公婆在外又哭又骂，就是不开门。王太常愤怒难平，一把抢起斧子劈向房门，喊着要杀了这对闯祸的小畜生。小翠却一点也不害怕，在屋内笑着说：『公公，您怕什么？若是皇上怪罪下来，刀劈斧砍由我承担，一定不让您二老受到伤害。公公若是杀了我们，岂不是杀人灭口，落人口实吗？』王太常无可奈何，长叹一声，摔下斧子扭头就走。

王给谏回去以后，果然直言上奏，揭发王太常心怀不轨，想篡权夺位，有龙袍皇冠做证。皇帝接过一看，不由愣住了，所谓的皇冠是用高粱秸扎的，那龙袍也不过是用几块黄色破布缝制的。他又召元丰上金銮殿对质，见元丰憨态可掬，不由笑道：『这样一个傻小子，能做天子吗？』皇帝认为王给谏诬告不实，十分生气，当即传下圣旨，把他交给三法司审问。王给谏吓得连连磕头，慌忙说道：『皇上，臣万死不敢欺君哪。王太常家一定是有妖人作怪，望皇上明察。』皇帝又派人去严审王家的奴仆丫鬟，他们都说没有妖怪，只有一个疯疯癫癫的媳妇和一个傻透了的公子。审问邻居，得到的也是同样的供词。于是，这案子就此定了下来，王给谏犯诬陷之罪，被发配到云南充军。王家再一次化险为夷，由此王太常认为小翠很神奇，料想她不是凡人，让王夫人试探着问小翠家世。小翠只是笑眯眯地不说话，王夫人再要刨根问底，她就掩着口偷笑道：『我是玉皇大帝的女儿，婆婆不知道吗？』过了不久，王太常升为京卿。这时他已年过五十了，时常忧虑自己没有孙子。小翠在王家居住的这三年间，从未与元丰共枕同眠，天天分睡两床。夫人于是派人抬走一张床，嘱咐儿子跟媳妇在一个床上睡觉。没过几天，元丰就跑来向母亲诉苦：『娘亲，你借走我的床，怎么还不还来！小翠天天晚上把腿搁在我的肚子上，压得我喘不过气来，她还老掐我。』丫鬟仆妇一听，都乐不可支。夫人尴尬得不行，气得拍他一巴掌，把他呵斥出去了。一天，小翠在屋里洗澡，元丰看见了，闹着要和她一道洗。小翠笑眯眯地止住他，让他暂且等一会儿。她洗完后，叫人换了一桶热水，脱下元丰的袍子裤子，和丫鬟一起把他扶进浴桶。元丰觉得雾气蒸腾，十分闷热，不耐烦地大声喊道：『我要出去。』小翠不听，还用被子蒙上了桶口，不准他乱动。

过了不一会儿，元丰就没了动静，掀开被子一看，已经气绝身亡。丫鬟们吓得连连尖叫，忙不迭跑去找夫人。小翠却一点也不惊慌，神态坦然地笑着，把元丰拽出来放到床上，然后擦干水渍，替他盖被子。夫人得到了丫鬟的禀告，哭天喊地冲进来，指着小翠大骂：『疯丫头，你为什么害死我的儿子！』小翠启齿笑道：『这样的傻儿子，还不如没有的好。』夫人怒不可遏，一头撞向小翠，要跟她拼命。正闹得不可开交时，一个丫鬟惊喜地喊着：『公子醒过来了！』夫人立刻擦干眼泪，跑到床边，就见元丰呼哧呼哧地大声喘气，身上还不停地冒汗，连被褥都湿透了。过了一顿饭的工夫，汗终于止住了，元丰忽地睁开眼睛，茫然地看着四周，把周围的人看了个遍，似乎都不认识，迷迷糊糊地说：『我现在回想从前的事情，就像在睡梦之中，这是怎么回事呀？』夫人听他说话有条有理，感到很惊异，一次次试探，惊喜地发现：傻儿子竟然变聪明了！夫妇俩欣喜若狂，如同得了一件奇珍异宝。从此以后，元丰不再痴傻了，小翠的性子也稳重了，小两口互敬互爱，如影随形，谁也离不开谁。

又过了一年多，王太常被王给谏的同党参了一本，受到弹劾罢了官，整日闷闷不乐，总想着打通关节，让自己官复原职。王太常家中有个广西巡抚赠送的玉瓶，价值几千两银子，正准备拿出去贿赂掌权的官员。谁知，小翠见了这瓶子，很喜爱，拿在手里翻来覆去地玩赏，一不小心，失手掉在地上，把玉瓶摔个粉碎。小翠后悔不已，到公婆屋里主动承认错误。王太常夫妇因为罢了官职心里正在不痛快，听说她摔碎了玉瓶，更是怒不可遏，你一言我一语地呵斥起小翠来。小翠实在忍受不了，一气之下冲回房里，伤心地对丈夫说：『我来你家做了那么多好事，如今为了一个小小的瓶子，公婆就这样责骂我，为什么不能稍微给我留一点面子呢？』元丰极力安慰她。小翠不听，说：『其实我是狐女，因为当年母亲遭受雷劫，深受你父亲的庇护，再加上你我有五年的缘分，所以才把我送来报恩。这些年，我动辄就遭受责难，之所以一直容忍，是因为五年的缘分还未期满。可事到如今，我俩还是分开算了。』她一说完，就扭头往外走，等元丰追出去时，早已无影无踪了。

事后，王太常夫妇也觉得自己太过火了，非常后悔。小翠不在了，老两口总觉得屋子里格外冷清，心里空落落的，好像丢失了什么东西，整天都茫然不知所措。元丰就更不用说了，一回到屋里看着小翠用过的胭脂和绣鞋，就哭得死去活来，寝不安枕，食不甘味，一天比一天消瘦下去。王太常担心儿子，便急着给他续弦，但是元丰坚决不要。后来，王太常只好请了一位巧手的画工，画了一张小翠的像，日日夜夜在画像前焚香祷告，盼着她早日归来。就这样过去了两年。有天，元丰出门办事，回家途中路过一处庭院，骑马走过墙外时，听见院里传来笑语声声，那声音似乎很耳熟。元丰心中一动，连忙勒住缰绳，叫马夫给他拉着笼头，自己踩着马鞍往里望去，看见有两个女郎在庭院里游戏。当时薄云遮月，夜色朦胧，看不清楚她们的模样，但其中一个红衣女子的声音，像极了小翠，元丰于是大声喊道：『小翠，小翠。』红衣女子慢慢走到墙下，元丰在近处一看，果真是小翠，高兴得手舞足蹈。小翠把他接进墙，细细打量他一番，柔声说：『两年没见，你瘦得只剩一把骨头了！』元丰握着她的手，流下了眼泪，絮絮地倾诉相思之苦，又请她和自己一起回去。小翠始终不同意。元丰不愿意和她分开，便说：『既然你执意不肯回家，那我就留在这儿跟你生活吧。』小翠点头答应了。元丰打发仆人回去禀告母亲。王夫人既惊又喜，连忙坐着轿子来到庭院，一见小翠，就抓着她的胳膊痛哭流涕，极力检讨自己从前的过错，言辞恳切地说：『孩子，跟我一道回去吧。』小翠还是不肯。夫人又考虑到这儿荒凉寂寞，打算多派些人手来服侍。小翠说：『我只要从前服侍我的两个丫鬟，此外再拨来一名老仆照管门户，就可以了。』夫人都一一答应下来，让儿子留下与小翠一起生活。

两人又在一起生活了一年，渐渐地，小翠的面貌和声音变得和从前不一样了，拿出画像对照一下，迥然不同，完全是两个人。元丰感到很奇怪。小翠笑着问：『你看我还有从前那么漂亮吗？』元丰认真看了看，回答道：『现在还是很漂亮的，但和从前相比，似乎就差了一些。』小翠说：『想是老了！』元丰说：『才二十多岁，怎么老得这么快呢？』小翠笑而不语，把画像丢在火堆里烧掉了。一天，小翠对公子说：『我实在不能生儿育女，你还是再娶一个媳妇，让她早晚侍奉公婆吧。你来往于两处，也没有什么不方便的。』公子听从她的劝告，和钟太史的小姐订了婚。等到新娘子进门以后，人们都惊讶地发现她的言谈举止以及相貌都和小翠丝毫不差。过几天，等元丰回到庭院时，小翠早已不知所终，询问丫鬟，丫鬟拿出一条红巾说：『娘子暂时回到娘家去了，留下这条红巾送给公子。』他打开红巾，只见上面系着一枚表示永别的玉玦，元丰心里知道小翠再也不会回来了，只好惆怅地返回家中。

元丰虽然一刻也忘不了小翠，但幸好面对新人就像看见了从前的心上人。他这才恍然大悟，自己和钟家小姐的婚事，小翠是预先就知道的，所以才先变成钟家女儿的相貌来和他生活，以安慰自己将来对她的思念。

异史氏说：『一只狐狸，受到无意的恩德，它还想要报答；但是身为高官的王太常，儿子得到再生的幸福，恩人打破一只玉瓶，他却无情地怒骂，多么卑鄙呀！缺月重圆以后，她才从容而去，由此可知，仙人的情义，比世俗的爱情更为深厚了！』

## 商妇

天津商人某，将贾远方，往从富人贷资数百。为偷儿所窥，及夕，预匿室中以俟其归。而商以是日良，负资竟发。偷儿伏久，但闻商人妇转侧床上，似不成眠。既而壁上一小门开，一室尽亮。门内有女子出，容齿少好，手引长带一条，近榻授妇，妇以手却之。女固授之；妇乃受带，起悬梁上，引颈自缢。女遂去，壁扉亦阖。偷儿大惊，拔关遁去。既明，家人见妇死，质诸官。官拘邻而锻炼之，诬服成狱，不日就决。偷儿愤其冤，自首于堂，告以是夜所见。鞫之情真，邻人遂免。问其里人，言宅之故主曾有少妇经死。年齿容貌，与盗言悉符，因知是其鬼也。俗传暴死者必求代替，其然欤？

【译文】

天津有某商人，要到远方去做生意，于是向富人借了几百两银子。却被小偷知道了，到这天晚上，他预先躲在商人家里，等他回来。但商人却感觉这天是大吉大利的日子，借了钱就出发了。偷儿在商人家埋伏了很久也没等到商人回家去，却听到了商人的妻子在床上辗转反侧，不能入睡。后来又看到墙上忽然打开一扇小门，整个房间通明透亮。小门内走出一个女人，年轻貌美，手拿一条长带，走近床边把它塞给商人的妻子，商人妻子用手推开，女人强迫她收下，商妇才接了带子，把它挂在屋梁上，把颈子套上去自杀了。眼见商妇死后，那女人才离开，墙上的门也关了。小偷吓坏了，拨开门闩跑了。

天亮后，商人的管家见商妇自杀了，告到官府。官府把邻人抓来严刑逼供，邻人被迫招认定案，不久就要被处决了。小偷替含冤的邻人抱不平，到公堂上自首，把那天晚上看到的整个过程禀告官府。经过查证，小偷讲的确是实情，邻人便免罪了。官府查问商人的邻居，邻居说商人住房的原主家曾有年轻女人上吊自杀而死，年龄相貌都与小偷的话相符，因此知道那女人是吊死鬼。俗传凶残而死的鬼魂必定要找替身，果真是这样吗？

# 卷八

## 局诈

某御史家人，偶立市间，有一人衣冠华好，近与攀谈。渐问主人姓字、官阀，家人并告之。其人自言：『王姓，贵主家之内使也。』语渐款洽，因曰：『宦途险恶，显者皆附贵戚之门，尊主人所托何人也？』答曰：『无之。』王曰：『此所谓惜小费而忘大祸者也。』家人曰：『何托而可？』王曰：『公主待人以礼，能覆翼人。某侍郎系仆阶进。倘不惜千金贽，见公主当亦不难。』家人喜，问其居止。便指其门户曰：『日同巷不知耶？』家人归告侍御。侍御喜，即张盛筵，使家人往邀王。王欣然来。筵间道公主情性及起居琐事甚悉。且言：『非同巷之谊，即赐百金赏，不肯效牛马。』御史益佩戴之。临别订约。王曰：『公但备物，仆乘间言之，旦晚当有报命。』越数日始至，骑骏马甚都，谓侍御曰：『可速治装行。公主事大烦，投谒者踵相接，自晨及夕，不得一间。今得少隙，宜急往，误则相见无期矣。』侍御乃出兼金重币，从之去。曲折十余里，始至公主第，下骑祗候。王先持贽入。久之，出，宣言：『公主召某御史。』即有数人接递传呼。侍御伛偻而入，见高堂上坐丽人，姿貌如仙，服饰炳耀；侍姬皆着锦绣，罗列成行。侍御伏谒尽礼，传命赐座檐下，金碗进茗。主略致温旨，侍御肃而退。自内传赐缎靴、貂帽。既归，深德王，持刺谒谢，则门阖无人。疑其侍主未复。三日三诣，终不复见。使人询诸贵主之门，则高扉扃锢。访之居人，并言：『此间曾无贵主。前有数人僦屋而居，今去已三日矣。』使反命，主仆丧气而已。

副将军某，负资入都，将图握篆，苦无阶。一日，有裘马者谒之，自言：『内兄为天子近侍。』茶已，请间云：『目下有某处将军缺，倘不吝重金，仆嘱内兄游扬圣主之前，此任可致，大力者不能夺也。』某疑其妄。其人曰：『此无须踟蹰。某不过欲抽小数于内兄，于将军锱铢无所望。言定如干数，署券为信。待召见后，方求实给；不效，则汝金尚在，谁从怀中而攫之耶？』某乃喜，诺之。次日，复来引某去，见其内兄，云：『姓田。』煊赫如侯家。某参谒，殊傲睨不甚为礼。其人持券向某曰：『适与内兄议，率非万金不可，请即署尾。』某从之。田曰：『人心叵测，事后虑有反复。』其人笑曰：『兄虑之过矣。既能予之，宁不能夺之耶？且朝中将相，有愿纳交而不可得者。将军前程方远，应不丧心至此。』某亦力矢而去。某人送之，曰：『三日即复公命。』逾两日，日方西，数人吼奔而入，曰：『圣上坐待矣！』某惊甚，疾趋入朝。见天子坐殿上，爪牙森立。某拜舞已。

上命赐座，慰问殷勤，顾左右曰：『闻某武烈非常，今见之，真将军才也！』因曰：『某处险要地，今以委卿，勿负朕意，侯封有日耳。』某拜恩出。即有前日裘马者从至客邸，依券兑付而去。于是高枕待绶，日夸荣于亲友。过数日，探访之，则前缺已有人矣。大怒，忿争于兵部之堂，曰：『某承帝简，何得授之他人？』司马怪之。及述宠遇，半如梦境。司马怒，执下廷尉。始供其引见者之姓名，则朝中并无此人。又耗万金，始得革职而去。异哉！武弁虽騃，岂朝门亦可假耶？疑其中有幻术存焉，所谓『大盗不操矛弧』者也。

嘉祥李生，善琴。偶适东郊，见工人掘土得古琴，遂以贱直得之。拭之有异光；安弦而操，清烈非常。喜极，若获拱璧，贮以锦囊，藏之密室，虽至戚不以示也。邑丞程氏，新莅任，投刺谒李。李故寡交游，以其先施故，报之。过数日，又招饮，固请乃往。程为人风雅绝伦，议论潇洒，李悦焉。越日，折柬酬之，欢笑益洽。从此月夕花晨，未尝不相共也。年余，偶于丞廨中，见绣囊裹琴置几上，李便展玩。程问：『亦谙此否？』李曰：『生平最好。』程讶曰：『知交非一日，绝技胡不一闻？』拨炉爇沉香，请为小奏。李敬如教。程曰：『大高手！愿献薄技，勿笑小巫也。』遂鼓『御风曲』，其声泠泠，有绝世出尘之意。李更倾倒，愿师事之。自此二人以琴交，情分益笃。年余，尽传其技。然程每诣李，李以常琴供之，未肯泄所藏也。一夕，薄醉。丞曰：『某新肄一曲，无亦愿闻之乎？』为奏『湘妃』，幽怨若泣。李亟赞之。丞曰：『所恨无良琴；若得良琴，音调益胜。』李欣然曰：『仆蓄一琴，颇异凡品。今遇钟期，何敢终密？』乃启椟负囊而出。程以袍袂拂尘，凭几再鼓，刚柔应节，工妙入神。李击节不置。丞曰：『区区拙技，负此良琴。若得荆人一奏，当有一两声可听者。』李惊曰：『公闺中亦精之耶？』丞笑曰：『适此操乃传自细君者。』李曰：『恨在闺阁，小生不得闻耳。』丞曰：『我辈通家，原不以形迹相限。明日，请携琴去，当使隔帘为君奏之。』李悦。次日，抱琴而往。丞即治具欢饮。少间，将琴入，旋出即坐。俄见帘内隐隐有丽妆，顷之，香流户外。又少时，弦声细作；听之不知何曲，但觉荡心媚骨，令人魂魄飞越。曲终便来窥帘，竟二十余绝代之姝也。丞以巨白劝釂，内复改弦为『闲情之赋』，李形神益惑。倾饮过醉，离席兴辞，索琴。丞曰：『醉后防有蹉跌。明日复临，当令闺人尽其所长。』李归。次日诣之，则廨舍寂然，惟一老隶应门。问之，云：『五更携眷去，不知何作，言往复可三日耳。』如期往伺之，日暮，并无音耗。吏皂皆疑，白令破扃而窥其室，室尽空，惟几榻犹存耳。达之上台，并不测其何故。李丧琴，寝食俱废，不远数千里访诸其家。程故楚产，三年前，捐资受嘉祥。执其姓名，询其居里，楚中并无其人。或云：『有程道士者，善鼓琴；又传其有点金术。三年前，忽去不复见。』疑即其人。又细审其年甲、容貌，吻合不谬。乃知道士之纳官，皆为琴也。知交年余，并不言及音律；渐而出琴，渐而献技，又渐而惑以佳丽；浸渍三年，得琴而去。道士之癖，更甚于李生也。天下之骗机多端，若道士，骗中之风雅者矣。

【译文】

某御史的一位仆人，偶然间在街市上闲站着，有一个穿戴很华丽的人走过来与他攀谈。渐渐地询问起他主人的姓名、所任官职等，仆人全都给他讲了。那人便自我介绍说：『我姓王，是公主家的宦官。』二人谈得渐渐投机起来，那人便说：『官场上十分险恶，那些显赫的官员都依附在皇亲国戚门下，不知你家主人依附谁？』仆人回答说没有。姓王的说：『这是舍不得小钱，却忘记了可能临头的大祸。』仆人问：『那么投靠谁好呢？』王某说：『我家公主待人彬彬有礼，能保护自己的人。某侍郎就是我引荐给公主，才升任侍郎的。倘若舍得拿一千两银子做见面礼，见到公主也不是难事。』仆人大喜，便询问他家住哪里。王某指着自己的家门说：『我们天天住在一条巷子里，你不知道吗？』仆人回去把这事告诉了御史，御史很高兴，准备了丰盛的酒宴，让仆人去请那姓王的。王某高兴地来了，酒席上谈起公主的性情喜好，以及一些日常琐事，都头头是道。而且说：『要不是咱们同住一条巷子的情谊，即使赐给我一百两银子的赏钱，我也不愿意去出这个力。』御史更加感激他。临走时，约定再见面的日期，王某说：『你只管准备好东西，我找机会禀报公主，很快就有消息。』

过了几天，王某才来，骑着一匹装饰华美的骏马，对御史说：『赶快收拾行装跟我走！公主事情太多，去拜谒觐见的人络绎不绝，从早到晚没有一点空闲。现在正好有点空，要赶紧去，错过了就再也见不上了。』御史便急忙拿出很多银子，跟他走了。曲曲折折走了十几里路，才来到公主府，御史便下马恭候着。王某先拿着银子进去了，过了很久，才出来高声喊道：『公主召见御史。』立即有好几个人依次传呼。御史低头弯腰，恭恭敬敬地走进公主府，见大堂上坐着一个美丽的女子，容貌就像天仙一样，身上的服饰耀人眼目。一边的侍女们都穿着锦绣衣服，分列两行。御史跪倒在地，大礼参拜，公主传命在房檐下赐座，侍女用一个金碗端来香茶。公主语气温和，略微交谈几句，御史便恭恭敬敬退下。接着从里面传出话，赏赐他缎靴、貂帽。

御史回家后，十分感激王某，便拿着名帖到王府上拜访，表示谢意。去了后，却见大门紧关着，并没有人。御史怀疑他侍奉公主还没回来。三天内连去三次，还是没有见到。御史派了人去公主府打听，到了一看，大门紧锁，人去楼空。便询问住在附近的人，都说：『这里没有什么公主。前不久有几个人租了这座房子住，现在已经走了三天了。』来人回去禀报御史，主仆唯有垂头丧气罢了。

某副将军，带着很多银两来到京城，想谋求升官，却苦于没有门路。一天，有个穿戴华丽、骑高头大马的人来拜访他，自称自己的大舅子是皇上的贴身侍卫。喝完茶，他请求与副将军私下交谈，说：『眼下有个地方正缺一位将军，你如果舍得多花些钱，我嘱咐我大舅子在皇上面替你说好话，这个职位就是你的了，别人力量再大也夺不去。』副将怀疑这事是否可靠。人说：『你不必犹豫。我不过想从大舅子那里抽点好处，对于将军我分文不取。咱们说定一个数目，立下文书为证，等皇上召见你以后，再付银子，否则，你的银子还在，谁还能从你怀里抢走吗？』副将才高兴地答应了。

第二天，那人又来了，领着副将去见他的大舅子。见了面，大舅子自称姓田，家里气势煊赫，像王侯大家。副将参拜完，田某十分傲慢，斜眼瞧了一下，也不还礼。那人拿着文约对副将说：『刚才我和大舅子商量了，这事没有一万两银子办不来，请你在协议后面署名。』副将听从了。田某说：『人心叵测，我怕事成以后会有反复，拿不到银子。』那人笑着说：『哥多虑了。既然能给他这个职位，还不能夺了他这个职位吗？况且朝廷里那些文官武将，有很多愿意交钱还得不到这个职位的。副将前程远大，料想不会如此不讲良心。』副将也再三起誓。那人送他走时，说：『三天内给你个回信。』

过了两天，太阳刚落西，有几个人大声喊叫着跑进来，说：『圣上已经在等了！』副将十分吃惊，急忙快步入朝，只见皇帝坐在大殿上，侍卫们密密麻麻站满了四周。副将三跪九叩拜完，皇上赐座，表示慰问，还看着左右的人说：『听说这位副将非常勇武，今天一见，真是做将军的人才呀！』便说：『某处是险要之地，现在委任你去镇守，你不要辜负了朕的希望，不几天就会封你的官职。』副将叩头拜谢出朝，前头那个人立即跟他到客店，根据文约兑付了银子拿走了。于是副将自觉高枕无忧，专心等着朝廷的封官公文，天天在亲友面前夸耀。过了几天，却打听到那个职位已经有人了，副将大怒，到兵部大堂上怒气冲冲地争论，说：『我是皇帝亲自任用的，怎么擅自把职位给了别人？』兵部尚书听了很奇怪，听他说说皇上召见的过程，一半倒像在梦里一样。尚书大怒，将他抓了起来交给司法官员审理。副将才招出引见者的姓名，然而朝廷里并没有这个人。真是奇怪呀！这个武官虽然傻乎乎的，难道朝见皇帝的地方也能假冒吗？我怀疑这里面一定有幻术，所谓『真正的大盗是不拿刀枪的』。

山东嘉祥县的李生，擅长弹琴。一次他偶然到县城东郊，见做工的人挖土时挖出一个古琴，便用很便宜的价格就买到了手。

擦拭完一看，琴身光亮异常；安上琴弦一弹，声音清脆激越。李生高兴极了，就像得到一件价值连城的宝贝，把琴装在锦囊中，藏到密室里，即使是最亲近的亲戚也不给看。

县里有位姓程的县丞，刚到任不久，带了名帖来拜访李生。李生一向不太愿结交朋友，这次因为是县丞先来找他，他只好回拜。过了几天，县丞又邀请他去喝酒，请了几次他才去了。县丞为人特别风流文雅，谈吐潇洒渊博，李生很喜欢他。隔了一天，李生便送去了请柬，回请县丞，二人欢声笑语，谈得更加投机。从此后，每逢良辰美景，二人总是形影不离。过了一年多，李生一次偶然在县丞的官署里，见到一个锦囊装着的琴横放在桌案上。李生便拿起来把玩，县丞说：『你也擅长此道吗？』李生说：『这是我平生最大的喜好。』县丞惊讶地说：『我们知交也不是一天半天了，怎么从没听过你的绝技？』于是拨拨炉灰，点上沉香，请李生弹奏一曲。李生弹过后，县丞说：『真是高手！我也献献丑，不要见笑啊。』于是弹了首《御风曲》，琴声悠扬悦耳，给人以超脱尘世的感觉。李生更加倾倒，愿意拜他为师。从此，两人成为琴友，情分更加深厚了。过了一年多，李生学到了县丞的全部琴艺。然而，县丞每次到李生家里，李生都是拿出平常的琴给他用，自己收藏的古琴从不肯拿出来。

一天晚上，李生多少有点喝醉了，县丞说：『我新写了首曲子，你愿意听听吗？』于是便演奏了一首《湘妃》，琴调幽扬哀怨，如泣如诉。李生听了连连称赞。县丞说：『遗憾的是没有好琴，若有好琴，曲子更加好听。』李生高兴地说：『我藏了一架琴，与一般的琴大不相同。现在遇到了知音，哪敢始终秘藏着呢？』于是打开箱子，取出琴囊。县丞用袍袖拂去琴上的尘土，把琴放到桌子上又弹奏了一遍，琴声高亢温柔，随心所欲，曲子精妙工巧，出神入化。李生打着拍子，连连赞叹。县丞说：『我这点技艺，辜负了这架好琴。若是我内人能用它演奏一曲，倒还有一两声可听的。』李生惊讶地说：『你夫人也精于此道吗？』县丞笑着说：『刚才的曲子就是内人教的。』李生说：『遗憾的是夫人身处闺房，我无法听到她的琴声。』县丞说：『我们是通家之好，不用受那些俗礼的限制。明天请你把琴带了去，我让她隔着帘子为你弹奏一曲。』李生很高兴。

第二天，李生抱着琴去了县丞家。县丞设下酒宴，二人欢饮起来。一会儿，县丞拿着古琴进了内室，立即又出来坐下。一会儿便见帘子后面隐隐有个女子的身影，霎时又飘过来一阵脂粉香气。又过了会儿，琴弦细细拨动，李生听不出是什么曲子，只觉心旌摇荡，媚入骨髓，令人魂魄飞扬。一曲弹完，那女子凑近帘幕往外偷瞧，李生一看，竟是个才二十来岁的绝色女子。县丞改用大杯劝酒，帘后的女子又弹起《闲情之赋》，李生更加心猿意马，神魂颠倒，开怀痛饮，最后酩酊大醉。便离席告辞，索要古琴。县丞说：『你喝醉了，怕你路上跌倒摔了古琴。明天你再来，我让内人把绝技全部献出来。』李生便回去了。

第二天，李生再去拜访县丞，到了一看，官署内一片寂静，只有一个老衙役看门。李生询问县丞，老衙役说：『五更时便带着家眷走了，不知道干什么去了，临走时说三天后回来。』三天后李生又去等候，一直等到天黑，也没有县丞的消息。县衙的官员和衙役们都起了疑心，报告了县令。打开县丞的门一看，里面空空的什么也没有了，唯有桌椅几榻还在。县令把此事上报给了上司，都搞不明白是怎么一回事。

李生丢失了古琴，吃不下饭睡不着觉，不远几千里到县丞的老家去访查。县丞本是湖南人，三年前，花钱买了个县丞官职，才来到嘉祥县。李生到处打听这个人，湖南一带却并没有这么个人。

有人说：『有个姓程的道士，擅长弹琴，还传说他有点金术。三年前忽然消失不见。』李生怀疑就是县丞。又详细打听了道士的年龄、相貌，全部符合。这才弄明白道士到嘉祥买官做，全是为了这个古琴。与李生交往一年多，并不提及自己懂音乐；渐渐拿出琴来，渐渐卖弄琴技，又渐渐用美人迷惑他。下了三年工夫，才把古琴骗到手走了，道士对于琴的嗜好，更超过了李生。天下的骗子诡计多端，像姓程的道士这样，也算是骗子当中最风雅的了。

## 放蝶

长山王进士生为令时，每听讼，按律之轻重，罚令纳蝶自赎；堂上千百齐放，如风飘碎锦，王乃拍案大笑。一夜，梦一女子，衣裳华好。从容而入，曰：『遭君虐政，姊妹多物故。当使君先受风流之小谴耳。』言已，化为蝶，回翔而去。明日，方独酌署中，忽报直指使至，皇遽而出，闺中戏以素花簪冠上，忘除之。直指见之，以为不恭，大受诟骂而返。由是罚蝶令遂止。

青城于重寅，性放诞。为司理时，元夕以火花爆竹缚驴上，首尾并满，牵登太守之门，击柝而请，自白：『某献火驴，幸出一览。』时太守有爱子患痘，心绪方恶，辞之。于固请之。太守不得已，使阍人启钥。门甫辟，于火发机，推驴入。爆震驴惊，踶趹狂奔；又飞火射人，人莫敢近。驴穿堂入室，破瓯毁甑，火触成尘，窗纱都烬。家人大哗。痘儿惊陷，终夜而死。太守痛恨，将揭劾之。于浼诸司道，登堂负荆，乃免。

【译文】

山东长山王生进士还在做县令时，每次审理案件，都会按违法的轻重，处罚犯人缴纳多少蝴蝶用来赎罪。在公堂上把成百上千的蝴蝶同时放出来，就像千百片破碎的绸片临风飞舞。王县令看了就拍案大笑。

一天夜晚，他梦见一个穿着华丽的年轻女子很从容地走进来说：『我的很多姐妹都被你的暴虐的措施弄死了，我要使你先受一点风流的小报应。』把话说完后变成一只蝴蝶，盘旋着飞走了。第二天，他一个人在官署里喝酒，忽听说巡案使来了，匆匆忙忙穿戴着衣冠去迎接上司，头天晚上县令夫人开玩笑将一朵白花插在帽子上，当时竟忘了取下来。巡案使见了，以为王县令有意戏弄上司，便大骂了一顿。王县令从此便取消了虐杀蝴蝶的命令。

山东青城县于重寅，生性放诞不羁，做推官时，元宵夜里用烟花爆竹绑在驴子身上，从头至尾遍身都是，牵到太守家门口，敲着锣鼓请太守出来，说是：『我送您一头火驴，请您出来看一看。』当时太守有个心爱的儿子正出水痘，心情非常不好，推谢他的美意，于重寅坚持请他出来。太守只好勉强接见，派人开锁，门才打开，于点燃了鞭炮把驴子推进门去。鞭炮一响驴子受惊朝屋内乱跑狂奔。火花乱射，人们都不敢近前，驴子穿堂入室，屋里的坛子、饭甑被打得粉碎，烟火把纱窗都烧光了，全家吓得哇哇乱叫，出痘的小孩受惊以后，半夜就死了。太守恨得咬牙，要上疏参劾他，于重寅请求同僚说情，自己登门负荆请罪，才没有吃官司。

## 钟生

钟庆余，辽东名士。应济南乡试。闻藩邸有道士，知人休咎，心向往之。二场后，至趵突泉，适相值。年六十余，须长过胸，一皤然道人也。集问灾祥者如堵，道士悉以微词授之。于众中见生，忻然握手，曰：『君心术德行，可敬也！』挽登阁上，屏人语，因问：『莫欲知将来否？』曰：『然。』曰：『子福命至薄，然今科乡举可望。但荣归后，恐不复见尊堂矣。』生至孝，闻之泣下，遂欲不试而归。道士曰：『若过此已往，一榜亦不可得矣。』生云：『母死不见，且不可复为人，贵为卿相，何加焉？』道士曰：『某夙世与君有缘，今日必合尽力。』乃以一丸授之曰：『可遣人夙夜将去，服之可延七日。场毕而行，母子犹及见也。』生藏之，匆匆而出，神志丧失。因计终天有期，早归一日，则多得一日之奉养，携仆贳驴，即刻东迈。驱里许，驴忽返奔，下之不驯，控之则蹶。生无计，躁汗如雨。仆劝止之，生不听。又贯他驴，亦如之。日已衔山，莫知为计。仆又劝曰：『明日即完场矣，何争此一朝夕乎？请即先主而行，计亦良得。』不得已，从之。次日，草草竣事，立时遂发，不遑辍息，星驰而归。则母病绵惙，下丹药，渐就痊可。入视之，就榻泫泣。母摇首止之，执手喜曰：『适梦之阴司，见王者颜色和霁。谓稽尔生平，无大罪恶；今念汝子纯孝，赐寿一纪。』生亦喜。历数日，果平健如故。未几，闻捷，辞母如济。因赂内监，致意道士。道士欣然出，生便伏谒。道士曰：『君既高捷，太夫人又增寿数，此皆盛德所致，道人何力焉！』生又讶其先知，因而拜问终身。道士云：『君无大贵，但得耄耋足矣。君前身与我为僧侣，以石投犬，误毙一蛙，今已投生为驴。论前定数，君当横折；今孝德感神，已有解星入命，固当无恙。但夫人前世为妇不贞，数应少寡。今君以德延寿，非其所偶，恐岁后瑶台倾也。』生恻然良久，问继室所在。曰：『在中州，今十四岁矣。』临别嘱曰：『倘遇危急，宜奔东南。』后年余，妻病果死。钟舅令于西江，母遣往省，以便途过中州，将应继室之谶。偶适一村，值临河优戏，士女甚杂。方欲整辔趋过，有一失勒牡驴，随之而行，致骡蹄趹。生回首，以鞭击驴耳；驴惊，大奔。时有王世子方六七岁，乳媪抱坐堤上；驴冲过，扈从皆不及防，挤堕河中。众大哗，欲执之。生纵骡绝驰，顿忆道士言，极力趋东南。约二十余里，入一山村，有叟在门，下骑揖之。叟邀入，自言『方姓』，便诘所来。生叩伏在地，具以情告。叟言：『不妨。请即寄居此间，当使徼者去。』至晚得耗，始知为世子。叟大骇曰：『他家可以为力，此真爱莫能助矣！』生哀不已。叟筹思曰：『不可为也。请过一宵，听其缓急，倘可再谋。』生愁怖，终夜不枕。次日侦听，则已行牒讥察，收藏者弃市。叟有难色，无言而入。生疑惧，无以自安。中夜，叟来，入座，便问：『夫人年几何矣？』生以鳏对。叟喜曰：『吾谋济矣。』问之，答云：『余姊夫慕道，挂锡南山；姊又谢世。遗有孤女，从仆鞠养，亦颇慧。以奉箕帚如何？』生喜符道士之言，而又冀亲戚密迩，可以得其周谋，曰：『小生诚幸矣。但远方罪人，深恐贻累丈人。』叟曰：『此为君谋也。姊夫道术颇神，但久不与人事矣。合卺后，自与甥女筹之，必合有计。』生喜极，赘焉。女十六岁，艳绝无双。生每对之欷歔。女云：『妾即陋，何遂遽见嫌恶？』生谢曰：『娘子仙人，相偶为幸。但有祸患，恐致乖违。』因以实告。女怨曰：『舅乃非人！此弥天之祸，不可为谋，乃不明言，而陷我于坎窞！』生长跪曰：『是小生以死命哀舅，舅慈悲而穷于术，知卿能生死人而肉白骨也。某诚不足称好逑，然家门幸不辱寞。倘得再生，香花供养有日耳。』女叹曰：『事已至此，夫复何辞？然父自削发招提，儿女之爱已绝。无已，同往哀之，恐担挫辱不浅也。』乃一夜不寐，以毡绵厚作蔽膝，各以隐着衣底；然后唤肩舆，入南山十余里。山径拗折绝险，不复可乘。下舆，女跬步甚艰，生挽臂拽扶之，竭蹶始得上达。不远，即见山门，共坐少憩。女喘汗淫淫，粉黛交下。生见之，情不可忍，曰：『为某事，遂使卿罹此苦！』女愀然曰：『恐此尚未是苦！』困少苏，相将入兰若，礼佛而进。曲折入禅堂，见老僧趺坐，目若瞑，一僮执拂侍之。方丈中，扫除光洁；而坐前悉布沙砾，密如星宿。女不敢择，入跪其上；生亦从诸其后。僧开目一瞻，即复合去。女参曰：『久不定省，今女已嫁，故偕婿来。』僧久之，启视曰：『妮子大累人！』即不复言。夫妻跪良久，筋力俱殆，沙石将压入骨，痛不可支。又移时，乃言曰：『将骡来未？』女答曰：『未。』曰：『夫妻即去，可速将来。』二人拜而起，狼狈而行。既归，如命，不解其意，但伏听之。过数日，相传罪人已得，伏诛讫。夫妻相庆。无何，山中遣僮来，以断杖付生云：『代死者，此君也。』便嘱瘗葬致祭，以解竹木之冤。生视之，断处有血痕焉。乃祝而葬之。夫妻不敢久居，星夜归辽阳。

【译文】

钟庆徐是辽东的名士，要到济南去参加举人的考试。曾听说藩王府中有个道士知人吉凶祸福，于是很想去见见他。等到考过两场后，就到趵突泉散心，刚好遇上了那道士。他六十多岁，长髯齐胸，满头的灰白发。聚集在那里问吉凶的人围着像堵墙。道士都用含糊的隐语回答他们。在人丛中发现了钟生，非常高兴地握着他的手说：『您的心地光明，德行宽厚，很令人尊敬。』拉住他的手走上楼去，屏退旁人，问钟生说：『莫非想知道将来的事吗？』钟生说：『正是。』道士说：『您的福命很薄，但这次的科考还是有希望的，不过中举荣归以后恐怕见不到令堂大人了。』钟生非常孝顺，听说后眼泪马上流下来了，便想不考完就回家去。道士说：『若错过了这次机会，连举人也没有希望了。』钟生说：『母亲死时不在身旁侍奉，那就连做人的品格也丧失了，即使做了卿相又有什么光彩呢？』道士说：『我和您前世有缘，今日应当尽力帮忙。』于是送给钟生一个药丸说：『可派人星夜送回家去，您母亲吃了可延七日的寿命，考试完再走，母子还可以见到最后一面。』钟生把药丸收好，慌忙离开道士，急得丧魂落魄，想到母亲的寿命已经有限了，早回家一天，就多奉养一天，于是带仆人去租驴子，即刻往回赶路，才走了一里多，驴子忽然回头猛跑，钟生下驴吆喝，驴子不听，想勒住它，它又伏地不起。钟生急得汗如雨下，仆人劝他留下，钟生不听，又雇别的驴子，也同样不听调教。太阳眼看就落山了，不知如何是好。仆人又劝他说：『明天一天就考完了，何必抢这一天时间呢？让我先送药回去，这办法也就不错了。』钟生不得已，只好听从仆人的劝告。

第二天，钟生匆匆忙忙交了卷，气都没喘一口，立刻动身，星夜奔回家里，钟母原已病得奄奄一息，吃了丹药以后，渐渐好转。钟生进去看时，靠着床边痛泣，母亲摇头劝止他，抓着他的手高兴地说：『我刚才梦中到了阴曹，见阎王脸色很和蔼地对我说：「查你的生平，没有大的罪过，现在念你的儿子孝心出于至诚，赐给你十二年的阳寿。」』钟生十分高兴。过了几天，钟母果然恢复了健康。

不久便听到中举的捷报，钟生别了母亲到了济南。他买通藩王的太监，请其向道士致谢，道士高兴地出来了，钟生伏地拜谢他，道士说：『你高中举人，令堂又增添了寿命，都是你的德行纯正的报应，我有什么功劳呀！』钟生对道士先知一切十分惊服，便又向他拜问终身大事。道士说：『你命中没有大富贵，但能享高寿，这也该满足了。你前身和我都是和尚，有一次用石头打狗，误杀了一只蒲蛙。这蛙已转生为驴子。论你出生前的命数，本应遭到横死。因你的孝行感动了神明，有消灾解难的星宿帮助你，横死的事不必担心了。但你夫人前生不守贞节，注定今生要少年守寡，现在你因积德延长了寿命，她配不上你，恐怕一年以后她就会有性命之忧。』钟生伤心了半天，问后妻在哪里。道士说：『在中州，今年十四岁了。』临别时又嘱咐他说：『如果遇到危难，就应急奔东南方。』

过了一年多，钟生的妻子果然病死。钟生的舅父在西江做县令，母亲派他去省亲，顺便路过中州，去印证一下道士关于后妻的预言，他偶然路过一个村子，碰到河边正在演戏，男女十分混杂。他正想拉紧缰绳从人群边上过去，忽然一头公驴跟在钟生后面，钟生骑的骡子便猛跑起来，他转身在驴耳朵上猛抽一鞭，驴子撒腿狂奔。当时有个六七岁的小王子，由奶妈抱着在堤上看戏，驴子冲过时，卫士们都来不及防卫，把小王子挤进河中去了。众人大喊，要捉钟生，钟生赶着骡子飞奔，突然想起了道士的话，拼命朝东南方向逃去。跑了三十多里，来到一座山村，遇见一位老人，钟生下骡向老人作揖致敬。老人邀他进屋，自称姓方，问他从何方来。钟生拜倒在地，把实际情况告诉了老人，老人说：『不妨事，你就住在我这里，我有办法支使开巡查的人。』晚间听到消息，才知道淹死的是个小王子。老人大惊说：『别人死了我还可以帮忙，这就真是爱莫能助了。』钟生不住地哀求他，老人仔细想了半天说：『真不好办啦，先过一晚，听听风声缓急，也许还有办法可想。』钟生又愁又怕，通宵都没睡着，第二天老人打听情况，知道已经发下文书缉拿肇事人，收藏犯人也得杀头，老人面有难色，沉默地走回家来，钟生十分害怕不安。半夜过后，老人走进钟生房里，才落座就问：『你夫人多大啦？』钟生告诉他妻子已经去世。老人高兴道：『那么我的办法成功了！』钟生莫名其妙，老人说：『我姐夫信佛，在南山出家修行，姐姐也死了。留下个孤女，由我抚养长大，非常聪慧，我将她许给你好吗？』钟生庆幸道士的话得到验证，又希望有了这层密切的亲戚关系，更可以得到老人的照顾。便说：『这对小生当然是太幸运了，就怕我这远方来的罪人会要连累您老人家。』老人说：『我这是为你着想，我姐夫的道术非常神妙，但很久以来一直不肯过问人间的事情，你们成亲后，你再同我外甥女合计，必然会有办法。』钟生高兴极了，就当了上门女婿。

姑娘才十六岁，美艳极了。成婚后，钟生常对她哀愁地哭泣。姑娘恼了，说道：『我即使生得不好，怎么也不至于一成亲就讨你嫌恶吧！』钟生赔礼说：『姑娘是个天仙，能配上你实在太幸运了。但我祸患在身，恐怕难免半途分手。』便把实情告诉了她。姑娘埋怨道：『舅舅真是不干人事，这样的弥天大祸，他自己想不出办法，又不给我说清楚，却把我向火坑里推！』钟生长跪在新娘面前说：『是我死命哀求舅舅，舅舅可怜我而又没有办法解救，知道你能使白骨长肉，死人复生！必能救我。我虽然不能算是个好丈夫，但家世门庭还可以过得去，倘能脱此大难，他日一定用香花供养娘子。』姑娘叹息道：『事情到了这个地步，还有什么可推托的？然而父亲从削发为僧以来，对儿女的恩爱已经不挂在心上了，没有办法，只好一同去哀求他，我们要做好忍受任何挫折和羞辱的准备。』于是姑娘一夜没睡，用棉絮和毡子缝制了两副厚厚的护膝，暗中缝在长衫里面。雇上登山的轿子，坐轿进山才走了十多里，前面的山路异常曲折艰险，只得下轿步行，姑娘每一步都很艰难，钟生挽着她的手臂搀扶着慢慢往上爬，用尽了全力脚都走跌了才爬上山。眼见不远就到山门了，才坐下来喘一口气。姑娘气喘吁吁，汗水淋漓，脸上的脂粉流得一道一道的，钟生见了，非常痛心地说：『为了我的罪过，叫娘子遭受了这大的艰苦和劳累，真是惶恐不安。』姑娘揪心地说道：『恐怕这还不是最苦的啦！』两人稍微缓了一口气，便马上互相搀扶着走进佛寺。给佛像烧过香叩过头以后，走过曲折的回廊，来到了禅堂，看到一个老和尚闭着眼睛，盘腿打坐，一个小和尚拿着拂尘，在旁边侍候，整个禅堂都扫除得很干净，可是老和尚的座位前却布满了沙子和碎石，多得像天上的星星。姑娘不敢选地方，跪在沙石之上，钟生也跟在后面跪着。老僧睁开眼望了一下，又把双眼闭上。姑娘参拜道：『很久没来向父亲请安，现在女儿已经出嫁，特地和女婿同来问候。』过了好一会儿，老和尚又睁开眼看了一会儿说：『小妮子太拖累人了！』便再不开口了，小两口跪了许久，筋疲力尽，沙石都快钻进骨头里面，疼得快支持不住了。还过了一阵，他才问道：『把骡子牵来了吗？』姑娘说：『没有。』老和尚说：『夫妻两个马上回去，快把骡子牵来。』两人叩过头爬起身，狼狈不堪地回家去了。

回家后，按吩咐把骡子牵到庙里，二人只是遵命行事，并不理解他的意图。过了几天，人们传说罪人已被抓获处死，夫妇为躲过了灾祸而庆祝。不久，庙里派来个小和尚，把一根砍成两段的竹杖交给钟生说：『替你顶罪的就是这位竹先生。』并吩咐钟生好好给竹杖安埋祭祀，以消解竹先生所蒙受的冤屈。钟生拿过竹枝一看，砍断的地方还有斑斑的血痕。于是钟生虔诚地祷告神明，把竹杖妥善地安葬了。夫妻二人不敢在这里久住，昼夜兼程回到了辽阳。

## 黄将军

黄靖南得功微时，与二孝廉赴都，途遇响寇。孝廉惧，长跪献资。黄怒甚，手无寸铁，即以两手握骡足，举而投之。寇不及防，马倒人堕。黄拳之臂断，搜橐而归孝廉。孝廉服其勇，资劝从军，后屡建奇勋，遂腰蟒玉。

【译文】

南明靖南侯黄得功还未发迹时，曾和两个举人一起去京城，在途中遇到了拦路抢劫的强盗。举人心中十分害怕，直挺挺地跪下，将财物都交了出来。黄得功十分气愤，手无寸铁，就用两手抓住骡脚，举起来向强盗掷去。强盗来不及防备，人仰马翻。黄得功挥起双拳，将强盗的臂膀打断，搜出藏在袋里的财物，归还举人。举人很佩服他的勇敢，拿出钱来资助他，劝他去从军。后来黄得功多次建立大功，终于身穿蟒袍，腰围玉带，做了大官。

## 三朝元老

某中堂，故明相也。曾降流寇，世论非之。老归林下，享堂落成，数人直宿其中。天明，见堂上一匾云：『三朝元老。』一联云：『一二三四五六七，孝弟忠信礼义廉。』不知何时所悬。怪之，不解其意。或测之云：『首句隐亡八，次句隐无耻也。』洪经略南征，凯旋。至金陵，醮荐阵亡将士。有旧门人谒见，拜已，即呈文艺。洪久厌文事，辞以昏眊。其人云：『但烦坐听，容某颂达上闻。』探袖出文，抗声朗读，乃故明思宗御制祭洪辽阳死难文也。读毕，大哭而去。

【译文】

本朝有位中堂大人，是前明的一名宰相。因为曾投降过流寇，所以世上的人对他颇有非议。等他告老还乡以后，建了座供奉祖宗的祠堂，落成那天，就有几个人在里面值夜。天明以后，就看见大堂上被挂上了一块匾，上面写着『三朝元老』。两边还有一副对联，上联是『一二三四五六七』，下联是『孝悌忠信礼义廉』。不知是什么时候挂上去的。大家很奇怪，也不明白是什么意思。有人猜测说：『上句隐指「亡八」（王八），下句隐指「无耻」。』

洪承畴奉命南征，凯旋回到南京后，祭悼阵亡的将士。有个他过去的门生前来拜见，拜完，便呈上自己的习作。洪承畴很久以来便厌倦了写文章的事，推辞自己老眼昏花，不愿意看。门人说：『你只管坐着，让我念给你听。』便摸出文章，大声朗读起来。原来是明思宗亲自写的祭奠洪承畴辽阳死难的祭文，读完，大哭着走了。

## 夜明

有贾客泛于南海。三更时，舟中大亮似晓。起视，见一巨物，半身出水上，俨若山岳；目如两日初升，光四射，大地皆明。骇问舟人，并无知者。共伏瞻之。移时，渐缩入水，乃复晦。后至闽中，俱言某夜明而复昏，相传为异。计其时，则舟中见怪之夜也。

【译文】

有个商人坐船经过南海，正半夜的时候，忽然满船通亮如同白日。他起床就向海里一望，只见一个身巨如山的怪物半身已经伸出了水面，两眼就像初升的太阳，光明四射，把整个海面都照耀得亮堂堂的。他恐怖地问船工是什么怪物，大家都不知道，一同伏在船上注视着它。过了很久它慢慢把身子缩进水里，天色又暗了下来，后来到了福建，居民都说有天晚上天忽然大亮，半天才黑下来，大家都作为怪事互相传说。商人计算众人所说的时间，正好是他在船上看到海怪的夜晚。

## 夏雪

丁亥年七月初六日，苏州大雪。百姓惶骇，共祷诸大王之庙。大王忽附人而言曰：『如今称老爷者，皆增一大字；其以我神为小，消不得一大字也？』众悚然，齐呼『大老爷』，雪立止。由此观之，神亦喜谄，宜乎治下部者之得车多矣。

异史氏曰：『世风之变也，下者益谄，上者益骄。即康熙四十余年中，称谓之不古，甚可笑也。举人称爷，二十年始；进士称老爷，三十年始；司、院称大老爷，二十五年始。昔者大令谒中丞，亦不过老大人而止；今则此称久废矣。即有君子，亦素谄媚行乎谄媚，莫敢有异词也。若缙绅之妻呼太太，裁数年耳。昔惟缙绅之母，始有此称；以妻而得此称者，惟淫史中有林乔耳，他未之见也。唐时，上欲加张说大学士。说辞曰：「学士从无大名，臣不敢称。」今之大，谁大之？初由于小人之谄，而因得贵倨者之悦，居之不疑，而纷纷者遂遍天下矣。窃意数年以后，称爷者必进而老，称老者必进而大，但不知大上造何尊称？匪夷所思矣！』

丁亥年六月初三日，河南归德府大雪尺余，禾皆冻死，惜乎其未知媚大王之术也。悲夫！

【译文】

康熙四十六年七月初六，苏州下了一场大雪。老百姓都很是害怕，就一起去金龙大王庙祈祷。金龙大王忽然附在人身上说道：『现如今人们称谁「老爷」，都会在前头加一个「大」字，难道你们以为我这个神太小，还担不得一个「大」字吗？』众人都惊得齐呼『大老爷』，大雪立时止住了。由此看来，神也喜欢有人奉承，怪不得舐痔者得到的待遇更丰厚呢。

异史氏说：『人心不古，世风变化，下边的人越来越谄媚，上边的越来越骄横。康熙以来的四十多年中，称谓的不合旧制，实在是可笑。举人称爷，从康熙二十年始；进士称老爷，从康熙三十年开始；司、院的官员称大老爷，从康熙二十五年开始。过去县令拜见巡抚，也不过是称呼一声「老大人」罢了，现在这称呼早就废除了。即使是正人君子也习惯了谄媚，做谄媚的事，不敢有异议。至于退休官员的妻子称「太太」，不过是才几年的事。过去只有官员的母亲才这么称呼。把妻子称为太太，只有《金瓶梅》中的人物乔太太、林太太，别的人没见过。唐朝时，皇上要加封张说（张说：唐代著名诗人，官至左丞相）为大学士，他推辞说：「学士从没有称『大』的，臣不敢称。」现在的「大」，是谁使其「大」起来的？起初是由于小人谄媚，由此得到了权贵们的喜欢，权贵们接受这样的称呼心安理得，并不迟疑，于是纷纷这么做的人便遍布天下了。我想，几年以后，称呼「爷」的必定进而称「老爷」，称「老爷」的必定进而称「大老爷」，但不知「大老爷」之上再造什么尊称，真是令人匪夷所思啊！』

丁亥年六月初三，河南归德府下了一尺多厚的大雪，庄稼都被冻死了，可惜这里的人不懂得谄媚大王的方法。可怜啊！

## 禽侠

天津某寺，鹳鸟巢子鸱尾。殿承尘上，藏大蛇如盆，每至鹳雏团翼时，辄出吞食净尽。鹳悲鸣数日乃去。如是三年，人料其必不复至，而次岁巢如故。约雏长成，即径去，三日始还。入巢哑哑，哺子如初。蛇又蜿蜒而上。甫近巢，两鹤惊，飞鸣哀急，直上青冥。俄闻风声蓬蓬，一瞬间，天地似晦。众骇异，共视乃一大鸟，翼蔽天日，从空疾下，骤如风雨，以爪击蛇，蛇首立堕，连摧殿角数尺许，振翼而去。鹳从其后，若将送之。巢既倾，两雏俱堕，一生一死。僧取生者置钟楼上。少顷，鹳返，仍就哺之，翼成而去。

异史氏曰：『次年复至，盖不料其祸之复也；三年而巢不移，则报仇之计已决；三日不返，其去作秦庭之哭，可知矣。大鸟必羽族之剑仙也，飙然而来，一击而去，妙手空空儿何以如此？』

济南有营卒，见鹳鸟过，射之，应弦而落。喙中衔鱼，将哺子也。或劝拔矢放之，卒不听。少顷，带矢飞去。后往来近郭间，两年余，贯矢如故。一日，卒坐辕门下，鹳过，矢坠地。卒拾视曰：『矢固无恙耶？』耳适痒，因以矢搔耳。忽大风摧门，门骤阖，触矢贯脑而死。

【译文】

天津有座寺庙，鹳鸟在庙顶上筑就了一个窝。在寺庙的天花板上，藏卧着一条很大的蛇，身体竟然有盆口一样粗。每年，当鹳鸟哺育的小鹳羽翼还没有丰满的时候，大蛇就偷偷地跑出来，把小鹳吞食得一干二净。大鹳悲伤地哀叫着，好多天，才肯飞离而去。就这样过了三年。人们预料，鹳鸟不会再来了。没想到，第四年，鹳鸟又飞来筑巢，等小鹳刚刚长大，很快就要会飞了，大鹳却独自飞走，三天后又飞了回来。进到巢里，呀呀地叫着，哺育小鹳。这时，大蛇蜿蜒而出，快到鸟巢时，两只大鹳即刻飞鸣哀叫，直上云天。忽然风声大作，天昏地暗，众人惊异万分，只见一只大鸟张着翅膀，遮天蔽日，从天而降。犹如疾风骤雨，用利爪猛击大蛇，蛇头立即被击掉。大鸟搏击时，摧毁了寺庙的屋角，然后振翅高飞而去。两只大鹳跟在其后，好像是去送客。鸟巢当时就倾毁了，两只小鹳掉在地上，一生一死。寺庙中的僧人，把那只活着的小鹳放在钟楼上。不一会儿，大鹳飞了回来，继续哺育小鹳，等它羽翼丰满之后，全家一起飞走了。

异史氏说：『鹳鸟第二年又来，是因为没料到仍然还有灾祸，到了第三年仍然筑巢不移，则报仇的计谋已经决定，三日不返回，是去寻求帮助，它的行动，可知就是这样。那大鸟必定是鸟类当中的侠客，忽然飞来，一击而去，就是剑侠故事中的高手空空儿，也比不上啊。』

济南有个士兵，看到鹳鸟飞过，用箭射它，鹳鸟随着弦声落了下来。鸟嘴里叼着一条鱼，是准备去喂小鹳鸟的。有人劝那士兵拔掉箭，把它放了，士兵不听。不一会儿，鹳鸟带着箭飞走了。后来它往来于附近的城郭之间，两年多，箭一直留在身上。一天，那士兵正坐在辕门下，鹳鸟从上面飞过，箭掉到地上。士兵拾起来看着说：『箭还没有坏吧？』恰巧他耳朵发痒，就用箭头去搔耳朵。忽然一阵大风吹动辕门，门猛地关上，撞着了箭，直穿士兵的脑门，士兵就这样死了。

## 周克昌

淮上贡士周天仪，年五旬，止一子，名克昌，爱昵之。至十三四岁，丰姿益秀；而性不喜读，辄逃塾，从群儿戏，恒终日不返。周亦听之。一日，既暮不归，始寻之，殊竟乌有。夫妻号啕，几不欲生。年余，昌忽自至，言：『为道士迷去，幸不见害。值其他出，得逃而归。』周喜极，亦不追问。及教以读，慧悟倍于畴曩。逾年，文思大进，既入郡庠试，遂知名。世族争婚，昌颇不愿。赵进士女有姿，周强为娶之。既入门，夫妻调笑甚欢；而昌恒独宿，若无所私。逾年，秋战而捷。周益慰。然年渐暮，日望抱孙，故尝隐讽昌。昌漠若不解。母不能忍，朝夕多絮语。昌变色，出曰：『我久欲亡去，所不遽舍者，顾复之情耳。实不能探讨房帷，以慰所望。请仍去，彼顺志者且复来矣。』媪追曳之，已踣，衣冠如蜕。大骇，疑昌已死，是必其鬼也。悲叹而已。次日，昌忽仆马而至，举家惶骇。近诘之，亦言：为恶人略卖于富商之家；商无子，子焉。得昌后，忽生一子。昌思家，遂送之归。问所学，则顽钝如昔。乃知此为昌；其入泮乡捷者，鬼之假也。然窃喜其事未泄，即使袭孝廉之名。入房，妇甚狎熟；而昌腆然有愧色，似新婚者。甫周年，生子矣。

异史氏曰：『古言庸福人，必鼻口眉目间具有少庸，而后福随之；其精光陆离者，鬼所弃也。庸之所在，桂籍可以不入闱而通，佳丽可以不亲迎而致；而况少有赁借，益之以钻窥者乎！』

【译文】

淮上有个名叫周天仪的进士，已经五十岁了，只有一个儿子，名字叫周克昌，很溺爱。长到十三四岁，风姿越来越潇洒；

但是生性不爱读书，总是喜欢逃学，跟一群孩子游戏，经常一天到晚不回家。周天仪也只能听之任之。

一天，天黑以后还没回来，才出去寻找，只是竟然哪里也没找到。夫妻二人就号啕痛哭，几乎不想活下去。过了一年多，周克昌忽然自己回来了，说是：『被道士迷去，幸好没有被害。赶上道士外出，才得到机会逃回来。』周天仪高兴极了，也没详细追问。教他读书的时候，他的悟性比从前加倍地聪明。过了一年，文思大进，考中了秀才，才知道他的名字。世家大族争着和他通婚，周克昌心里很不愿意。赵进士有个女儿，容貌很漂亮，周天仪硬是逼他成了亲。新娘子进门以后，夫妻互相调笑很欢畅；周克昌却经常一个人睡觉，好像没和妻子有过私生活。又过了一年，他考中了举人。周天仪心里愈加感到安慰。但是逐渐到了晚年，天天盼望抱孙子，所以曾经委婉地用语言向他暗示。他迷迷茫茫的，好像听不明白。母亲再也不能忍耐了，一天到晚总是絮絮叨叨的。他突然变了颜色，走出卧房说：『我很早就想逃离家门，所以没有马上放弃这个家，是抚养之恩罢了。我实在不能探讨闺房的事情，以安慰父母的愿望。我愿意离开这里，那位能够顺从父母心愿的人，就要回来了。』老太太撵出去拉他一把，他已经跌倒在地，衣服帽子好像蝉蜕似的摆在地上。老太太大吃一惊，怀疑周克昌已经死了，这一定是他的鬼魂。只能悲叹而已。

第二天，周克昌忽然带着仆人，骑着骏马回来了，全家又惊又怕。到他跟前盘问他，他也说：被坏人拐去，卖给一家富商；富商没有儿子，把他当儿子。富商得他以后，忽然生了一个儿子。他想家，就把他送回来了。询问他的学业，愚蠢迟钝，还和从前一样。这才知道这个是周克昌，那个考中秀才和举人的，是借用他名字的一个鬼物。也就暗自高兴，这件事情没有泄露出去，就让他承袭了举人的头衔。他进了闺房，媳妇对他很亲热；他却满脸通红，有害羞的脸色，好像一个新婚的新郎。刚到一周年，就生了儿子。

异史氏说：『古人说，有平庸福气的人，在他鼻口眉目之间，一定有点平庸的东西，随后才有福气；那种光怪陆离的人，鬼也嫌弃他。有平庸福气的人，不考也可以登科，不亲自迎娶也可以得到佳人；何况多少有些凭借，更能瞅机会钻营的人呢！』

## 嫦娥

太原宗子美，从父游学，流寓广陵。父与红桥下林妪有素。一日，父子过红桥，遇之固请过诸其家，瀹茗共话。有女在旁，殊色也。翁亟赞之。妪顾宗曰：『大郎温婉如处子，福相也。若不鄙弃，便奉箕帚，如何？』翁笑，促子离席，使拜媪曰：『一言千金矣！』先是，妪独居，女忽自至，告诉孤苦。问其小字，则名嫦娥。妪爱而留之，实将奇货居之也。时宗年十四，睨女窃喜，意翁必媒定之；而翁归若忘。心灼热，隐以白母。翁闻而笑曰：『曩与贪婆子戏耳。彼不知将卖黄金几何矣，此何可易言！』逾年，翁媪并卒。子美不能忘情嫦娥，服将阕，托人示意林妪。妪初不承。宗忿曰：『我生平不轻折腰，何媪视之不值一钱？若负前盟，须见还也！』妪乃云：『曩或与而翁戏约，容有之。但无成言，遂都忘却。今既云云，我岂留嫁天王耶？要日日装束，实望易千金；今请半焉，可乎？』宗自度难办，亦遂置之。适有寡媪僦居西邻，有女及笄，小名颠当。偶窥之，雅丽不减嫦娥。向慕之，每以馈遗阶进；久而渐熟，往往送情以目，而欲语无间。一夕，逾垣乞火。宗喜挽之，遂相燕好。约为嫁娶，辞以兄负贩未归。由此蹈隙往来，形迹周密。一日，偶经红桥，见嫦娥适在门内，疾趋过之。嫦娥望见，招之以手，宗驻足；女又招之，遂入。女以背约让宗，宗述其故。女入室，取黄金一铤付之。宗不受，辞曰：『自分永与卿绝，遂他有所约。受金而为卿谋，是负人也；受金而不为卿谋，是负卿也：诚不敢有所负。』女良久曰：『君所约，妾颇知之。其事必无成；即成之，妾不怨君之负心也。其速行，媪将至矣。』宗仓卒无以自主，受之而归。隔夜，告之颠当。颠当深然其言，但劝宗专心嫦娥。宗不语；愿下之，宗乃悦。即遣媒纳金林妪，妪无辞，以嫦娥归宗。入门后，悉述颠当言。嫦娥微笑，阳怂恿之。宗喜，急欲一白颠当，而颠当迹久绝。嫦娥知其为己，因暂归宁，故予之间，嘱宗窃其佩囊。已而颠当果至，与商所谋，但言勿急。及解衿狎笑，胁下有紫荷囊，将便摘取。颠当变色起曰：『君与人一心，而与妾二！负心郎！请从此绝。』宗曲意挽解，不听，竟去。一日，过其门探察之，已另有吴客僦居其中，颠当子母迁去已久，影灭迹绝，莫可问讯。宗自娶嫦娥，家暴富，连阁长廊，弥亘街路。嫦娥善谐谑，适见美人画卷，宗曰：『吾自谓，如卿天下无两，但不曾见飞燕、杨妃耳。』女笑曰：『若欲见之，此亦何难？』乃执卷细审一过，便趋入室，对镜修妆，效飞燕舞风，又学杨妃带醉。长短肥瘦，随时变更；风情态度，对卷逼真。方作态时，有婢自外至，不复能识，惊问其僚；复向审注，恍然始笑。宗喜曰：『吾得一美人，而千古之美人，皆在床闼矣！』一夜，方熟寝，数人撬扉而入，火光射壁。女急起，惊言：『盗入！』宗初醒，即欲鸣呼。一人以白刃加颈，惧不敢喘。又一人掠嫦娥负背上，哄然而去。宗始号，家役毕集，室中珍玩，无少亡者。宗大悲，恇然失图，无复情地。告官追捕，殊无音息。荏苒三四年，郁郁无聊，因假赴试入都。居半载，占验询察，无计不施。偶过姚巷，值一女子，垢面敝衣，儳如丐。停趾相之，乃颠当也。骇曰：『卿何憔悴至此？』答云：『别后南迁，老母即世，为恶人掠卖旗下，挞辱冻馁，所不忍言。』宗泣下，问：『可赎否？』曰：『难矣。耗费烦多，不能为力。』宗曰：『实告卿：年来颇称小有，惜客中资斧有限，倾装货马，所不敢辞。如所需过奢，当归家营办之。』女约明日出西城，相会丛柳下；嘱独往，勿以人从。宗曰：『诺。』次日，早往，则女先在，袿衣鲜明，大非前状。惊问之，笑曰：『曩试君心耳，幸绨袍之意犹存。请至敝庐，宜必得当以报。』北行数武，即至其家，遂出肴酒，相与谈宴。宗约与俱归。女曰：『妾多俗累，不能从。嫦娥消息，固颇闻之。』宗急询其何所，女曰：『其行踪缥缈，妾亦不能深悉。西山有老尼，一目眇，问之，当自知。』遂止宿其家。天明示以径。宗至其处，有古寺，周垣尽颓；丛竹内有茅屋半间，老尼缀衲其中。见客至，漫不为礼。宗揖之，尼始举头致问。因告姓氏，即白所求。尼曰：『八十老瞽，与世暌绝，何处知佳人消息？』宗固求之。乃曰：『我实不知。有二三戚属，来夕相过，或小女子辈识之，未可知。汝明夕可来。』宗乃出。次日再至，则尼他出，败扉扃焉。伺之既久，更漏已催，明月高揭，徘徊无计，遥见二三女郎自外入，则嫦娥在焉。宗喜极，突起，急揽其袪。嫦娥曰：『莽郎君！吓煞妾矣！可恨颠当饶舌，乃教情欲缠人。』宗曳坐，执手款曲，历诉艰难，不觉恻楚。女曰：『实相告：「妾实姮娥被谪，浮沉俗间，其限已满；托为寇劫，所以绝君望耳。尼亦王母守府者，妾初谴时，蒙其收恤，故暇时常一临存。君如释妾，当为代致颠当。」宗不听，垂首陨涕。女遥顾曰：『姊妹辈来矣。』宗方四顾，而嫦娥已杳。宗大哭失声，不欲复活，因解带自缢。恍惚觉魂已出舍，怅怅靡适。俄见嫦娥来，捉而提之，足离于地；入寺，取树上尸推挤之，唤曰：『痴郎，痴郎！嫦娥在此。』忽若梦醒。少定，女恚曰：『颠当贱婢！害妾而杀郎君，我不能恕之也！』下山赁舆而归。既命家人治装，乃返身出西城，诣谢颠当；至则舍宇全非，愕叹而返。窃幸嫦娥不知。入门，嫦娥迎笑曰：『君见颠当耶？』宗愕然不能答。女曰：『君背嫦娥，乌得颠当？请坐待之，当自至。』未几，颠当果至，仓皇伏榻下。嫦娥叠指弹之，曰：『小鬼头陷人不浅！』颠当叩头，但求赊死。嫦娥曰：『推人坑中，而欲脱身天外耶？广寒十一姑不日下嫁，须绣枕百幅、履百双，可从我去，相共操作。』颠当恭白：『但求分工，按时赍送。』女不许，谓宗曰：『君若缓颊，即便放却。』颠当目宗，宗笑不语。颠当目怒之。乃乞还告家人，许之，遂去。宗问其生平，乃知其西山狐也。买舆待之。次日，果来，遂俱归。然嫦娥重来，恒持重不轻谐笑。宗强使狎戏，惟密教颠当为之。颠当慧绝，工媚。嫦娥乐独宿，每辞不当夕。一夜，漏三下，犹闻颠当房中，吃吃不绝。使婢窃听之。婢还，不以告，但请夫人自往。伏窗窥之，则见颠当凝妆作己状，宗拥抱，呼以嫦娥。女哂而退。未几，颠当心暴痛，急披衣，曳宗诣嫦娥所，入门便伏。嫦娥曰：『我岂医巫厌胜者？汝欲自捧心效西子耳。』颠当顿首，但言知罪。女曰：『愈矣。』遂起，失笑而去。颠当私谓宗：『吾能使娘子学观音。』宗不信，因戏相赌。嫦娥每趺坐，眸含若瞑。颠当悄以玉瓶插柳，置几上；自乃垂发合掌，侍立其侧，樱唇半启，瓠犀微露，睛不少瞬。宗笑之。嫦娥开目问之，颠当曰：『我学龙女侍观音耳。』嫦娥笑骂之，罚使学童子拜。颠当束发，遂四面朝参之，伏地翻转，逞诸变态，左右侧折，袜能磨乎其耳。嫦娥解颐，坐而蹴之。颠当仰首，口衔凤钩，微触以齿。嫦娥方嬉笑间，忽觉媚情一缕，自足趾而上，直达心舍，意荡思淫，若不自主。乃忽敛神，呵曰：『狐奴当死！不择人而惑之耶？』颠当惧，释口投地。嫦娥又厉责之，众不解。嫦娥谓宗曰：『颠当狐性不改，适间几为所愚。若非夙根深者，堕落何难！』自是见颠当，每严御之。颠当惭惧，告宗曰：『妾于娘子一肢一体，无不亲爱；爱之极，不觉媚之甚。谓妾有异心，不惟不敢，亦不忍。』宗因以告嫦娥，嫦娥遇之如初。然以狎戏无节，数戒宗，宗不听；因而大小婢妇，竞相狎戏。一日，二人扶一婢，效作杨妃。二人以目会意，赚婢懈骨作酣态，两手遽释；婢暴颠墀下，声如倾堵。众方大哗；近抚之，而妃子已作马嵬薨矣。大众惧，急白主人。嫦娥惊曰：『祸作矣！我言如何哉！』往验之，不可救。使人告其父。父某甲，素无行，号奔而至，负尸入厅事，叫骂万端。宗闭户惴恐，莫知所措。嫦娥自出责之，曰：『主即虐婢至死，律无偿法；且邂逅暴殂，焉知其不再苏？』甲噪言：『四支已冰，焉有生理！』嫦娥曰：『勿哗。纵不活，自有官在。』乃入厅事抚尸，而婢已苏，抚之随手而起。嫦娥返身怒曰：『婢幸不死，贼奴何得无状！可以草索絷送官府！』甲无词，长跪哀免。嫦娥曰：『汝既知罪，姑免究处。但小人无赖，反复何常，留汝女终为祸胎，宜即将去。原价如干数，当速措置来。』遣人押出，俾浼二三村老，券证署尾。已，乃唤婢至前，使甲自问之：『无恙乎？』答曰：『无恙。』乃付之去。已，遂召诸婢，数责遍扑。又呼颠当，为之厉禁。谓宗曰：『今而知为人上者，一效颦亦不可轻。谑端开之自妾，而流弊遂不可止。凡哀者属阴，乐者属阳；阳极阴生，此循环之定数。婢子之祸，是鬼神告之以渐也。荒迷不悟，则倾覆及之矣。』宗敬听之。颠当泣求拔脱。嫦娥乃掐其耳；逾刻释手，颠当怃然为间，忽若梦醒，据地自投，欢喜欲舞。由此闺阁清肃，无敢哗者。婢至其家，无疾暴死。甲以赎金莫偿，浼村老代求怜恕，许之。又以服役之情，施以材木而去。宗常患无子。嫦娥腹中忽闻儿啼，遂以刃破左胁出之，果男；无何，复有身，又破右胁而出一女。男酷类父，女酷类母，皆论昏于世家。

异史氏曰：『阳极阴生，至言哉！然室有仙人，幸能极我之乐，消我之灾，长我之生，而不我之死。是乡乐，老焉可矣，而仙人顾忧之耶？天运循环之数，理固宜然；而世之长困而不享者，又何以为解哉？昔宋人有求仙不得者，每曰：「做一日仙人，而死亦无憾。」我不复能笑之也。」

【译文】

山西太原有个人名叫宗子美，跟随父亲四处游学，辗转才到了扬州住下。宗子美的父亲和红桥下的一位林妈平时都有来往。有一天，父子二人从红桥上路过，恰巧遇见了林妈，林妈一再邀请宗氏父子到她家中去做客，饮茶倾谈。林妈有一位女儿在身旁，容貌极其艳丽，宗父极力称赞。林妈瞧瞧子美对宗父说：『你家大相公温柔和顺，真像个大姑娘，是有福。如果您不嫌弃，就把女儿许给他，你看怎么样？』宗父笑着让子美马上起身冲林妈下拜道：『您这一句真是价值千金啊！』

原来，林妈独居，有个姑娘突然来到她家，诉说着自己的孤苦。林妈问她小名，姑娘说叫嫦娥，林妈非常喜爱，就收留了她，其实是觉得奇货可居，准备在她身上发一笔财呢。子美那年才十四岁，一见嫦娥，暗自欢喜，心想爸爸一定会给我提媒定亲。可是宗父回去后像忘了这件事一样。宗子美急得火烧火燎的，偷偷告诉了母亲。宗父听说后笑着说：『前些时不过是和那个贪心婆子说句笑话，还不知她要拿姑娘卖多少黄金呢，这事谈何容易！』过了一年，子美的父母相继去世，他仍不能忘情于嫦娥：服孝快要期满时，就托人向林妈求婚。林妈一开始不答应。子美气愤地说：『我平生不轻易折腰求人，林妈为什么把我的诚意看得不值一钱？如果要背弃原来的婚约，得把我折腰的诚意还给我！』林妈这才说：『从前和令尊大人说话许下亲事，这事也许有。可是没有正式定亲，于是后来把这事都忘了。今天你既然来求婚，我难道还要把姑娘留着嫁给天王吗？原来我天天把她打扮得漂漂亮亮，确实是指望能换得白银千两，今天我只向你要一半，怎么样？』宗子美自己掂量筹办不起这笔钱，也就作罢了。

当时有个寡妇，租子美西邻房子住下，家里有个女儿，今年十六岁，小名叫颠当。子美偶然看到颠当，姿容之秀美不下于嫦娥，因而十分倾慕，常常赠送她家些东西作为接近的门路。久而久之，子美和颠当渐渐熟悉了，时常以眉目传情，可是想说说话却没有机会。有天晚上，颠当越墙过来借火，子美非常高兴地拉起她的手，于是二人成其好事。子美要和颠当结为夫妻，颠当说等哥哥出外经商回来再说。从此两个人总是寻找没有人发现的机会往来，非常周密，不露一点形迹。

有一天，子美偶然经过红桥，见嫦娥恰好在门内，就快走几步越过门去。嫦娥看见了子美，就对他招手，子美于是停下了脚步，嫦娥再次招手，子美才进了她家。嫦娥责备子美放弃盟誓，子美叙述了事情的经过。嫦娥听了就进屋取出一锭黄金交给子美。子美不接受，推辞说：『当时我断定要永远和你分手了，所以又和别人定下了婚约。如今假如接受你的黄金与你订婚，是辜负了别人；接受你的黄金而不与你订婚，是辜负了你，我实在不敢对你对别人有所辜负。』嫦娥沉默了好久说：『你所订的婚约，我相当了解。这桩婚事肯定是不能成功的，即使成功了，我也不埋怨你的负心。你快走吧，林妈就要来了。』仓促之间，子美不由自主地接受了嫦娥的赠金回了家。第二天，子美将这件事告诉了颠当。颠当非常赞成子美回答嫦娥的话，但劝子美专心钟爱嫦娥。子美沉默不语，颠当表示愿意居于嫦娥之下，子美才高兴起来。接着子美便托媒人把那锭金子交给林妈，林妈再也没什么可说的，就把嫦娥嫁给了子美。嫦娥过门后，子美向她叙述了颠当的话，嫦娥微微一笑，怂恿子美纳颠当为妾。子美很高兴，急着想告诉颠当，可是颠当已好久不见踪影了。嫦娥知道这是因为躲避自己的缘故，因而暂时回了娘家，故意给颠当造成来相会的机会，而且嘱咐子美偷下颠当佩戴的香荷包。嫦娥走后不久，颠当果然来了，子美和她商量纳她为妾的事，颠当说不要着急。颠当解开衣襟和他亲昵调笑时，腰间果然有个紫荷包，子美正要找时间摘取，颠当突然变了脸色道：『你和别人一条心！而和我两条心！负心汉，从此和你绝交！』子美千方百计解释、挽留，颠当都不听，终于还是走了。有一天，子美路过颠当门前，进去询问，已另有苏州来的房客住在里边。颠当母女搬走已经很长时间了，无影无踪，也没有地方寻找。

子美自从娶了嫦娥，就暴富起来，楼阁长廊，连接街巷。嫦娥非常喜欢玩笑戏耍。有一次，子美看到一轴美人画卷，对嫦娥说：『我经常说，美貌像你这样，可谓天下无双，但是不曾见过古代的赵飞燕和杨贵妃啊！』嫦娥笑着说：『你如想见见，那又有何难？』于是便拿起画卷来仔细审视一番，便急忙进屋对镜梳妆，学纤瘦的赵飞燕的舞姿，又学丰腴的杨贵妃的醉态，长短肥瘦，随时变更，风情神态，和画卷上的赵飞燕、杨贵妃一模一样。嫦娥正对镜作态时，有个丫鬟从外面进来，竟不认识她是谁，惊问别的丫鬟，然后再仔细观察，才恍然大悟，不禁大笑起来。子美欣喜地说：『我只得一个美女，而千古的美女，都在我的房内。』

有一天夜晚，人们正在熟睡，忽然有几个人撬门而入，火把把四周照得通亮。嫦娥连忙起来，惊慌地说：『不好！有强盗进来了！』子美被叫醒，正要大喊，一个强盗把刀架到他脖子上，子美吓得气都不敢喘。又有一个强盗抓住嫦娥背起来就走，强盗们一哄而散。这时，子美才大声呼救，仆役们都聚集过来，一看家里的珍宝细软，一件也没丢。子美极其悲伤，惊恐万分，什么情绪都没有了。告到官府追捕盗贼，一点消息都没有。这样过了三四年，郁闷无聊，因而借应试的机会到京城去看看。在京城住了半年，算卦问卜，多方打听，什么办法都想到了，就是没有嫦娥的下落。有一天偶然路过一个小巷，见一个女子满面灰土，衣衫褴褛，穷困潦倒犹如乞丐。子美停步细看，原来是颠当，十分惊讶地问：『你怎么落魄成这个样子呀？』颠当回答道：『和你分别后迁居南方，老母去世，被坏人掠去卖到旗人官府，挨打挨骂，饥寒交迫，我都不忍心说了。』子美凄然泪下，问她：『可以把你赎买出来吗？』颠当说：『很难了。得花很多钱，你帮不上这个忙。』子美说：『我实话告诉你吧。近年来家境已算富足，可惜我出门在外盘缠带得不多；但为了解救你，哪怕卖尽衣物车马，我也在所不惜。如果需要的钱太多，我回家去给你筹办。』颠当约子美第二天出西城，到杨树林会见，并嘱咐他自己去，不要带随从仆人。子美说：『好。』第二天，子美很早就去赴约，可是颠当已先到了，衣着非常华丽。子美惊异地问她是怎么回事，颠当笑着说：『昨天是试试你的心，幸而你不忘旧情，尚有绨袍之意。请到寒舍一叙，我一定要想法报答你。』子美跟颠当往北走了不几步，就到了她家。颠当摆上酒菜，和子美饮酒谈笑，子美邀她一起回家。颠当说：『我这里还有很多俗务累赘，不能跟你走，可是嫦娥的消息，我却知道一点。』子美急忙问嫦娥如今在哪里，颠当说：『嫦娥行踪飘忽不定，我也弄不很清楚。西山有位老尼姑，瞎一只眼，去问问她，一定能问出名目来。』当天晚上，子美就住在颠当家里，第二天早晨，颠当又给子美指明了去西山的道路。

子美到了西山，真的看见一座古寺。围墙已经坍塌，竹林中有半间茅屋，一位老尼姑正在那儿缝补僧衣。老尼姑见客人到了，带搭不理的，子美向她作揖致意，她才起头来问话。子美告诉她自己的姓名，并且说出自己的请求。老尼姑说：『我一个八十岁的盲人，与世隔绝，哪里还能知道嫦娥的消息！』子美再三请求她指点，老尼姑才说：『我实在不知道嫦娥的下落。有两三个亲戚，明天晚上要来看望我，或许这几个小姑娘中有认识嫦娥的也说不定。你明天晚上可以来看看。』子美得了这个答复才告辞。第二天子美再去时，老尼姑已经不在了，破门已经上锁。子美在那儿等了好长时间，已是深夜，明月高悬，正在焦急徘徊没有办法时，远远看见两三个姑娘来到古寺前，其中一个就是嫦娥。子美欣喜至极，迎上前去，急忙拉住嫦娥的衣襟。嫦娥说：『鲁莽郎君！吓死我了！可恨颠当多嘴，又让你用儿女情来缠我！』子美拉她坐下，执手倾诉别情和所受的艰难困苦，不觉凄然泪下。嫦娥说：『我实话对你说，我本是月宫里的嫦娥，被贬谪在尘世间漂泊，期限已经满了；假装盗寇抢劫，是为了断绝你的指望。老尼姑也是王母娘娘府上的看门人。我刚被贬到人间时，承蒙她收留体贴，所以常抽空到她那里看看。你如能放我走，我想为你把颠当娶过来。』子美不听，低头痛哭。嫦娥往远处看了一眼说：『姐妹们都来了！』子美正往四面看，嫦娥已经无影无踪了。子美失声大哭，悲恸欲绝，于是解下衣带上吊了。恍惚间觉得魂魄已经离开了身体，惆怅无主，不知所往。忽见嫦娥走来，抓住自己双脚离地提了起来。又把他带到寺前，取下树上的死尸推挤他，连声喊道：『痴郎，痴郎！嫦娥在此。』忽然间，子美如梦方醒。稍稍安定了一会儿，嫦娥气愤地说：『颠当贱婢！害了我又杀了郎君，我不能饶她！』二人下山雇了轿子回到了子美的旅舍。子美一面让家人准备返乡的行装，一面转身出了西城去面谢颠当。到了那里，房舍全变了，子美惊愕叹息，返回旅舍，暗自庆幸嫦娥不知此事。一进门，嫦娥笑道：『你看见颠当了吗？』子美愕然，无言以对。嫦娥说：『你背着我办事，怎么能得到颠当呢？请你坐等一会儿，她自己马上就来。』不一会儿，颠当果然到了。进屋急忙跪在床前，嫦娥冲她的额头弹了一下说：『小鬼头，真是害人不浅！』颠当连连磕头，但求免她一死。嫦娥说：『把人推到坑里，而想脱身天外吗？广寒宫里十姑近日要出嫁，需用绣枕一百对，绣鞋一百双，你可跟我去，一块儿缝制。』颠当恭恭敬敬地说：『只求你分给我一部分活计，我一定按时送交。』嫦娥不答应，对子美说：『你如果给讲情，我就放了她。』颠当拿眼瞟子美，子美笑而不答，颠当气得直瞪他。颠当又请求回去给家里人送个信再来，嫦娥同意了，她才敢离去。子美向嫦娥打听颠当的生平，才知道她本是西山的一个狐仙。子美雇好了车马等她，第二天颠当真的来了，于是跟嫦娥一起回到了家里。

可是嫦娥这次回来后，一直严肃稳重，不苟言笑。子美强求她做当日化装美女的游戏，她也不肯，只是偷着教颠当去做。颠当特别聪明，很善于媚惑男人。嫦娥喜欢独居，子美要在她房中过夜时，常常以身体不适推辞。有一天晚上，时已三更，还听见颠当房中笑声不断。嫦娥派一个丫鬟去偷听，丫鬟回来后什么也不说，只是请夫人自己去看。嫦娥到了颠当窗前往屋里一看，颠当正化装成自己的模样，子美抱着喊她嫦娥。嫦娥笑着退回自己屋里。过了不大一会儿，颠当心头暴疼，急忙披上衣服拉着子美到嫦娥房中，进门就跪下了。嫦娥说：『我难道是那种嫉妒别人胜过自己的人吗？你心疼干我何事，是你自己学那捧心皱眉的西施吧！』颠当磕头求饶，只说知罪。嫦娥说：『起来吧，好了！』颠当这才起来，笑着走了。颠当又偷偷对子美说：『我能让娘子学观音菩萨。』子美不信，因而要和颠当打赌。原来嫦娥常常盘腿打坐，双眼微闭，颠当偷着拿个玉瓶插上柳枝，放在嫦娥面前的案上，自己把头发披散开来，双手合掌，侍立在一旁，樱唇半张，银牙微露，目不转睛地瞧着嫦娥。子美一看这种情形，禁不住笑了。嫦娥睁开眼问是怎么回事，颠当说：『我学龙女侍奉观音菩萨呢。』嫦娥笑骂她几句，罚她学当童子行叩拜之礼。颠当把头发束上如童子模样，朝四面跪拜，伏在地上，翻转自如，摆出各种姿态，左右弓腰踢腿，脚尖能碰着自己的耳朵。嫦娥看了大笑，坐在椅子上踢她。颠当仰起脸来，口衔嫦娥的小脚，轻轻一咬。嫦娥正在嬉笑，忽然觉得一缕春情，从脚尖而上，直通心窝，神魂颠倒，欲火如炽，不由自主，于是急忙镇静了一下心神，怒斥道：『狐奴真该死！迷惑人也不挑挑是谁吗？』颠当害怕了，松口伏在地上。嫦娥又严厉斥责她，众人都不知是什么原因。嫦娥对子美说：『颠当狐性不改，刚才差一点被她捉弄。若不是我修炼到家，道行很深，堕落下去很容易啊？』从此每见到颠当，总是严加防范，颠当羞愧惊惶，对子美说：『我对嫦娥娘子的一肢一体，都非常喜爱。我爱到极点，不知不觉媚惑她失了分寸。如果说我对娘子没安好心，我不但不敢，而且也不忍啊！』子美把这话告诉了嫦娘，嫦娥才待她像以前一样。可是因为颠当和子美狎昵戏耍没有节制，数次劝诫子美，子美不听；因而大小丫鬟婆子，都争相戏耍。

一天，两个丫鬟扶着一个丫鬟戏乐，打扮成杨贵妃的样子。两个丫鬟使了个眼色，骗那扮杨贵妃的丫鬟把全身骨节都松懈了，学醉酒的状态，两人把手一松，这丫鬟猛然跌到阶下，扑通一声像推倒一面墙一样。众人齐声惊呼，近前一摸，假『杨贵妃』已经如真杨贵妃死在马嵬坡一样，一命归天了。众人吓坏了，连忙告诉主人。嫦娥惊呼道：『终于闯出祸来了！我说的怎么样？』去察验了一番，已经没救了，马上派人去告诉死者的父亲。死者的父亲某甲，素来鄙陋无行，哭喊着来到宗家，把女儿尸体背到厅堂，拼命叫骂不止。子美吓得关上房门，不知所措。嫦娥亲自出门责备某甲：『主子虐待奴婢至死，按律也不偿命。何况你女儿是偶然暴死，怎么知道她就不能复活？』某甲喊道：『四脚已经冰冷，哪有复活之理？』嫦娥说：『你不要乱吵，纵然不能复活，不还有官府在吗？』于是到了厅堂，一摸死者尸体，丫鬟居然复活了，马上站了起来。嫦娥转过身来怒斥某甲道：『这个丫鬟幸而没有死，而你这贼奴怎能这样猖狂！得拿草绳捆起来送到官府！』某甲无言以对，跪了好长时间，苦苦求饶。嫦娥说：『你既然已经知罪了，暂且免于追究。但你这无赖之徒，反复无常，留着你女儿在这里终究是个祸根，你马上把她领回去。原来的卖身价是多少钱你退多少钱，快去筹措，速速送来。』说完派人把某甲押送出去，让他请来两三位先生，在文书上签字作保。然后又把摔昏的丫鬟唤到面前，让某甲问她：『没摔坏吧？』丫鬟说：『没什么。』这才让某甲把女儿领走。接着把丫鬟们全找来，严加斥责，挨个打了一顿；又把颠当唤来，严禁她再搞这些游戏。嫦娥对子美说：『今天才知道，位居众人之上的人，一言一笑都不可等闲视之。戏乐之事是我开的头，上行下效，流弊才不可收拾。凡哀伤之事属阴性，欢乐之事属阳性，阳极阴生、乐极生悲，这是阴阳循环的规律。这个丫头的祸殃，是鬼神给的一个警告。如果执迷不悟，天大的灾难就会来了！』子美很恭谨地听从了嫦娥的劝告。颠当哭着哀求嫦娥挽救她。嫦娥就用指甲掐她的耳朵，过了一会儿松手，颠当惊愕了一会儿，好像从梦中醒来一样，伏地拜谢，高兴得想要跳起来。

从这以后，闺阁里面清净严肃，没有人再敢嬉笑打闹了。那个丫鬟到家以后，没病没灾却暴死了。某甲拿不出赎金来，请求村老们代求嫦娥开恩免除，嫦娥同意了，又念丫鬟侍奉主人的情面，赏了她一口棺材。

子美常常因为没有儿子而发愁，有一天，嫦娥腹中忽然有婴儿的哭声，于是用利刃划破左肋取了出来，真的是个男孩；不长时间，嫦娥又有了身孕，又划破右肋取出一个女儿。男孩非常像父亲，女儿特别像母亲，长大后都和大户人家成了婚。

异史氏说：『阳极阴生，真是至理名言啊！然而屋里出现了仙人，幸好能够极尽我的快乐，消除我的灾祸，延长我的生命，而让我不死。这个地方如此快乐，就是老死在这里也可以，可是仙人为什么还忧虑呢？天的运道循环往复，道理本来就该如此，可是世上长久困惑不通的人，又怎样能理解呢？从前有求仙不得的宋人，经常说：「做一天神仙，死而无憾。」我再不能耻笑他们了。』

## 盗户

顺治间，滕、峄之区，十人而七盗，官不敢捕。后受抚，邑宰别之为『盗户』。凡值与良民争，则曲意左袒之，盖恐其复叛也。后讼者辄冒称盗户，而怨家则力攻其伪；每两造具陈，曲直且置不辨，而先以盗之真伪，反复相苦，烦有司稽籍焉。适官署多狐，宰有女为所惑，聘术士来，符捉入瓶，将炽以火。狐在瓶内大呼曰：『我盗户也！』闻者无不匿笑。

异史氏曰：『今有明火劫人者，官不以为盗而以为奸；逾墙行淫者，每不自认奸而自认盗：世局又一变矣。设今日官署有狐，亦必大呼曰「吾盗」无疑也。』

章丘漕粮徭役，以及征收火耗，小民常数倍于绅衿，故有田者争求托焉。虽于国课无伤，而实于官橐有损。邑令钟，牒请厘弊，得可。初使自首；继而奸民以此要上，数十年鬻去之产，皆误托诡挂，以讼售主。令悉左袒之。故良懦多丧其产。有李生为某甲所讼，同赴质审。甲呼之『秀才』；李厉声争辩，不居秀才之名。喧不已。令诘左右，共指为真秀才。令问：『何故不承？』李曰：『秀才且置高阁，待争地后，再作之未晚也。』噫！以盗之名，则争冒之；秀才之名，则争辞之：变异矣哉！

有人投匿名状云：『告状人原壤，为抗法吞产事：身以年老不能当差，有负郭田五十亩，于隐公元年，暂挂恶衿颜渊名下。今功令森严，理合自首。讵恶久假不归，霸为己有。身往理说，被伊师率恶党七十二人，毒杖交加，伤残胫肢；又将身锁置陋巷，日给箪食瓢饮，囚饿几死。互乡地证，叩乞革顶严究，俾血产归主，上告。』此可以继柳跖之告夷、齐者矣。

【译文】

清顺治年间，山东滕县、峄县一带，十个人中就有七个是强盗，就连官府也不敢去追捕。后来受了招安，县官将他们另立户口，被称作『盗户』。凡是碰到『盗户』和良民发生了纠纷，官府就违心地袒护『盗户』，唯恐他们再次作乱。后来打官司的人就总是冒称『盗户』，而对方则又极力攻击他是假的。双方陈述，是非曲直暂且放在一边不去争辩，而先在『盗户』的真假上面，相互争个不休，最后只好麻烦官吏去查阅户籍。这时官署里常有狐狸作祟，县官的女儿被迷惑了，于是请来一个术士，画符念咒，将狐狸捉到瓶子里，准备用火烧。狐狸在瓶中大声喊道：『我是盗户呀！』听到的人无不暗暗发笑。

异史氏说：如今明火执仗拦路抢劫的人，官府不把他们当『盗』而以为是『奸』；而翻墙进行奸淫的人，又总不承认自己是『奸』而承认是『盗』——这是世道的又一个变化了。假如今天官署里还有狐狸的话，也必定会大声呼喊『我是强盗』，这是毫无疑问的。

山东章丘县摊派水道运粮的劳役，以及征收法定以外的苛捐杂税，平民百姓常比绅士多出好几倍，所以有一些田地的人家，争着托人求情，把田产挂在绅士名下。这虽然对国家赋税没有什么损害，却实在有损于官吏的腰包。有个姓钟的县官，向上司打报告请求革除这个弊病，得到许可。起初叫隐瞒田产的人出来自首；随后有些奸诈的刁民趁机要挟，几十年前卖掉的田产，都诬称虚挂在某人名下，和当年的买主打官司。调查分析，统统偏袒他们，很多善良懦弱的人因此丧失了田产。有个姓李的书生，被某甲告了一状，一起到衙门对质受审，厉声争辩，不肯承认，两人争吵不休。县官询问身边的衙役，都说他是真秀才。就问他：『你为什么不承认呢？』李生说：『暂且把秀才这两个字抛在一边吧，等争清土地是谁的以后，再做秀才也不晚。』唉！强盗的名称，争着冒充；秀才的名称，却争着推辞——世道变得太怪了！有人投了一封匿名状说：『告状人原壤，为抗拒法律，侵吞田产之事，我因为年老体衰，不能当差。家有五十亩靠近城郭的良田，在鲁隐公元年，暂时挂在劣绅颜渊名下。现在法令森严，理应自首。哪知劣绅久借不还，霸为己有。我亲自前去说理，被他老师孔子率领恶党七十二人，棍杖交加一顿毒打，臂伤腿残；

又把我关在陋巷里，每天只给一箪饭、一瓢水，几乎饿死。互乡的田契可做证据，叩请革除劣绅颜渊的功名，严加追究，让血产还主人。上告。』明代有人写了一篇文章，内容为春秋大盗柳下跖上告商末隐士伯夷、叔齐并吞他的血产。这篇状子可作为它的续篇了。

## 司文郎

平阳王平子，赴试北闱，赁居报国寺。寺中有余杭生先在，王以比屋居，投刺焉。生不之答。朝夕遇之，多无状。王怒其狂悖，交往遂绝。一日，有少年游寺中，白服裙帽，望之傀然。近与接谈，言语谐妙。心爱敬之。展问邦族，云：『登州宋姓。』因命苍头设座，相对噱谈。余杭生适过，共起逊坐。生居然上座，更不撝挹。卒然问宋：『尔亦入闱者耶？』答曰：『非也。驽骀之才，无志腾骧久矣。』又问：『何省？』宋告之。生曰：『竟不进取，足知高明。山左右并无一字通者。』宋曰：『北人固少通者，而不通者未必是小生；南人固多通者，然通者亦未必是足下。』言已，鼓掌。王和之，因而哄堂。生惭忿，轩眉攘腕而大言曰：『敢当前命题，一校文艺乎？』宋他顾而哂曰：『有何不敢！』便趋寓所，出经授王。王随手一翻，指曰：『阙党童子将命。』生起，求笔札。宋曳之曰：『口占可也。我破已成：「于宾客往来之地，而见一无所知之人焉。」』王捧腹大笑。生怒曰：『全不能文，徒事嫚骂，何以为人！』王力为排难，请另命佳题。又翻曰：『殷有三仁焉。』宋立应曰：『三子者不同道，其趋一也。夫一者何也？曰：仁也。君子亦仁而已矣，何必同？』生遂不作，起曰：『其为人也小有才。』遂去。王以此益重宋。邀入寓室，款言移晷，尽出所作质宋。宋流览绝疾，逾刻已尽百首，曰：『君亦沉深于此道者；然命笔时，无求必得之念，而尚有冀幸得之心，即此，已落下乘。』遂取阅过者一一诠说。王大悦，师事之；使庖人以蔗糖作水角。宋啖而甘之，曰：『生平未解此味，烦异日更一作也。』从此相得甚欢。宋三五日辄一至，王必为之设水角焉。余杭生时一遇之，虽不甚倾谈，而傲睨之气顿减。一日，以窗艺示宋。宋见诸友圈赞已浓，目一过，推置案头，不作一语。生疑其未阅，复请之。答已览竟。生又疑其不解。宋曰：『有何难解？但不佳耳！』生曰：『一览丹黄，何知不佳？』宋便诵其文，如夙读者，且诵且訾。生局蹐汗流，不言而去。移时，宋去；生入，坚请王作。王拒之。生强搜得，见文多圈点，笑曰：『此大似水角子！』王故朴讷，觍然而已。次日，宋至，王具以告。宋怒曰：『我谓「南人不复反矣」，伧楚何敢乃尔！必当有以报之！』王力陈轻薄之戒以劝之，宋深感佩。既而场后，以文示宋，宋颇相许。偶与涉历殿阁，见一瞽僧坐廊下，设药卖医。宋讶曰：『此奇人也！最能知文，不可不一请教。』因命归寓取文。遇余杭生，遂与俱来。王呼师而参之。僧疑其问医者，便诘症候。王具白请教之意。僧笑曰：『是谁多口？无目何以论文？』王请以耳代目。僧曰：『三作两千余言，谁耐久听！不如焚之，我视以鼻可也。』王从之。每焚一作，僧嗅而颔之曰：『君初法大家，虽未逼真，亦近似矣。我适受之以脾。』问：『可中否？』曰：『亦中得。』余杭生未深信，先以古大家文烧试之。僧再嗅曰：『妙哉！此文我心受之矣，非归、胡何解办此！』生大骇，始焚己作。僧曰：『适领一艺，未窥全豹，何忽另易一人来也？』生托言：『朋友之作，止此一首；此乃小生作也。』僧嗅其余灰，咳逆数声，曰：『勿再投矣！格格而不能下，强受之以膈；再焚，则作恶矣。』生惭而退。数日榜放，生竟领荐；王下第。生与王走告僧。僧叹曰：『仆虽盲于目，而不盲于鼻；帘中人并鼻盲矣。』俄余杭生至，意气发舒，曰：『盲和尚，汝亦啖人水角耶？今竟何如？』僧曰：『我所论者文耳，不谋与君论命。君试寻诸试官之文，各取一首焚之，我便知孰为尔师。』生与王并搜之，止得八九人。生曰：『如有舛错，以何为罚？』僧愤曰：『剜我盲瞳去！』生焚之，每一首，都言非是；至第六篇，忽向壁大呕，下气如雷。众皆粲然。僧拭目向生曰：『此真汝师也！初不知而骤嗅之，刺于鼻，棘于腹，膀胱所不能容，直自下部出矣！』生大怒，去，曰：『明日自见！勿悔！勿悔！』越二三日，竟不至；视之，已移去矣。——乃知即某门生也。宋慰王曰：『凡吾辈读书人，不当尤人，但当克己：不尤人则德益弘，能克己则学益进。当前落，固是数之不偶；平心而论，文亦未便登峰，其由此砥砺，天下自有不盲之人。』王肃然起敬。又闻次年再行乡试，遂不归，止而受教。宋曰：『都中薪桂米珠，勿忧资斧。舍后有窖镪，可以发用。』即示之处。王谢曰：『昔窦、范贫而能廉，今某幸能自给，敢自污乎？』王一日醉眠，仆及庖人窃发之。王忽觉，闻舍后有声；窃出，则金堆地上。情见事露，并相慑服。方苛责间，见有金爵，类多镌款，审视，皆大父字讳。——盖王祖曾为南部郎，入都寓此，暴病而卒，金其所遗也。王乃喜，称得金八百余两。明日告宋，且示之爵，欲与瓜分，固辞乃已。以百金往赠瞽僧，僧已去，积数月，敦习益苦。及试，宋曰：『此战不捷，始真是命矣！』俄以犯规被黜。王尚无言；宋大哭，不能止。王反慰解之。宋曰：『仆为造物所忌，困顿至于终身，今又累及良友。其命也夫！其命也夫！』王曰：『万事固有数在。如先生乃无志进取，非命也。』宋拭泪曰：『久欲有言，恐相惊怪：某非生人，乃漂泊之游魂也。少负才名，不得志于场屋。佯狂至都，冀得知我者，传诸著作。甲申之年，竟罹于难，岁岁飘蓬。幸相知爱，故极力为「他山」之攻，生平未酬之愿，实欲借良朋一快之耳。今文字之厄若此，谁复能漠然哉！』王亦感泣，问：『何淹滞？』曰：『去年上帝有命，委宣圣及阎罗王核查劫鬼，上者备诸曹任用，余者即俾转轮。贱名已录，所未投到者，欲一见飞黄之快耳。今请别矣！』王问：『所考何职？』曰：『梓潼府中缺一司文郎，暂令聋僮署篆，文运所以颠倒。万一幸得此秩，当使圣教昌明。』明日，忻忻而至，曰：『愿遂矣！宣圣命作「性道论」，视之色喜，谓可司文。阎罗稽簿，欲以「口孽」见弃。宣圣争之，乃得就。某伏谢已，又呼近案下，嘱云：「今以怜才，拔充清要；宜洗心供职，勿蹈前愆。」此可知冥中重德行更甚于文学也。君必修行未至，但积善勿懈可耳。』王曰：『果尔，余杭其德行何在？』曰：『不知。要冥司赏罚，皆无少爽。即前日瞽僧，亦一鬼也，是前朝名家。以生前抛弃字纸过多，罚作瞽。彼自欲医人疾苦，以赎前愆，故托游廛肆耳。』王命置酒，宋曰：『无须；终岁之扰，尽此一刻，再为我设水角足矣。』王悲怆不食，坐令自啖。顷刻，已过三盛。捧腹曰：『此餐可饱三日，吾以志君德耳。向所食，都在舍后，已成菌矣。藏作药饵，可益儿慧。』王问后会，曰：『既有官责，当引嫌也。』又问：『梓潼祠中，一相酹祝，可能达否？』曰：『此都无益。九天甚远，但洁身力行，自有地司牒报，则某必与知之。』言已，作别而没。王视舍后，果生紫菌，采而藏之。旁有新土坟起，则水角宛然在焉。王归，弥自刻厉。一夜，梦宋舆盖而至，曰：『君向以小忿，误杀一婢，削去禄籍；今笃行已拆除矣。然命薄不足任仕进也。』是年，捷于乡；明年，春闱又捷。遂不复仕。生二子，其一绝钝，啖以菌，遂大慧。后以故诣金陵，遇余杭生于旅次，极道契阔，深自降抑，然鬓毛斑矣。

异史氏曰：『余杭生公然自诩，意其为文，未必尽无可观；而骄诈之意态颜色，遂使人顷刻不可复忍。天人之厌弃已久，故鬼神皆玩弄之。脱能增修厥德，则帘内之「刺鼻棘心」者，遇之正易，何所遭之仅也。』

【译文】

西平阳府的王平子，到京城去参加乡试，于是在报国寺租了间房子住下来。在他来之前，寺里已住着浙江余杭县的一个书生。王平子因为他就住在隔壁，就把自己的名帖送了过去。可是，余杭生竟然没有答礼。早晚相遇时，也常常没有一点礼貌。王平子恼恨他狂傲乖戾，就不和他再交往。

一天，有个少年来寺里游玩，穿着白衣裙，戴着白帽子，看上去气宇轩昂。王平子走过去和他交谈，见他言辞诙谐奇妙，心里很敬爱他。问他的姓氏和家乡，回答说：『家住山东登州府，姓宋。』于是王平子就叫仆人摆上座位，两人面对面地谈笑起来。恰好余杭生经过这里，两人就一齐站起来让座。余杭生竟不谦让，大模大样地坐在上首。他又突然询问宋生：『你也是来参加乡试的吗？』宋生回答说：『不是。我这个才学平庸的人，早已无心求取功名了。』余杭生又问：『你是哪个省的？』宋生告诉了他。余杭生说：『你不打算进取，足见你很高明。山东、山西人写文章，没有一个字是通的。』宋生说：『北方文章通的固然很少，但不通的未必是我；南方人文章通的固然很多，可是通的也未必是你。』说完，就拍起手来。王平子也跟着拍掌应和，于是哄堂大笑。余杭生又羞又怒，竖起眉毛，捋起衣袖，大声嚷着说：『你敢当场出题，较量一下文章吗？』宋生看着别处，微微发笑，说：『有什么不敢的！』就快步走到屋里，拿出一本《论语》递给王平子。王平子随手一翻，指着书上说：『阙党童子将命。』余杭生站起来，要寻找纸砚笔墨。宋生拉住他说：『口念就可以了。我的破题已经做好：「在宾客来来往往的地方，见到一个毫无知识、不懂礼节的人。」』王平子听了，捧腹大笑。余杭生怒气冲冲地说：『你根本不做文章，只会漫骂，算得什么人呢！』王平子极力为他们调解，请求让他另选一个好题目。于是又翻开书本：『殷有三仁焉。』宋生立即应声而说：『三个人的做法虽然不同，但他们的目标却是一致的。所谓「一致」是什么呢？回答说：是一个「仁」字。君子只要做到「仁」也就行了，做法又何必相同？』余杭生于是不再作文，站起说：『这个人稍微有点才学。』说完就走了。

王平子因此更加敬重宋生。就邀请他到自己的卧室，又畅谈了很长时间，还把自己的文章全部拿出来请生指教。宋生看得很快，才过了一会儿就已经看完了一百篇。然后说：『看来你对做文章还是深有研究的，但下笔时，不仅没有务求必中的念头，而且还存有侥幸而得的心理，光是这一点，就已经落入下乘了。』于是拿已经看过的文章，一篇一篇加以解说。王平子很高兴，把他当作自己的老师来看待。叫厨师做蔗糖水饺，宋生吃了水饺，觉得很好吃，说：『我有生以来从未尝过这种美味，请改天再给我做一次。』从此两人相处得很快乐。宋生每隔三五天就来一次，王平子每次都为其煮水饺。余杭生有时也遇到他们，虽然不怎么交谈，但那种傲视一切的神气已大大减少了。

一天，余杭生也把自己的习作拿给宋生看。宋生看见文章已被许多朋友的圈点、赞语涂抹得密密麻麻，用眼睛扫了一遍，就推放在桌子上，一句话也没说。余杭生怀疑他没有看，又请他看看。宋生回答说已经看完了。余杭生又怀疑他看不懂。他说：『有什么难懂的？只是写得不好罢了！』余杭生说：『才看了一下别人的批点，怎么就知道不好呢？』宋生就背诵他的文章，好像以前读过一样，还一边背诵一边指摘。余杭生听得坐立不安，汗流浃背，一声不吭，悄悄地离开了。过了一会儿，宋生也走了，这时余杭生又走进屋来，执意要看王平子的文章。王平子拒绝了他。他就硬把文章搜出来，看见文章上有很多圈点，就讥笑说：『这很像是水饺呢！』王平子本来就很朴实，口齿也较笨拙，受到讥笑，就只有面红耳赤。第二天，宋生来了，王平子把昨天的事详细地告诉他。宋生很生气地说：『我以为南方人已经心悦诚服了。没想到这个卑贱的楚人，竟敢这样无礼！一定要想办法惩治他！』王平子极力劝阻他，说不应该用轻薄的行为去对待人，宋生听了，深为钦佩。

乡试结束以后，王平子把自己应试的文章拿给宋生看，宋生很赞许。一天，两人偶然去游览寺院，看见一个瞎和尚坐在廊檐下，摆着药摊子卖药行医。宋生惊讶地说：『这是一个奇人！他最懂得文章的好坏，不可不向他请教一下。』于是叫王平子回住处把文章拿来。路上正碰见了余杭生，就和他一起来了。王平子称瞎和尚为师，向他行了礼。和尚误以为他是求医的，就询问他明了请教文章的意思。和尚笑着说：『是谁多嘴？我眼睛瞎了，怎能评论文章？』王平子请他用耳朵来代替眼睛。和尚说：『三篇文章有两千多字，谁有耐性听这么长时间！不如烧了它，我用。』王平子就照他的话来办。每烧一篇，和尚闻一闻就点点头说：『你刚学习这些卓有成就的名家的文章，虽然没有达到十分逼真的程度，但也近似了。我刚才是用脾领受的。』王平子问道：『可以考中吗？』回答说：『也可以中。』余杭生不大相信，就先烧一篇古代大名家的文章来试一试他。和尚又闻一闻说：『妙！这篇文章我是以心领受的，除了归有光、胡友信这样的大名家，谁能够写到这样精妙！』余杭生十分惊奇，这才烧自己的文章。和尚说：『刚才领受了一篇文章，还没有了解全貌，怎么忽然换了另一个人的？』余杭生找个托词说：『刚才是朋友的作品，只有那么一篇，这一次才是我写的。』和尚闻了闻那篇文章的余灰，呛得连声咳，气往上逆，说：『不要再烧了！格格不入，闻不下去，我是勉强用横膈膜领受的。如果再烧，我就要恶心了。』余杭生满面羞愧地退了出去。

几天以后，乡试发榜，余杭生竟然考中了，王平子却名落孙山。宋生和王平子一块儿去告诉和尚。和尚叹了一口气说：『我虽然眼睛瞎了，但鼻子还没有瞎，主考官却连鼻子都瞎了。』一会儿，余杭生来了，他扬扬得意地说：『瞎和尚，你也吃了人家的水饺吗？现在到底怎么样？』和尚说：『我所论的是文章罢了，没有打算和你论命运。你去试试，把那些考官的文章找来，每个考官的烧它一篇，我就知道谁是你的宗师。』余杭生和王平子一块儿去搜寻，只找到八九个试官的文章。余杭生说：『你要是猜错了，用什么做惩罚？』和尚气愤地说：『把我的瞎眼珠挖去！』余杭生就开始烧文章，每烧一篇，都说不是。烧到第六篇，和尚忽然冲着墙壁大呕大吐，同时放了一连雷鸣般的响屁。大家都哈哈大笑。和尚擦着眼睛对余杭生说：『这位肯定是你的宗师了！开始我不知道而猛然闻了一下，那股气味先呛鼻子，后刺肚子，连膀胱也不能容受，一直从肛门出去了！』余杭生勃然大怒，转身就走，还威吓说：『明天再来见你，别后悔！别后悔！』过了两三天，余杭生竟然没有来。到他的住处一看，人已经搬走了，这才知道他就是那位考官的门生。

宋生于是安慰王平子说：『大凡我们这些读书人，不应该怨恨别人，只应该约束自己：不怨恨别人，品德就会更加光大；能约束自己，学问就会更加长进。眼前不得意，固然是命运不好；但平心而论，你的文章也不算尽善尽美，如果因此而磨砺自己，天下总会有慧眼的。』王平子听了，肃然起敬。又听说第二年还要举行乡试，就决定不回家，留在京城，接受宋生的指教。宋生说：『京城里薪桂米珠，物价昂贵，但你不用忧虑盘缠。住的房子后面埋着一窖金银，可以挖出来用。』并告诉他埋在什么地方。王平子辞谢说：『从前窦仪范仲淹都很贫穷，但能够廉洁自守，不贪不义之财；现我幸而还能够维持生计，怎么敢贪财玷污自己呢？』王平子喝醉以后正在睡觉，仆人和厨师偷偷地挖开金窖。王平子忽然醒来，听见房后有声音；悄悄地出去，一看，地上已堆满了银子。仆人和厨师见事情败露，吓得一齐跪在地上。王平子正在责骂他们时，忽然看见有些金酒杯，上面大都刻着字，拿起来仔细看，全是祖父的名讳——原来王平子的祖父曾经在南京六部当过官，进北京时借住在这个寺院里，后来突然急病去世了，这些银子都是他遗留下来的。王平子这才高兴起来，称了一下，银子足有八百多两。第二天，王平子把这件事告诉了宋生，并且把金酒杯给他看，要和他平分这八百多两银子，宋生坚决不要，王平子这才作罢。又拿出一百两银子去送给瞎和尚，但和尚已经离开了。

此后的几个月，王平子学习更加刻苦。到了应试的时候，宋生对他说：『这一仗要是打不赢，那就真是命！』但王平子很快就因不慎犯规而被取消了考试的资格。王平子还没说什么，宋生却放声大哭，哭个不住。王平子反倒来安慰他。宋生说：『我被老天爷所嫉恨，在考场上屡遭挫折以致潦倒一生，现在又连累到好朋友。真是命中注定啊！真是命中注定啊！』王平子说：『一切事物固然都有它预定的命数存在，不过像先生你却是无意于功名，并不是命中注定的。』宋生擦着眼泪说：『有句话，很早以前就想告诉你，怕你惊讶，一直没敢说。我并不是活着的人，而是漂泊游荡的鬼魂。年少时就有才名，但在考场上却一直不能得志。遂由于愤世嫉俗而装出一副狂态，来到了京城希望能遇到一个理解我的人，以便把我的著作传授给他。不料甲申那一年，竟然遇难而死，我的游魂年年像蓬草一样四处飘零。幸而与你相知相爱，所以极力帮助你。我的愿望终身未能实现，所以我想极力帮助你，让好朋友得以实现我自己的宿愿。但现在文章的厄难竟然到这程度，谁又能够无动于衷呢！』王平子听了，也感动得流下了眼泪。他问宋生：『你为什么一直留滞在这里？』宋生说：『去年上帝下令，委派文宣王孔子和阎罗王一起考查遭受劫难而死的鬼魂，品学优秀的准备派到各部门任用，剩下的就让他们转生阳世。我的姓名报上去了，之所以还没有去报到应考，是想分享一下飞黄腾达时的快乐罢了。现在事已至此，请让我告辞吧。』王平子问：『你所考的是什么官职？』宋生说：『梓潼府里缺一名司文郎，暂时叫聋童代理职务，所以文章的数也就颠倒错乱到这样。万一我有幸得到这个官职，一定要扭转这种局面，使圣教发扬光大。』

第二天，宋生很高兴地来了，说：『我的愿望实现了！孔子叫我作一篇《性道论》，看完之后露出很高兴的神色，说我可以掌管文章的事。阎罗王查看了功过簿，说犯有说话尖刻、轻薄的过错，想要撤换我。孔子为我力争，这才获得成功。我叩头拜谢之后，孔子又叫我走到桌子前，嘱咐我说：「现在因为爱惜你的才学，才提拔担任清高显要的官职，你应该悔过自新，好好任职，不要再犯以前的错误。」由此可以知道，阴间重视品德操行更胜过重视文章学问。你一定是德行的修养还未够，只要坚持不懈地积善就可以了。』王平子说：『如果真是这样，那么余杭生的德行在哪里？』宋生说：『这我不知道。总之，阴间的奖赏和惩罚，都没有一点儿差错。就是前些日子遇到的那个瞎和尚，也是一个鬼魂，是前朝的一个名家。因为生前扔掉的字纸太多，就罚他作为瞎子。他自己想给人家医治疾苦，以赎回前世的罪过，所以寄身街市，来往于铺户之间。』王平子叫人摆酒，要为宋生饯行。宋生说：『不必了，成年打扰你，此时就要结束，再给我准备一顿水饺就够了。』水饺做好后，王平子悲伤得吃不下去，坐在一旁叫他自己吃。顷刻间，宋生已经吃了三大碗。他捧着肚子说：『这一顿可以饱三天，我不过是要借此记住你的恩德罢了。以前所吃的水饺，都在房后，已经成为菌了。把它藏起来当作药物，让小孩子吃了可以增长智慧。』王平子问他以后相会的日期，宋生说：『既有官员的职责在身，就应当避免嫌疑。』王平子又问：『在梓潼庙里，用酒向你祭奠祝祷，你是否能够得到？』宋生说：『这都没有益处。九重天离这里很远，只要洁身自好，身体力行，自然会有地府的主管官员呈报上来，那么我就一定会知道的。』说完，就向王平子告别，迅即不见了。王平子到房后一看，果然长出了紫色的菌，就把它摘下来收藏好。旁边有一个新垒的土堆，宋生刚吃的水饺还样子很逼真地埋在里面。

王平子回去以后，更加自我勉励，刻苦用功。一天晚上，他梦见宋生乘着带有伞盖的车子来见他，对他说：『你以前因为一点小的愤恨，误杀了一个丫头，所以被取消了功名簿上的名字。现在你忠诚厚道的行为，已经把你的过错抵消了。但是你的命薄，还是不能够做官。』这一年，王平子在乡试中告捷，考中了举人。第二年春天会试，又中了进士。听了宋生的话，就没有去做官。他生了两个儿子，其中一个非常蠢笨，吃了紫菌以后，就变得分外聪明。后来王平子有事到南京，在旅馆遇到了余杭生。余杭生热情地向他诉说久别的情怀，显得非常谦虚，但两鬓已经斑白了。

异史氏说：『余杭生公然自我炫耀，料想他的文章，未必完全没有可观的地方；但那副骄傲欺人的神态和嘴脸，终究叫人一会儿也不能忍受。老天爷和人们对他的厌弃已经很久了，所以鬼神都戏弄他。如果能够增强他那品德的修养，那么考场里令人「呛鼻刺心」的主考官，很容易遇到的，怎么他所遇到的就只有一次？』

## 吕无病

洛阳孙公子，名麒，娶蒋太守女，甚相得。二十夭殂，悲不自胜。离家，居山中别业。适阴雨，昼卧，室无人。忽见复室帘下，露妇人足，疑而问之。有女子褰帘入，年约十八九，衣服朴洁，而微黑多麻，类贫家女。意必村中僦屋者，呵曰：『所须宜白家人，何得轻入！』女微笑曰：『妾非村中人，祖籍山东，吕姓。父文学士。妾小字无病。从父客迁，早离顾复。慕公子世家名士，愿为康成文婢。』孙笑曰：『卿意良佳。但仆辈杂居，实所不便，容旋里后，当舆聘之。』女次且曰：『自揣陋劣，何敢遂望敌体？聊备案前驱使，当不至倒捧册卷。』孙曰：『纳婢亦须吉日。』乃指架上，使取通书第四卷——盖试之也。女翻检得之。先自涉览，而后进之，笑曰：『今日河魁不曾在房。』孙意少动，留匿室中。女闲居无事，为之拂几整书，焚香拭鼎，满室光洁。孙悦之。至夕，遣仆他宿。女俯眉承睫，殷勤臻至。命之寝，始持烛去。中夜睡醒，则床头似有卧人；以手探之，知为女，捉而撼焉。女惊起，立榻下。孙曰：『何不别寝，床头岂汝卧处也？』女曰：『妾善惧。』孙怜之，俾施枕床内。忽闻气息之来，清如莲蕊，异之；呼与共枕，不觉心荡，渐于同衾，大悦之。念避匿非策，又恐同归招议。孙有母姨，近隔十余门，谋令遁诸其家，而后再致之。女称善，便言：『阿姨，妾熟识之，无容先达，请即去。』孙送之，逾垣而去。孙母姨，寡媪也。凌晨起户，女掩入。媪诘之，答云：『若甥遣问阿姨。公子欲归，路赊乏骑，留奴暂寄此耳。』媪信之，遂止焉。孙归，矫谓姨家有婢，欲相赠，遣人舁之而还，坐卧皆以从。久益嬖之，纳为妾。世家论婚，皆勿许，殆有终焉之志。女知之，苦劝令娶；

乃娶于许，而终嬖爱无病。许甚贤，略不争夕；无病事许益恭：以此嫡庶偕好。许举一子阿坚，无病爱抱如己出。儿甫三岁，辄离乳媪，从无病宿，许唤不去。无何，许病卒。临诀，嘱孙曰：『无病最爱儿，即令子之可也；即正位焉亦可也。』既葬，孙将践其言，告诸宗党，佥谓不可；女亦固辞，遂止。邑有王天官女，新寡，来求婚。孙雅不欲娶，王再请之。媒道其美，宗族仰其势，共怂恿之。孙惑焉，又娶之。色果艳；而骄已甚，衣服器用，多厌嫌，辄加毁弃。孙以爱敬故，不忍有所拂。入门数月，擅宠专房，而无病至前，笑啼皆罪。时怒迁夫婿，数相闹斗。孙患苦之，以多独宿。妇又怒。孙不能堪，托故之都，逃妇难也。妇以远游咎无病。无病鞠躬屏气，承望颜色，而妇终不快。夜使直宿床下，儿奔与俱。每唤起给使，儿辄啼。妇厌骂之。无病急呼乳媪来抱之，不去；强之，益号。妇怒起，毒挞无算，始从乳媪去。儿以是病悸，不食。妇禁无病不令见之。儿终日啼，妇叱媪，使弃诸地。儿气竭声嘶，呼而求饮；妇戒勿与。日既暮，无病窥妇不在，潜饮儿。儿见之，弃水捉衿，号啕不止。妇闻之，意气汹汹而出。儿闻声辍涕，一跃遂绝。无病大哭。妇怒曰：『贱婢丑态！岂以儿死胁我耶？无论孙家襁褓物，即杀王府世子，王天官女亦能任之！』无病乃抽息忍涕，请为葬具。妇不许，立命弃之。妇去，窃抚儿，四体犹温，隐语媪曰：『可速将去，少待于野，我当继至。其死也，共弃之；活也，共抚之。』媪曰：『诺。』无病入室，携簪珥出，追及之。共视儿，已苏。二人喜，谋趋别业，往依姨。媪虑其纤步为累，无病乃先趋以俟之，疾若飘风，媪力奔始能及。约二更许，儿病危，不复可前。遂斜行入村，至田叟家，倚门待晓，扣扉借室，出簪珥易资，巫医并致，病卒不瘳。女掩泣曰：『媪好视儿，我往寻其父也。』媪方惊其谬妄，而女已杳矣。骇诧不已。是日，孙在都，方憩息床上，女悄然入。孙惊起曰：『才眠已入梦耶！』女握手哽咽，顿足不能出声。久之久之，方失声而言曰：『妾历千辛，与儿逃于杨……』句未终，纵声大哭，倒地而灭。孙骇绝，犹疑为梦；唤从人共视之，衣履宛然，大异不解。即刻趣装，星驰而归。既闻儿死妾遁，抚膺大悲。语侵妇，妇反唇相稽。孙忿，出白刃；婢妪遮救，不得近，摇掷之。刀脊中额，额破血流，披发嗥叫而出，将以奔告其家。孙捉还，杖挞无数，衣皆若缕，伤痛不可转侧。孙命舁诸房中护养之，将待其瘥而后出之。妇兄弟闻之，怒，率多骑登门，孙亦集健朴械御之。两相叫骂，竟日始散。王未快意，讼之。孙捍卫入城，自诣质审，诉妇恶状。宰不能屈，送广文惩戒以悦王。广文朱先生，世家子，刚正不阿。廉得情，怒曰：『堂上公以我为天下之龌龊教官，勒索伤天害理之钱，以吮人痈痔者耶！此等乞丐相，我所不能！』竟不受命。孙公然归。王无奈之。乃示意朋好，为之调停，欲生谢过其家。孙不肯，十反不能决。妇创渐平，欲出之，又恐王氏不受，因循而安之。妾亡子死，夙夜伤心，思得乳媪，一问其情。因忆无病言『逃于杨』，近村有杨家疃，疑其在是；往问之，并无知者。或言五十里外有杨谷，遣骑诣讯，果得之。儿渐平复；相见各喜，载与俱归。儿望见父，嗷然大啼，孙亦泪下。妇闻儿尚存，盛气奔出，将致诮骂。儿方啼，开目见妇，惊投父怀，若求藏匿。抱而视之，气已绝矣。急呼之，移时始苏。孙恚曰：『不知如何酷虐，遂使吾儿至此！』乃立离婚书，送妇归。王果不受，又舁还孙。孙不得已，父子别居一院，不与妇通。乳媪乃备述无病情状，孙始悟其为鬼。感其义，葬其衣履，题碑曰：『鬼妻吕无病之墓』。无何，妇产一男，交手于项而死之。孙益忿，复出妇；王又舁还之。孙乃具状，控诸上台，皆以天官故，置不理。后天官卒，孙控不已，乃判令大归。孙由此不复娶，纳婢焉。妇既归，悍名噪甚，三四年无问名者。妇顿悔，而已不可复挽。有孙家旧媪，适至其家。妇优待之，对之流涕；揣其情，似念故夫。媪归告孙，孙笑置之。又年余，妇母又卒，孤无所依，诸娣姒颇厌嫉之；妇益失所，日辄涕零。一贫士丧偶，兄议厚其奁妆而遣之，妇不肯。每阴托往来者致意孙，泣告以悔，孙不听。一日，妇率一婢，窃驴跨之，竟奔孙。孙方自内出，迎跪阶下，泣不可止。孙欲去之，妇牵衣复跪之。孙固辞曰：『如复相聚，常无间言则已耳；一朝有他，汝兄弟如虎狼，再求离逖，岂可复得！』妇曰：『妾窃奔而来，万无还理。留则留之，否则死之！且妾自二十一岁从君，二十三岁被出，诚有十分恶，宁无一分情！』乃脱一腕钏，并两足而束之，袖覆其上，曰：『此时香火之誓，君宁不忆之耶？』孙乃荧眦欲泪，使人挽扶入室；而犹疑王氏诈谖，欲得其兄弟一言为证据。妇曰：『妾私出，何颜复求兄弟？如不相信，妾藏有死具在此，请断指以自明。』遂于腰间出利刃，就床边伸左手一指断之，血溢如涌。孙大骇，急为束裹。妇容色痛变，而更不呻吟，笑曰：『妾今日黄粱之梦已醒，特借斗室为出家计，何用相猜？』孙乃使子及妾另居一所，而已朝往夕来于两间。又日求良药医指创，月余寻愈。妇由此不茹荤酒，闭户诵佛而已。居久，见家政废弛，谓孙曰：『妾此来，本欲置他事于不问；今见如此用度，恐子孙有饿莩者矣。无已，再腆颜一经纪之。』乃集婢媪，按日责其绩织。家人以其自投也，慢之，窃相诮讪，妇若不闻。既而课工，惰者鞭挞不贷，众始惧之。又垂帘课主计仆，综理微密。孙乃大喜，使儿及妾皆朝见之。阿坚已九岁，妇加意温恤，朝入塾，常留甘饵以待其归；儿亦渐亲爱之。一日，儿以石投雀，妇适过，中颅而仆，逾刻不语。孙大怒，挞儿。妇苏，力止之，且喜曰：『妾昔虐儿，中心每不自释，今幸销一罪案矣。』孙益嬖爱之，妇每拒，使就妾宿。居数年，屡产屡殇，曰：『此昔日杀儿之报也。』阿坚既娶，遂以外事委儿，内事委媳。一日曰：『妾某日当死。』孙不信。妇自理葬具，至日，更衣入棺而卒。颜色如生，异香满室；既殓，香始渐灭。

异史氏曰：『心之所好，原不在妍媸也。毛嫱、西施，焉知非自爱之者美之乎？然不遭悍妒，其贤不彰，几令人与嗜痂者并笑矣。至锦屏之人，其夙根原厚，故豁然一悟，立证菩提；若地狱道中，皆富贵而不经艰难者矣。』

【译文】

洛阳有个叫孙麒的公子，娶了蒋太守的女儿为妻，夫妻二人感情极好。后来蒋氏二十岁时死去，孙麒悲痛不已，离家住到了山中一座庄园里。

一天，正碰上阴雨天气，孙麒躺在床上休息，屋里别无他人。忽然看见门口门帘下露出一双女人的小脚，孙麒惊疑地问是谁。见门帘一掀，进来一个女子，年纪十八九岁，衣着朴素整洁，面色微黑，长了许多麻子，像是穷人家的女儿。孙麒以为是村中来赁房的，呵斥她说：『有什么事应该去告诉我的家人，怎么竟闯到我的屋里来了？』女子微笑着说：『我不是村里的人。我祖籍山东，姓吕。父亲是文学士，我的小名叫无病。跟随父亲客居到这里，父亲早已去世了。我孤独无靠，仰慕公子出身于大家，又是名士，愿意投奔你这个郑康成做你手下的文婢。』孙麒笑着说：『你的心意倒很好。但是这里我跟仆人们住在一起，实在不方便。等我回家后，再用顶轿子聘了你来。』女子踌躇地说：『我自料才疏貌丑，怎敢奢望做你的配偶呢？只想供你在书斋里驱使，我倒还不至于把书捧倒了！』孙麒说：『就是挑你做婢女，也得选个吉日啊！』说着，用手指指书架，命她把《通书》第四卷取来，意思是试试她的学问。女子翻检了一通，找到了书，自己先浏览了浏览，才交给孙麒，边笑着说：『今天河魁星不在房里。』（《荆湖近事》载：李戴仁性格迂腐，跟年轻的妻子分居两屋并约定『有兴则见』。有一晚，妻子要见他，他翻了翻皇历，说：『今日河魁在房，不宜行事。』这被传为笑谈了。）孙麒听了，不禁动了心，便把她留下来，藏在室内，不让外人知道。

无病闲着没事，替他擦桌子、整理书籍、焚香、擦香炉，把房间整理得光洁一新，孙麒大为高兴。到了夜晚，孙麒命仆人都到别处去睡，只让无病伺候。无病察言观色，服侍得更加殷勤周到。直到叫她去睡觉，她才端着蜡烛走了。孙麒半夜一觉醒来，觉得床头上像躺着一个人，用手一摸，知道是无病，便摇醒了她。无病惊恐地起身站在床下。孙麒责备她说：『怎么不到别处去睡？我的床头是你睡觉的地方吗？』无病怯怯地说：『我胆小，不敢独睡。』孙麒可怜她，让她睡在床里面。忽然，他闻到无病身上传来一种莲花一般的清香气息，大感惊异，便叫她和自己同枕一个枕头。孙麒心神摇荡，渐渐拉无病同睡一个被窝，二人欢爱一场，孙麒十分喜欢她。孙麒又想：老这样让无病躲藏着，总不是办法。又怕领她回家会惹人议论。孙麒有个姨母，跟这里只隔着十几家，他便和无病商量着让她先避到姨母家，以后再接她回来。无病觉得这办法好，便说：『你阿姨我早就很熟，不用你先去通知，我这就去。』孙麒送她，她就越墙走了。

张麒的姨母是一个寡老太太。天明后她打开门，一个女子闪身走了进来，她忙询问，女子回答说：『你外甥让我来问候阿姨。公子想回家，因路远缺马，留我暂时借住在阿姨这里。』老太太相信了，便留下了她。

孙麒搬回家后，假称姨母家有个婢女，姨母想送给自己，派人把无病接了回来。从此后，便让她坐卧不离地服侍自己。日子一长，孙麒更加宠爱无病，便娶了她做妾。有高门大户想和他结亲，他一概不答应，大有和无病白头到老的意思。无病知道后，苦苦劝他娶妻，孙麒只得又娶了许家的女儿为妻，但终究还是宠爱着无病。许氏非常贤惠，从不和无病争床笫之欢，无病侍奉她也越发恭敬，因此二人关系很好。后来，许氏生了个儿子，取名叫阿坚，无病对待孩子像自己的。刚三岁，阿坚常离开乳妈，跑去跟无病一起睡。许氏叫他回去，他也不走。许氏死去，临死前嘱咐孙麒说：『无病最爱护我的孩子，孩子就算她亲生的好了。把她扶正做嫡妻，也可以。』埋葬了许氏后，孙麒便要按许氏的遗言去做了。他把这件事转告给亲族后，大家都说不可以，无病也没有再坚持，这事也就罢了。

本县有个王天官的女儿，新近守寡，托人来孙家求婚。孙麒非常不愿意结这门亲事。王家再三请求，媒人也极力宣扬王氏的美貌；加上孙麒的亲族仰慕天官大人的势力，一味怂恿他，孙麒动摇了，还是娶了王氏。王氏果然生得非常艳丽，但性情却异乎寻常地骄奢。她的衣服用具，一不称意，就乱毁乱扔。孙麒因为喜欢她，不忍违了她的性子。过门才几个月，便霸住丈夫，不让他和无病同房。还经常迁怒丈夫，几次三番大吵大闹。孙麒受不了，便一个人独宿。王氏更加恼怒。孙麒烦恼不堪，找了个借口跑到京城中，避难去了。王氏又把孙麒的出走归罪于无病，尽管无病看着她的脸色，小心伺候，但王氏还是不高兴。有一天夜里，她让无病睡在床下伺候，阿坚总是跟着无病。每次叫起无病来支使，阿坚就啼哭不休。王氏厌烦地痛骂阿坚，无病急忙叫奶妈来抱走他。阿坚不走，想强让他走，他哭得更厉害了。王氏大怒，从床上蹦下来，将阿坚一顿毒打，他才跟着乳妈走了。阿坚从此被吓出了病，不吃不喝，王氏禁止无病去照料阿坚，阿坚整天啼哭。一次，王氏呵斥乳妈，把阿坚摔到地上，孩子哭得声嘶力竭，喊着要水喝，王氏不让给。直等到天黑，无病窥见王氏不在，偷偷拿了水给阿坚，阿坚看见她，丢了水扯住她的衣服号啕大哭。王氏听见，气势汹汹地走了出来。阿坚听到她的声音，立即憋住哭声，腿一伸，吓得背过气去了。无病见状，不禁失声痛哭起来。王氏大怒，骂道：『贱婢少做这种丑态！想用孩子的死威胁我吗？不用说是孙家的小崽子，就是杀了王府的公子，王天官的女儿也担当得起！』无病听了，抽泣着忍住眼泪，请求葬了阿坚。王氏不许，立命把他扔了。王氏离去后，无病摸了摸阿坚，觉得身上还温热，便暗对乳妈说：『你快抱了去，在野地里等等我，我马上就去。如果孩子死了，我们一块儿埋了；如果能活过来，我们就一同抚养他。』乳妈答应着走了。

无病回到房里，带上自己的一些首饰，偷偷跑出家门，追上了乳妈。两人一块儿看看阿坚，见孩子苏醒过来，二人非常欢喜，商量着到孙麒的庄园去，投奔姨母生活。乳妈担心无病走不动，无病就先走一步等着她。只见她走起来像风一样，乳妈使出全身的力气才能赶上她。约二更时分，阿坚的病又变得沉重起来，没法再继续赶路。二人便抄近路进了个村庄，来到了一个农家的门前，在门口直站到天明，才敲开人家的门，借了间屋子住下。无病又拿出首饰，卖了换成钱，找来巫婆和医生给阿坚治病，可是仍不见好转。无病掩面哭泣着说：『乳妈好好看着孩子，我找他父亲去！』乳妈正惊讶她说得太荒唐，无病却一下子不见了，乳妈惊讶不已。

同一天，孙麒在京城中，正躺在床上休息，无病悄无声息地走了进来。孙麒吃惊地说：『我刚睡下就做梦了吗？』无病抓住他的手，只是跺脚，哽咽着说不出话来。过了好久好久，才失声说道：『我受了千辛万苦，和孩子逃到杨……』话没说完，放声大哭，一下子倒在地上不见了。孙麒吓坏了，还怀疑是在梦中。忙叫仆人一块来看，见无病的衣服、鞋子还仍然在地上，众人大惑不解。孙麒急忙整治行装，星夜往家赶来。到家后，听说儿子已死，无病远逃，孙麒捶胸大骂，骂了王氏几句。王氏却反唇相讥。孙麒怒发冲冠，顺手摸起把刀子，丫鬟婆子急忙拦阻他。孙麒走不近王氏，远远地把刀子抛了过去，刀背正砸中王氏的额头，血流了出来。王氏披头散发，鬼哭狼嚎地跑出家门要去告诉娘家。孙麒将她捉了回来，索性痛打一顿，直把她的衣服打成碎条，痛得她转不动身，才命将她抬到房中护养，想等她伤好后再休了她。王氏的弟兄们听说这件事后，率领众人骑着马打上门来。孙麒也聚集起自家健壮的仆人，准备抵御。双方叫骂了一整天才散。王家没赚到便宜，不肯罢休，又打起官司。孙麒也让人护送着赶进城去，向官府申辩，控诉王氏的种种凶悍劣迹。县令不能使孙麒屈服，便把他送到专管风俗教化的学宫那里惩戒，以此讨好王家。学官朱先生，是世家子弟，为人刚正不阿，察知实情后，愤怒地说：『县令老爷以为我是天下最卑鄙的教官，专门勒索伤天害理的财物给人舔屁股的无耻之徒吗？这种乞丐相，我做不来！』竟不接受县令的命令，让孙麒堂而皇之地走了。王家无可奈何，便示意亲朋好友，为他们两家调停，让孙麒到王家谢罪。孙麒不肯，调解人往来十多次，还是没有结果。王氏的伤也渐渐好了，孙麒想休了她，又怕王家不要人，只得不了了之。

孙麒因为无病逃走，孩子又死了，日夜伤心，想找到乳妈问个实情。想起无病曾说过：『逃在杨……』的话，邻村有个杨家疃，他怀疑她们逃到了那里，便去察间，结果没一个知道的。有人说五十里外有个村子叫杨谷，孙麒忙派人骑着马去访查，果然找到了乳妈和阿坚。原来，阿坚并没有死，病也渐渐痊愈了。相见之后，都非常欢喜，派去的人把他们接了回来。阿坚看见父亲，放声大哭，孙麒也流下了眼泪。王氏听说阿坚还活着，气势汹汹地跑过来，还想咒骂他。孩子正在哭着，一睁眼看见王氏，恐惧地一下子扑到父亲怀里，像是要藏起来。孙麒忙抱过来一看，阿坚已死过去了。急忙大声叫他，过了会儿才苏醒过来。孙麒怨恨地说：『不知如何酷虐，把我儿子吓成这个样子！』立即写下离婚文书，送王氏回娘家。王家果然不要人，又把王氏送了回来。孙麒迫不得已，自己和儿子另住一个院子，再不与王氏来往。乳妈跟孙麒详细讲了无病的一些奇怪事情，孙麒才醒悟无病是鬼。十分感激她的仗义。便将她的衣服、鞋子葬了，立了一块碑，上题『鬼妻吕无病之墓』。

又过了不长时间，王氏生下一个男孩，她却亲手把孩子掐死了。孙麒更加愤怒，再次休了王氏。王家却又把她用车子送了回来。孙麒便写下状子，告到官府。官府因为王氏是天官大人的女儿，对孙麒的状子都不受理。后来，王天官死去，孙麒仍在不停地上告，官府便判决将王氏休回了娘家。孙麒从此后再没娶妻，只是纳了个奴婢做妾。

王氏回娘家后，因为凶悍的名声远扬在外，住了三四年，没有一个来提亲求婚的。王氏这才幡然悔悟，但过去的事情已无法挽回。后来，有个曾被孙家雇用过的老妈子来到王家，王氏殷勤地款待她，还对她流下了不少眼泪。揣测王氏的心思，像是怀念原来的丈夫。老妈子回去后便告诉了孙麒，孙麒一笑置之。又过了一年多，王氏的母亲也死了，她孤单一人，无依无靠，几个兄嫂弟妹都厌恶嫌恨她。王氏越发走投无路，只落得个天天泪水涟涟。有个贫寒的读书人死了妻子，王氏的哥哥便想送给一份厚厚的嫁妆，让她嫁给那个读书人，王氏不肯。她多次托来来往往的人给孙麒捎信，哭泣着说自己已为过去感到悔恨，孙麒始终不听。

一天，王氏带着一个婢女，从家里偷了头驴骑着，跑到孙家来。孙麒正好走出家门，王氏迎面跪在台阶上，哭得泪流不止。孙麒要赶走她，王氏拉住他的衣服再次跪下。孙麒坚决推辞说：『我们如再次复婚相聚，平时如无纷争还好；一旦有纠纷，你弟兄们个个如狼似虎，再想离婚，可就难了！』王氏说：『我这次是偷跑来的，绝没有再回去的道理。你愿意留下我，我就留下来。否则，只有一死而已！况且我自二十一岁跟了你，二十三岁被休回娘家，即使我有十分的罪恶，难道就没有一分的情义吗？』说完，从手腕上脱下一个金镯子，并起双脚，套上金镯，用袖子盖在上面说：『我们成亲时焚香立下的誓言，你不记得了吗？』孙麒热泪盈眶，让人把她扶进内室，但仍怀疑王氏在欺骗自己，想得到她兄弟的一句话作为证据。王氏说：『我私自逃了出来，有什么脸再去见我的弟兄？如不相信，我身上藏有自尽的工具，请让我断指以明心迹！』说着，从腰里掏出一把刀子，把左手搁在床边，一刀砍去了一截手指，鲜血迸流。孙麒大吃一惊，急忙为她包扎伤口。王氏痛得脸色惨变，却不呻吟，笑着说：『我今天才从黄粱梦中醒来，特来借一间斗室，做出家的打算，你又何必猜疑我呢？』孙麒便让儿子和妾另外住一间屋子，自己天天两处来回跑。又多方寻求好药，替王氏医治手上的伤口，一个多月才好了。王氏从此后不吃荤腥，只是关着门念佛而已。

又过了很久，王氏见家务废弛，没人管理，便对孙麒说：『我这次来，本想什么事都不管不问的。但现在看全家开支如此浪费，入不敷出，恐怕将来子孙们会有饿死的。没办法，我就厚着脸皮再料理料理吧！』于是，她召集女仆们，按日定量让她们纺线织布。家人因为她是自己跑上门来的，十分瞧不起她，私下里讥讽嘲笑她，王氏像是听不见。继而检查纺织数量时，凡是懒惰没有完成定额的，都挨了她一顿鞭子，毫不客气，众人这才怕起她来。王氏又亲自监督管账目的仆人，事事精心算计。孙麒十分高兴，让儿子和妾每天都去拜见王氏。这时，阿坚已九岁了，王氏对待他加倍温存，每天早上他去了私塾，王氏常常留下好吃的东西等他回来。因此，孩子也渐渐和她亲近起来。

一天，阿坚用石块打麻雀，恰巧王氏经过，石块掉下来正好砸中了她的脑门，王氏一下子摔倒在地，昏迷过去。孙麒大怒，痛打儿子。王氏醒过来，极力劝阻，还欢喜地说：『我过去虐待过儿子，心中老觉得是一块心病，这下可以抵消我的旧恶了！』孙麒听了，越发宠爱她。但王氏常常拒绝和他同房，让她去和妾睡。过了几年，王氏屡次生产，但每次婴儿都夭折了。王氏说：『这是我过去杀死亲生儿子的报应啊！』阿坚结婚娶妻后，王氏便把外事委托给儿子，家务事委托给儿媳妇。一天，她忽然说：『我某日就要死了！』孙麒不信。王氏自己料理起葬具，到了那天，她更换衣服，自己进入棺内去世了，面色还如活着时一样。

这时，只闻到室内充满了一种奇异的香味，直到把她入殓后，香味才渐渐消失了。

异史氏说：『只要是心里喜爱的人，不在于是漂亮还是丑陋。毛嫱、西施这些美人，怎知道不是喜爱她们的人把她们美化了呢？然而不遭受凶悍的妒忌，她的贤德就不彰显，这几乎让人把喜爱吕无病的孙麒和爱吃疮痂的人一并嘲笑了。像王氏这样富贵人家的女子，前世修行的根底原本很深厚，所以一旦豁然顿悟，就能立即修成正果；至于沦落地狱中的，都是些富贵却没有经受磨难的人啊。』

## 姚安

姚安，临洮人，美丰标。同里宫姓，有女子字绿娥，艳而知书，择偶不嫁。母语人曰：『门族风采，必如姚某始字之。』姚闻，绐妻窥井，挤堕之，遂娶绿娥。雅甚亲爱。然以其美也，故疑之：闭户相守，步辄缀焉；女欲归宁，则以两肘支袍，覆翼以出，人舆封志，而后驰随其后，越宿，促与俱归。女心不能善，忿曰：『若有桑中约，岂琐琐所能止耶！』姚以故他往，则扃女室中。女益厌之；俟其去，故以他钥置门外以疑之。姚见大怒，问所自来。女愤言：『不知！』姚愈疑，伺察弥严，一日，自外至，潜听久之，乃开锁启扉，惟恐其响，悄然掩入。见一男子貂冠卧床上，忿怒，取刀奔入，力斩之。近视，则女昼眠畏寒，以貂覆面上。大骇，顿足自悔。宫翁忿质官。官收姚，褫衿苦械。姚破产，以具金赂上下，得不死。由此精神迷惘，若有所失。适独坐，见女与髯丈夫，狎亵榻上，恶之，操刃而往，则没矣；反坐，又见之。怒甚，以刀击榻，席褥断裂。愤然执刃，近榻以伺之，见女立面前，视之而笑。遽砍之，立断其首；既坐，女不移处，而笑如故。夜间灭烛，则闻淫溺之声，亵不可言。日日如是，不复可忍，于是鬻其田宅，将卜居他所。至夜，偷儿穴壁入，劫金而去。自此贫无立锥，忿恚而死。里人藁葬之。

异史氏曰：『爱新而杀其旧，忍乎哉！人止知新鬼为厉，而不知故鬼之夺其魄也。呜呼！截指而适其屦，不亡何待！』

【译文】

姚安，临洮人，仪容很漂亮。同乡有个姓宫的，家里有个女儿名叫绿娥，姿容秀丽，而又知书达理，正在选择配偶，还没有出嫁。绿娥的母亲对人说：『门第和风度，一定要赶上姚安的，才能把女儿嫁给他。』姚安听到这话以后，骗妻子去看井，把妻子挤到井里淹死了，就娶了绿娥做妻子。夫妻之间很亲热。但是因为绿娥很漂亮，所以姚安总是多疑：他关起大门守着妻子，绿娥一迈步，他就紧跟着；绿娥要回娘家，他就伸直两臂支起袍子，像翅膀似的遮着绿娥走出去，等绿娥进了轿子，他就封起轿门，标上记号，然后乘马跟在后边，在岳母家里住过一宿，就催促绿娥一起回家。绿娥心里很不满意，气愤地说：『若有秘密的幽会，你这副卑鄙的样子，怎能禁止得住呢！』

一天，姚安因事要到别的地方去，就从外面锁上房门，把绿娥锁在屋里。绿娥更加讨厌他；等他走了以后，故意把别的钥匙扔在门外，让他产生疑心。他回来以后，看见门外的钥匙就火了，追问哪里来的钥匙。绿娥气愤地说：『我不知道！』他越发生了疑心，侦察绿娥的行动更严了。一天，他从外面回来，在窗外偷听了很长时间，才打开锁头推开房门，唯恐发出响声，悄没声地进了屋里。看见一个男子戴着貂皮帽子躺在床上，他气愤到了极点，拿起刀子奔进来，用力砍了一刀，砍掉了脑袋。到跟前一看，原来是绿娥白天睡觉怕冷，把貂皮帽子盖在脸上。他大吃一惊，悔得直跺脚。

宫家老头儿很气愤地告到官府。县官把他抓到狱里，革去秀才功名，苦苦地拷打。他倾家荡产，准备了很多金钱，上上下下地进行贿赂，才免除死罪。从此就精神失常了，好像丢了什么东西似的。一天，恰巧一个人坐在屋里，看见绿娥和一个长胡子男人，在床上行奸作乐，他憎恨到了极点，操起钢刀奔过去，没到跟前就消失了；他返回来坐在椅子上，又看见两个人在床上行奸作乐。他气得要死，就抡起钢刀砍床，席子褥子都被砍断了。他很气愤地手执钢刀，站在床前窥伺着，看见绿娥站在面前，笑眯眯地看着他。他突然砍了一刀，立刻砍掉了她的脑袋；他坐下以后，看见绿娥没动地方，仍然笑眯眯地看着他。晚上熄灯以后，就听见毫无节制的淫荡声，下贱得无法形容，天天都是这个样子。他再也不能忍受了，于是就卖了土地和宅子，要去别的地方选择新的住所。到了晚上，小偷儿在墙上挖了个窟窿钻进来，把他的钱财偷去了。从此穷得没有立锥之地，又气又恨，就离开了人世。村里的人就用芦席把他卷巴卷巴埋葬了。

异史氏说：『喜爱新人而杀了从前的妻子，多么残忍哪！人们只知新鬼是厉害的，却不知这是旧鬼夺去了他的魂魄。唉！截断指头去适应小鞋，不死还等何时呢！』

## 崔猛

崔猛，字勿猛，建昌世家子。性刚毅，幼在塾中，诸童稍有所犯，辄奋拳殴击，师屡戒不悛；名、字，皆先生所赐也。至十六七，强武绝伦。又能持长竿跃登夏屋。喜雪不平，以是乡人共服之，求诉禀白者盈阶满室。崔抑强扶弱，不避怨嫌；稍逆之，石杖交加，支体为残。每盛怒，无敢劝者。惟事母孝，母至则解。母谴责备至，崔唯唯听命，出门辄忘。比邻有悍妇，日虐其姑。姑饿濒死，子窃啖之；妇知，诟厉万端，声闻四院。崔怒，逾垣而过，鼻耳唇舌尽割之，立毙。母闻又骇，呼邻子，极意温恤，配以少婢，事乃寝。母愤泣不食。崔惧，跪请受杖，且告以悔。母泣不顾。崔妻周，亦与并跪。母乃杖子，而又针刺其臂，作十字纹，朱涂之，俾勿灭。崔并受之。母乃食。母喜饭僧道，往往餍饱之。适一道士在门，崔过之。道士目之曰：『郎君多凶横之气，恐难保其令终。积善之家，不宜有此。』崔新受母戒，闻之，起敬曰：『某亦自知；但一见不平，苦不自禁。力改之，或可免否？』道士笑曰：『姑勿问可免不可免，请先自问能改不能改。但当痛自抑；如有万分之一，我告君以解死之术。』崔生平不信厌禳，笑而不言。道士曰：『我固知君不信。但我所言，不类巫觋，行之亦盛德；即或不效，亦无妨碍。』崔请教，乃曰：『适门外一后生，宜厚结之，即犯死罪，彼亦能活之也。』呼崔出，指示其人。盖赵氏儿，名僧哥。赵，南昌人，以岁祲饥，侨寓建昌。崔由是深相结，请赵馆于其家，供给优厚。僧哥年十二，登堂拜母，约为弟昆。逾岁东作，赵携家去，音问遂绝。崔母自邻妇死，诫子益切，有赴诉者，辄摈斥之。一日，崔母弟卒，从母往吊。途遇数人，絷一男人，呵骂促步，加以捶扑。观者塞途，舆不得进。崔问之。识崔者竞相拥告。先是，有巨绅子某甲者，豪横一乡，窥李申妻有色，欲夺之，道无由。因命家人诱与博赌，贷以资而重其息，要使署妻于券，资尽复给。终夜，负债数千；积半年，计子母三十余千。申不能偿，强以多人篡取其妻。申哭诸其门。某怒，拉系树上，榜笞刺剟，逼立『无悔状』。崔闻之，气涌如山，鞭马前向，意将用武。母搴帘而呼曰：『唶！又欲尔耶！』崔乃止。既吊而归，不语亦不食，兀坐直视，若有所嗔。妻诘之，不答。至夜，和衣卧榻上，辗转达旦，次夜复然。忽启户出，辄又还卧。如此三四，妻不敢诘，惟慑息以听之。既而迟久乃返，掩扉熟寝矣。是夜，有人杀某甲于床上，刳腹流肠；申妻亦裸尸床下。官疑申，捕治之。横被残梏，踝骨皆见，卒无词。积年余，不堪刑，诬服，论辟。会崔母死，既殡，告妻曰：『杀甲者，实我也。徒以有老母故，不敢泄。今大事已了，奈何以一身之罪殃他人？我将赴有司死耳！』妻惊挽之，绝裾而去，自首于庭。官愕然，械送狱，释申。申不可，坚以自承。官不能决，两收之。戚属皆诮让申。申曰：『公子所为，是我欲为而不能者也。彼代我为之，而忍坐视其死乎？今日即谓公子未出也可。』执不异词，固与崔争。久之，衙门皆知其故，强出之，以崔抵罪，濒就决矣。会恤刑官赵部郎，案临阅囚，至崔名，屏人而唤之。崔入，仰视堂上，僧哥也。悲喜实诉。赵徘徊良久，仍令下狱，嘱狱卒善视之。寻以自首减等，充云南军，申为服役而去；未期年，援赦而归：皆赵力也。既归，申终从不去，代为纪理生业。予之资，不受。缘橦技击之术，颇以关怀。崔厚遇之，买妇授田焉。崔由此力改前行，每抚臂上刺痕，泫然流涕。以故乡邻有事，申辄矫命排解，不相禀白。有王监生者，家豪富，四方无赖不仁之辈，出入其门。邑中殷实者，多被劫掠；或迕之，辄遣盗杀诸途。子亦淫暴。王有寡婶，父子俱烝之。妻仇氏，屡沮王，王缢杀之。仇兄弟质诸官，王赇嘱，以告者坐诬。兄弟冤愤莫申，诣崔求诉。申绝之使去。过数日，客至，适无仆，使申瀹茗。申默然出，告人曰：『我与崔猛朋友耳，从徙万里，不可谓不至矣；曾无廪给，而役同厮养，所不甘也！』遂忿而去。或以告崔。崔讶其改节，而亦未之奇也。申忽讼于官，谓崔三年不给佣值。崔大异之，亲与对状，申忿相争。官不直之，责逐而去。又数日，申忽夜入王家，将其父子婶妇并杀之，粘纸于壁，自书姓名；及追捕之，则亡命无迹。王家疑崔主使，官不信。崔始悟前此之讼，盖恐杀人之累己也。关行附近州邑，追捕甚急。会闯贼犯顺，其事遂寝，及明鼎革，申携家归，仍与崔善如初。时土寇啸聚，王有从子得仁，集叔所招无赖，据山为盗，焚掠村疃。一夜，倾巢而至，以报仇为名。崔适他出；申破扉始觉，越墙伏暗中。贼搜崔、李不得，据崔妻，括财物而去。申归，止有一仆，忿极，乃断绳数十段，以短者付仆，长者自怀之。嘱仆越贼巢，登半山，以火爇绳，散挂荆棘，即反勿顾。仆应而去。申窥贼皆腰束红带，帽系红绢，遂效其装。有老牝马初生驹，贼弃诸门外。申乃缚驹跨马，衔枚而出，直至贼穴。贼据一大村，申絷马村外，逾垣入。见贼众纷纭，操戈未释。申窃问诸贼，知崔妻在王某所。俄闻传令，俾各休息，轰然嗷应。忽一人报东山有火，众贼共望之；初犹一二点，既而多类星宿。申坌息急呼东山有警。王大惊，束装率众而出。申乘间漏出其右，返身入内。见两贼守帐，绐之曰：『王将军遗佩刀。』两贼竞觅。申自后斫之，一贼踣；其一回顾，申又斩之。竟负崔妻越垣而出。解马授辔，曰：『娘子不知途，纵马可也。』马恋驹奔驶，申从之。出一隘口，申灼火于绳，遍悬之，乃归。次日，崔还，以为大辱，形神跳躁，欲单骑往平贼。申谏止之。集村人共谋，众恇怯莫敢应。解谕再四，得敢往二十余人，又苦无兵。适于得仁族姓家获奸细二，崔欲杀之，申不可；命二十人各持白梃，具列于前，乃割其耳而纵之。众怨曰：『此等兵旅，方惧贼知，而反示之。脱其倾队而来，阖村不保矣！』申曰：『吾正欲其来也。』执匿盗者诛之。遣人四出，各假弓矢火铳，又诣邑借巨炮二。日暮，率壮士至隘口，置炮当其冲；使二人匿火而伏，嘱见贼乃发。又至谷东口，伐树置崖上。已而与崔各率十余人，分岸伏之。一更向尽，遥闻马嘶，贼果大至，襁属不绝。俟尽入谷，乃推堕树木，断其归路。俄而炮发，喧腾号叫之声，震动山谷。贼骤退，自相践踏；至东口，不得出，集无隙地。两岸铳矢夹攻，势如风雨，断头折足者，枕藉沟中。遗二十余人，长跪乞命。乃遣人絷送以归。乘胜直抵其巢。守巢者闻风奔窜，搜其辎重而还。崔大喜，问其设火之谋。曰：『设火于东，恐其西追也；短，欲其速尽，恐侦知其无人也；既而设于谷口，口甚隘，一夫可以断之，彼即追来，见火必惧：皆一时犯险之下策也。』取贼鞫之，果追入谷，见火惊退。二十余贼，尽劓刖而放之。由此威声大震，远近避乱者从之如市，得土团三百余人。各处强寇无敢犯，一方赖之以安。

异史氏曰：『快牛必能破车，崔之谓哉！志意慷慨，盖鲜俪矣。然欲天下无不平之事，宁非意过其通者与？李申，一介细民，遂能济美。缘橦飞入，剪禽兽于深闺；断路夹攻，荡幺魔于隘谷。使得假五丈之旗，为国效命，乌在不南面而王哉！』

【译文】

崔猛，字勿猛，是江西建昌的一个大家公子，性情很刚直。幼年在私塾里读书，同学偶然侵犯了他，他举起拳头便打。老师规劝过他好多次，他总是不改，才给他起了这样的名和字。到了十六七岁时，他练得一身好本事，还能撑着竿跳到高房子上去。平日最爱打抱不平，同乡的人都佩服他，因此到他家申诉冤苦的很多，屋子的里里外外常常挤满了人。崔猛常常锄强扶弱，不怕得罪人。在他大发脾气的当儿，没有人敢劝他。只是他很孝顺母亲，老太太一到，什么事也就完了。老太太教训他很严厉，他不敢违拗，可是一出门又忘得干干净净。

隔壁有个泼妇，每天虐待婆婆。婆婆快饿死，儿子偷偷地拿饭给她吃，被泼妇发觉了，百般辱骂，四邻全都听到了。崔猛大怒，跳过墙去，把泼妇的耳朵、鼻子、嘴唇、舌头都割下来，立刻死了。太太听到这个消息，大吃一惊，赶快把泼妇的丈夫叫来，竭力安慰他，并且把一个年轻的丫鬟许配给他，事情才算没有扩大。为了这件事，老太太气得整天哭，连东西也不吃。崔猛害怕了，跪在母亲面前，愿意挨打，并且表示很后悔。老太太还是哭，不睬他。崔猛的儿子也跪下来求情。老太太这才把儿子打了几下，又用针在他的胳膊上刺了一个十字，涂上红颜色，使它消灭不掉。崔猛都一一顺从，老太太这才消了气。

老太太平素喜欢布施和尚、道士，遇到僧道上门，总是让他们吃饱。这天他家门口来了一个道士。崔猛走过，道士望着他说：『公子满身都是横暴气，恐怕难得善终。像你们这样行善的人家不应该如此。』崔猛因为受过母亲的训诫，恭敬敬地说道：『我知道自己的毛病，但是一遇到不平的事情，就无法克制。今后我要尽量改过，不知可能避免祸患？』道士笑道：『不要问能不能避免，要问你自己能不能避免，只要问你自己能不能改。你应当竭力抑制自己的火气，万一有什么意外，我告诉你一个免死的办法。』崔猛平生不相信这种趋吉避凶的法术，听了道士的话，只是笑了。道士说：『我说的，并不是巫婆所用的法术。你照我的话去做，总是一件好事，即使没有效果，也不至于对你有什么妨害。』崔猛便请他指点。道士道：『刚才在门外看到一个小后生，你应该好好地同他结交。将来你犯下死罪，他可以救你。』说着，便叫崔猛一同出去，指着那小后生给他瞧，原来是姓赵的儿子，小名僧哥。

姓赵的是南昌人，因为家乡闹灾荒，暂时搬到建昌来住。崔猛从此竭力和赵家父子交好，请他们住在自己家里，十分优待。这时僧哥才十二岁，登堂拜见崔母，崔猛和他结为兄弟。过了一年，僧哥全家回到南昌，从此便不通音讯了。自从邻家泼妇死后，老太太对儿子的管束更加严格了。有人来向崔猛诉冤，全被老太太挡驾。一天，崔猛的舅舅死了，他跟随母亲去吊丧。路上遇到几个人押着一个男人走过，他们嫌弃那个男子走得慢，一路上不停地打骂。热闹得把路都堵塞了，轿子过不去。崔猛问怎么回事，认识崔猛的人，竞相拥上来告诉他。原来有个豪绅的儿子某甲，在乡里横行霸道。他看到李申的妻子长得美貌，想把她抢过来，只是没有名目。于是他指使自己的仆人去引诱李申赌博，借给他钱，把利息定得很高，还把李申的妻子写在借契上做抵押。李申钱输光了，再借给他，一夜间，就负债几串。半年后，连本带利有三十多串。李申无力偿还，某甲便派了很多人把李申的妻子抢去。李申到他家门口哭骂，某甲大怒，叫人把李申绑在树上，用木棍敲打，逼他立下字据，不许反悔。崔猛听说，气涌如山，骑着马冲上去，准备动武。老太大看见了拉开轿帘道：『咦，你的老毛病又发作了吗？』崔猛没法，只得束手不问。吊丧完毕，崔猛回到家里，不说话，不吃饭，呆呆地坐着，眼睛看着前面，好像在跟什么人生气似的。妻子问他，他也不搭理。到了晚上，他又和衣而睡。翻来覆去，直到天明。第二天晚上，还是如此。忽而开门出去，忽而又回来睡下，像这样有三四次。妻子不敢问，心里虽是害怕，也只能听凭他。最后一次他出去了很久才回来，关上房门就睡着了。那天晚上，有人把某甲杀死在床上，肚子被剖开，肠子流了出来，李申妻子的尸体也赤裸裸地被丢在床底下。县官怀疑是李申干的，把他逮捕审讯，滥用酷刑，脚踝骨都打得露了出来。但是李申始终没有招认。

过了一年多，李申因受刑不过，只能含冤供说是他杀的，依法被判决斩首。这时崔老太死了。出殡之后，崔猛对他妻子说道：『某甲是我杀的。只因老母在世，不敢向别人泄露。如今大事已经办完，为什么自己犯了罪，却叫别人遭殃？我要到衙门里自首去了。』妻子拉住他的衣服不放，他扯碎衣服走了，赶到衙门去自首。县官大吃了一惊，立刻给他加上刑具，关在监牢里，还当堂要释放李申。李申却不肯走，硬说人是他杀的。县官没法判明，只好把两个人一并收监。李申的家人亲戚全埋怨他。李申道：『崔公子所做的事，正是我想做而做不到的。他既然替我做了，难道我忍心看着他死吗！现在就只当崔公子没有自首好了。』无论怎样，他也不肯更改口供，还和崔猛争执得很厉害。时间久了，衙门里全晓得了实情，硬是把李申释放，要让崔猛抵罪。眼看处决崔猛的期限快要到了，恰好恤刑官赵部郎前来复核狱囚。看到崔猛的名字，命左右侍从回避了，然后唤他来见。崔猛走上前一看，原来赵部郎便是僧哥，又悲又喜，便将案情实说了。部郎考虑了好一会儿，仍然把他收监监牢，吩咐禁卒好生看待。后来因为他是自首的，依律减罪，判决充军云南，李申也愿意跟去替他服役。不到一年工夫，按照大赦的条例，他被释放回家。这全是赵郎的照顾。崔猛回来以后，李申始终不肯离开他，替他料理一切事务，而且受不酬报，只是对于飞檐走壁、抡枪使棒的武技，却特别用心学习。崔猛待他也很好，帮他娶了老婆，又赠给他一些田产。崔猛从此竭力改变以往的行为，每次抚摸胳膊上刺的十字，便流起泪来。乡邻有什么争斗的事，李申也总是假借崔猛的名义，前去调和，并不通知崔猛。

有个叫王监生的家里很有钱。各处无赖匪徒都和他往来。县里一些殷实人家，多被他们抢劫。有人得罪了他，便派刺客在路上把这人杀死。王监生的儿子也很荒淫、残暴。王监生有个守寡的弟媳，父子俩都和她有奸情。儿媳仇氏屡次规劝丈夫，结果被他用绳子勒死。仇氏的兄弟告到衙门里，县官受了王家的贿赂，反把原告按诬告治罪。仇氏兄弟含着一肚子冤屈，没处申诉，便找到崔家来，想向崔猛诉苦，是李申把他们挡走了。过了几天，有客人来访崔猛，正赶上仆人不在，崔猛叫李申送茶。李申却一声不响地走了出来，对别人说道：『我和崔猛不过是朋友罢了，跟着他奔波万里，在人情上也算说得过去。崔猛从来没有给我薪水，反叫我做奴仆的事，我实在不甘心。』说完，气冲冲地径直走了。有人把这话告诉了崔猛。崔猛见李申忽然改变了态度，不免有些诧异，可是也并不放在心上。过了两天，李申忽然又向衙门递状纸，控诉崔猛三年来不给他发工资。崔猛这才感到奇怪，便亲自上堂对质。李申气势汹汹地跟崔猛争论不休。县官认为李申没有理由，便呵斥他几句，把他赶了出去。又过了几天，李申忽然夜里闯进王监生家中，把他们父子二人和弟妇一并杀死，在墙上贴了一张纸，写上自己的姓名。等到县里派人前去追捕，早已逃匿无踪。王家怀疑是崔猛指使的，县官却不相信，这时崔猛才明白李申控诉他的缘故，原来是怕杀了人连累他。县官行文到附近州县，缉捕得很紧。恰巧李自成大军打进了北京，事情才搁下来。

不久，明朝灭亡，李申带了家眷回来，依旧和崔猛相处得很好。当时地方上匪徒很多。王监生有个侄儿，名叫王得仁，把他叔父从前结交的无赖匪徒集合起来，盘踞在山里做强盗，放火劫掠村庄。一天夜里，他带领全部盗匪，借复仇为名，来到崔家。崔猛恰巧出去了。李申跳墙逃出，伏在暗中。强盗搜不到崔猛，便把他妻子架去，又抢去了许多财物。李申回来，家里只剩下一个仆人，又气又急，一时无计可施。于是他找到一根绳子，分成十几段，把短的交给仆人，长的自己带在身。他吩咐仆人跑到强盗巢穴的背后，爬上半山，用火燃着绳子，散在荆棘丛中，然后立即跑下山来，其他的一切可以不问。仆人答应着去了。李申看到强盗腰里都缠有红带，帽子上全扎着红巾，便效仿他们的装束，扮作强盗。家里有一匹刚生下驹的老马，强盗没有抢走，把它丢在了门外。李申把小马系住，骑上老马，衔枚出门，直向强盗的巢穴中来。这时强盗占据了一个大村庄。李申把马拴在村外，自己跳墙进去，看见强盗们乱糟糟的。他私下问了一个土匪，得知崔猛的妻子关在王得仁家里。过了一会儿，强盗们听到传令，叫各自休息，大家齐声答应了。这时，忽然有一个人前来报告说东山起火了。强盗们见东山起初一点两点火星，一下子火星多得像天上的星斗般。李申气喘吁吁地叫道：『不好，东营里受到袭击了！』王得仁大惊，立即装束起来，带领强盗们前去迎敌。李申趁此机会，悄悄地溜到后面，见两个强盗守卫在那里。李申骗他们道：『王将军的佩刀忘了带去。』两个强盗争先寻刀，李申拔刀从他们背后砍去，一个先倒下，另一个刚要回头，也被他杀死。然后背起崔猛的妻子，越墙而出，解下马来，把缰绳交给她，对她说道：『娘子不认识路，只管放开缰绳，任凭这匹马怎样跑。』老马因为恋念着小马，奔得很快。李申在后面紧跟着。过了山谷，李申把绳子燃着，挂满谷口，然后回转村中。第二天，崔猛回家，认为这个是奇耻大辱，暴跳如雷，意欲独自骑马前去平贼。李申劝他不要冒险，一面召集村人商议。村人胆怯，谁也不敢答应。经过反复解释晓谕，只得到二十几个壮丁，但是又没有兵器。这时正好在王得仁的族人里抓到两个奸细，崔猛要把他们杀死，李申不许。李申叫二十几个壮丁排成一队，手中各拿着白木棍子。然后把两个奸细拖过来，割掉耳朵，放他们逃走。村人见他这么做，都很不高兴。大家说道：『像我们这种队伍，正害怕强盗知道。如今反把虚实告诉人家，万一他们发动全部人马向我们进攻，这村庄一定保不住了。』李申道：『我正要他们前来。』李申先把窝藏奸细的人杀了，又派人前去借弓箭，借火器，并到县里借了两门大炮。等到天快黑了，他带领一群壮丁走到山谷险要的地方，架上大炮，叫两个人拿了引火，躲在一边，吩咐他们要看见了强盗才发炮。然后他又带人到山的东面，砍了许多树木堆在山坡上。他和崔猛各带几十个壮丁，分别在左右埋伏。一更天将尽，远远地听到马嘶声，李申偷眼一看，强盗果然蜂拥而来，人马络绎不绝。等他们全部进入山谷，李申便命令把树木推下来，堵塞强盗的归路。忽然间大炮响起来，喧哗叫喊的声音，震动山谷。强盗赶快后退，自己人又相互践踏；退到山谷的东口，又走不出去，全都拥挤在一起。山上弓箭火枪像暴风雨般射下来，强盗们断头折足、横七竖八地倒在山沟里，最后剩下二十几个人，跪在那里哀求活命。李申派人把他们捆绑好了，送回村庄，一面乘胜攻入匪巢。强盗们听到消息，早已逃得无影无踪。李申和家人搜出他们的钱财粮食军用品，一起带回村中。崔猛高兴极了，便问李申当初安置火绳的原理。李申道：『我在东山安置火绳，是怕他们向西追赶，因为我们向西逃走。至于用短的绳，乃是要它们一下子烧完，怕强盗侦察出那里没有人防守。后来我把火绳安置在谷口，乃是因为谷口很窄，一个人便可以挡住去路，强盗便是追来，见了火光，一定会害怕。这全是一时不得已而冒险的计策呀！』把俘虏的强盗带来讯问，他们果然是追到了谷口中，看见火光才被吓退的。这二十几个强盗，全被割了鼻子后放走。

从此，李申的威名大振。四方避乱的人全都逃到这里来。村中有民兵三百多人，各处强盗不敢来侵犯。靠着这种力量，地方上才安然无事。

异史氏说：『快牛在小的时候不知天高地厚，必定要毁坏车子，说的就是崔猛这样的人啊！慷慨的意志，真是世上少有，天下无双。但是要想天下没有不平的事情，难道心里没有想过和他通力合作的人吗？李申，一个小小的老百姓，竟然能够成全他的好事。爬竿飞进坏人家里，在深闺里剪除了衣冠禽兽；斩断退路，两岸夹攻，在峡谷里扫荡群魔。假使给他一面五丈的大旗，叫他为国效力，他怎能不南面称王呢！』

## 鹿衔草

关外山中多鹿。土人戴鹿首，伏草中，卷叶作声，鹿即群至。然牡少而牝多。牡交群牝，千百必遍，既遍遂死。众牝嗅之，知其死，分走谷中，衔异草置吻旁以熏之，顷刻复苏。急鸣金施铳，群鹿惊走，因取其草，可以回生。

【译文】

关外的深山里，鹿是很多的。当地人戴着鹿头，藏在草丛里，卷起草叶吹出鹿叫的声音，鹿群就来了。但是雄鹿很少，母鹿很多。雄鹿和一群母鹿交配，不管是千头百头，必定要一头挨一头地普遍交配；普遍交配完了，它就死了。母鹿们闻闻它的尸体，知道它死了，就分头跑进山谷之中，衔来一种异草，放在嘴巴子旁边熏它，顷刻之间就复活了。人们赶紧敲锣放枪，把鹿群吓跑，就能拿到那种异草，可以起死回生。

## 邢子仪

滕有杨某，从白莲教党，得左道之术。徐鸿儒诛后，杨幸漏脱，遂挟术以遨。家中田园楼阁，颇称富有。至泗上某绅家，幻法为戏，妇女出窥。杨睨其女美，归谋摄取之。其继室朱氏，亦风韵，饰以华妆，伪作仙姬；又授木鸟，教之作用；乃自楼头推堕之。朱觉身轻如叶，飘飘然凌云而行。无何，至一处，云止不前，知已至矣。是夜，月明清洁，俯视甚了。取木鸟投之，鸟振翼飞去，直达女室。女见彩禽翔入，唤婢扑之，鸟已冲帘出。女追之，鸟堕地作鼓翼声；近逼之，扑入裙底；展转间，负女飞腾，直冲霄汉。婢大号。朱在云中言曰：『下界人勿须惊怖，我月府姮娥也。渠是王母九女，偶谪尘世。王母日切怀念，暂招去一相会聚，即送还耳。』遂与结襟而行。方及泗水之界，适有放飞爆者，斜触鸟翼；鸟惊堕，牵朱亦堕，落一秀才家。秀才邢子仪，家赤贫而性方鲠。曾有邻妇夜奔，拒不纳。妇衔愤去，谮诸其夫，诬以挑引。夫固无赖，晨夕登门诟辱之。邢因货产，僦居别村。有相者顾某善决人福寿，邢踵门叩之。顾望见笑曰：『君富足千钟，何着败絮见人？岂谓某无瞳耶？』邢嗤妄之。顾细审曰：『是矣。固虽萧索，然金穴不远矣。』邢又妄之。顾曰：『不惟暴富，且得丽人。』邢终不以为信。顾推之出，曰：『且去且去，验后方索谢耳。』是夜，独坐月下，忽二女自天降，视之，皆丽姝。诧为妖，诘问之，初不肯言。邢将号召乡里，朱惧，始以实告，且嘱勿泄，愿终从焉。邢思世家女不与妖人妇等，遂遣人告其家。其父母自女飞升，零涕惶惑；忽得报书，惊喜过望，立刻命舆马星驰而去。报邢百金，携女归。邢得艳妻，方忧四壁，得金甚慰。往谢顾。顾又审曰：『尚未尚未。泰运已交，百金何足言！』遂不受谢。先是，绅归，请于上官捕杨。杨预遁，不知所之，遂籍其家，发牒追朱。朱惧，牵邢饮泣。邢亦计窘，始赂承牒者，赁车骑携朱诣绅，哀求解脱。绅感其义，为竭力营谋，得赎免；留夫妻于别馆，欢如戚好。绅女幼受刘聘，刘，显秩也，闻女寄邢家信宿，以为辱，反婚书，与女绝姻。绅将议姻他族；女告父母，誓从邢。邢闻之喜；朱亦喜，自愿下之。绅忧邢无家，时杨居宅从官货，因代购之。夫妻遂归，出曩金，粗治器具，蓄婢仆，旬日耗费已尽。但冀女来，当复得其资助。一夕，朱谓邢曰：『孽夫杨某，曾以千金埋楼下，惟妾知之。适视其处，砖石依然，或窖藏无恙。』往共发之，果得金。因信顾术之神，厚报之。后女于归，妆资丰盛，不数年，富甲一郡矣。

异史氏曰：『白莲歼灭而杨独不死，又附益之，几疑恢恢者疏而且漏矣。孰知天留之，盖为邢也。不然，邢即否极而泰，亦恶能仓卒起楼阁、累巨金哉？不爱一色，而天报之以两。呜呼！造物无言，而意可知矣。』

【译文】

山东滕县有个杨某，跟着白莲教党徒，学到一些邪门歪道的法术。山东白莲教首领徐鸿儒被擒杀后，杨某侥幸漏网脱身，就依仗妖术四处游荡。家里有田园楼阁，称得上相当富有。

一天，杨某到泗水之滨某绅士家做魔术游戏，妇女都出来窥看。杨某瞟见绅士的女儿长得很美，回家打算用妖术把她取来。杨某的后妻朱氏，长得也很风流俊俏，杨某叫她穿上华丽的衣服，打扮成仙女模样；又给她一只木鸟，教会使用的方法，就把她从楼上推下去。朱氏只觉身轻如叶，飘飘然腾云驾雾而行。不一会儿，到一个地方，云停下不前，知道已经到达目的地。这天夜晚，月光皎洁，向下望去，一目了然。朱氏把木鸟抛出，木鸟拍着翅膀飞去，直达绅士女儿的卧室。女郎看见一只彩鸟飞了进来，就叫丫鬟捉住它。木鸟已经冲出门，女郎追它，木鸟落地发出拍打翅膀的声音。逼近过去，木鸟又扑到她裙子下面，一转眼，背着女郎飞腾起来，直上云霄。丫鬟大声哭喊。朱氏在云中说：『地上的人不用惊吓，我是月宫里的嫦娥。她是王母娘娘第九个女儿，偶有过失降到人世。王母娘娘每天思念情切，暂时招她回去相聚，很快就会送还的。』说着，和女郎把衣襟联结在一起走了。刚到泗水边界，正好有人放爆竹，斜飞过来碰到木鸟的翅膀，木鸟受惊跌下，把朱氏也拉着掉下，落到一个秀才的家里。

秀才名叫邢子仪，家里穷得一无所有，但性格刚直。曾经有个邻家女人夜里私奔他，他拒绝不让进门。那女人怀恨而去，在丈夫面前说坏话，诬陷邢子仪勾引她。她丈夫本是个无赖，早晚上门辱骂。邢子仪无法忍受，就卖了房产，搬到别的村子居住。有个姓顾的相面人，善断人的祸福夭寿，邢子仪上门问自己的命运。顾某一望见他就笑着说：『你是个大富翁，怎么穿着破棉袄见人？难道说我没眼珠吗？』邢子仪笑他胡说。顾某仔细看了一阵，说：『对了。现在虽然寒苦寂寞，但金窝不远了。』邢子仪还认为他在胡说。顾某说：『你不但会暴发，还能得到美人。』邢子仪始终不信。顾某推他出门，说：『去吧，去吧，我的话应验以后，再向你讨谢金。』

这天夜晚，邢子仪独自坐在月光下，忽然有两个女子从天而降。一看，都是美女。惊讶得以为是妖怪，盘问她们，起先不肯说。邢子仪要把村里人喊来，朱氏害怕了，才以实情相告，并且叮嘱他不要泄露出去，愿意终身跟着他。邢子仪考虑到名门闺秀不能同妖人的妻子同样看待，就派人到女郎家报信。女郎的父母自从女儿飞上天，眼泪直淌，惶惑不安，忽然报信的到了，喜出望外，立刻备了车马星夜驰去，酬谢邢子仪一百两银子，把女郎带回。邢子仪得了一个艳丽的妻子，正为家徒四壁担忧，得到这笔银子，十分快慰。就去酬谢顾某。顾某又相了他的面说：『还没完，还没完。好运已经交了，一百两银子算得了什么！』不肯受谢。

这之前，绅士回家，就报请官府拘捕杨某。杨某事先逃走了，不知去向，就没收了他的家产，发出公文追捕朱氏。朱氏惶恐，拉着邢子仪暗暗痛哭。邢子仪也无法可想，姑且贿赂追捕的衙役，租了车马带朱氏到绅士家，哀求他帮忙解脱困境。绅士感激他的情义，竭力设法营救，得以花钱财替朱氏赎了罪，并挽留邢子仪夫妇在别墅中住下，就像亲戚好友一般亲热。绅士的女儿小时候许配给刘家，刘家是大官，听说女郎在邢家住过两夜，以为耻辱，退还婚约，断了婚姻关系。绅士打算和其他人家商议婚事，女郎告诉父母，发誓非邢子仪不嫁。邢子仪听到十分高兴；朱氏也很高兴，自愿在她下面做妾。绅士担忧邢子仪没有住宅，当时杨某的住宅由官府出售，就代他买了下来。邢子仪和朱氏回到家里，拿出绅士上次给的银子，简单地购置了一些器物家具，养了几个丫鬟仆人，不到十天，钱就用完了。只盼着女郎嫁过来，一定能再得到她家的资助。一天晚上，朱氏对邢子仪说：『我那造孽的前夫杨某，曾把一千两银子埋在楼下，只有我知道。刚才我到那里去看，砖石仍和过去一样，或许窖藏的银子没出事。』一起去挖掘，果然得到了银子。邢子仪因此相信顾某的相术确实神，重重酬谢了他。后来女郎嫁过来，嫁妆丰盛，没几年，邢子仪已是一州的首富了。

异史氏说：白莲教被歼灭，唯独杨某不死，还增加他的财产，这几乎使人怀疑恢恢天网，疏而有漏了。哪知道上天留下他，是为了邢子仪。否则，邢子仪即使否极泰来，又哪能在仓促间就建起楼阁，积起巨额金钱呢？不贪一个女色，上天却赐给他两个。唉！创造万物的上天虽然不说话，但它的心意可以知道了。

## 蒋太史

蒋太史超，记前世为峨嵋僧，数梦至故居庵前潭边濯足。为人笃嗜内典，一意台宗，虽早登禁林，常有出世之想。假归江南，抵秦邮，不欲归。子哭挽之，弗听。遂入蜀，居成都金沙寺；久之，又之峨嵋，居伏虎寺，示疾怛化。自书偈云：『翛然猿鹤自来亲，老衲无端堕业尘。妄向镬汤求避热，那从大海去翻身。功名傀儡场中物，妻子骷髅队里人。只有君亲无报答，生生常自祝能仁。』

【译文】

太史蒋超记得自己的前世是峨眉山上的僧人，多次梦见自己来到住过的庙前面的潭中洗脚。他平时酷爱佛经，一心一意要皈依佛教的天台宗，虽然很早就进了翰林院，却常常有出家的念头。他请假回江南，走到江苏高邮，便不想回家了。儿子哭着拉住他，他也不听。于是到了四川，居住在成都金沙寺。过了很久，又来到峨眉山，住在伏虎寺，后来患病而死。死前自己书写了偈语说：『翛然猿鹤自来亲（这句话的意思是说：我本来是世外超然、与猿鹤相亲的人），老衲无端堕业尘（老和尚莫名其妙堕入尘世）。妄向镬汤求避热（进入尘世就像到热锅里寻找清凉），那从大海去翻身（如何能脱离尘世的苦海）。功名傀儡场中物（功名利禄不过是戏台上的傀儡），妻子骷髅队里人（娇妻爱子终究不过是一堆枯骨）。只有君亲无报答（不能报答君亲的恩情），生生常自祝能仁（只能求佛祖生生世世保佑他们）。』

## 邵士梅

邵进士，名士梅，济宁人。初授登州教授，有二老秀才投刺，睹其名，似甚熟识；凝思良久，忽悟前身。便问斋夫：『某生居某村否？』又言其丰范，一一吻合。俄两生入，执手倾语，欢若平生。谈次，问高东海况。二生曰：『狱死二十余年矣，今一子尚存。此乡中细民，何以见知？』邵笑云：『我旧戚也。』先是，高东海素无赖；然性豪爽，轻财好义。有负租而鬻女者，倾囊代赎之。私一媪，媪坐隐盗，官捕甚急，逃匿高家。官知之，收高，备极搒掠，终不服，寻死狱中。其死之日，即邵生辰。后邵至某村，恤其妻子，远近皆知其异。此高少宰言之，即高公子冀良同年也。

【译文】

济宁有个姓邵的进士，名叫士梅。他刚被任命为登州教授时，有两位老秀才送来了名帖，看他们的名字，感觉好像非常熟悉。士梅沉思良久，忽然记起了前世的事情。于是问管理房舍的家人：『某生还住在某村吗？』又讲了某生的长相，一条条都和某生的实情相吻合。不一会儿，两位老秀才来到，邵士梅和他们拉着手亲切交谈，十分欢洽，好像是早就认识的朋友。话中问起高东海的情况，两位秀才说：『已经死在监狱二十多年了，现在有一个儿子还在。这样的乡下普通百姓，您怎么认识他呢？』邵士梅笑着说：『是我的亲戚。』

原来，高东海本来是一个市井的无赖之徒，但是性情豪迈，轻视钱财而好义气。有个人因欠下地租而要卖女儿，他曾倾尽钱财代为赎回。高东海曾和一个女人有私情，这女人因隐藏盗贼，被官家追捕甚急，逃到高家藏了起来。官家知道了这件事，把高东海抓起来。他受尽了残酷的刑罚，终于没有交出这个女人，后来就死在狱中。他死的那天，就是邵士梅诞生的日子。后来邵士梅到了某村，帮助了高东海的妻子。这件奇怪的事远近闻名。这件事是听高少宰说的，高少宰是同高东海的公子高冀良一块儿考取功名的同伴。

## 陈锡九

陈锡九，邳人。父子言，邑名士。富室周某，仰其声望，订为婚姻。陈累举不第，家业萧索，游学于秦，数年无信。周阴有悔心。以少女适王孝廉为继室；王聘仪丰盛，仆马甚都。以此愈憎锡九贫，坚意绝婚；问女，女不从。怒，以恶服饰遣归锡九。日不举火，周全不顾恤。一日，使佣媪以榼饷女，入门向母曰：『主人使某视小姑姑饿死否。』女恐母惭，强笑以乱其词。因出榼中肴饵，列母前。媪止之曰：『无须尔！自小姑入人家，何曾交换出一杯温凉水？吾家物，料姥姥亦无颜啖噉得。』母大恚，声色俱变。媪不服，恶语相侵。纷纭间，锡九自外入，讯知大怒，撮毛批颊，挞逐出门而去。次日，周来逆女，女不肯归；明日又来，增其人数，众口呶呶，如将寻斗。母强劝女去。女潸然拜母，登车而去。过数日，又使人来，逼索离婚书，母强锡九与之。惟望子言归，以图别处。周家有人自西安来，知子言已死，陈母哀愤成疾而卒。锡九哀迫中，尚望妻归；久而渺然，悲愤益切。薄田数亩，鬻治葬具。葬毕，乞食赴秦，以求父骨。至西安，遍访居人。或言数年前有书生死于逆旅，葬之东郊，今冢已没。锡九无策，惟朝丐市廛，暮宿野寺，冀有知者。会晚经丛葬处，有数人遮道，逼索饭价。锡九曰：『我异乡人，乞食城郭，何处少人饭价？』共怒，捽之仆地，以埋儿败絮塞其口。力尽声嘶，渐就危殆。忽共惊曰：『何处官府至矣！』释手寂然。俄有车马至，便问：『卧者何人？』即有数人扶至车下。车中人曰：『是吾儿也。孽鬼何敢尔！可悉缚来，勿致漏脱。』锡九觉有人去其塞，少定，细认，真其父也。大哭曰：『儿为父骨良苦。今固尚在人间耶！』父曰：『我非人，太行总管也。此来亦为吾儿。』锡九哭益哀。父慰谕之。锡九泣述岳家离昏。父曰：『无忧，今新妇亦在母所。母念儿甚，可暂一往。』遂与同车，驰如风雨。移时，至一官署，下车入重门，则母在焉。锡九痛欲绝，父止之。锡九啜泣听命。见妻在母侧，问母曰：『儿妇在此，得毋亦泉下耶？』母曰：『非也，是汝父接来，待汝归家，当便送去。』锡九曰：『儿侍父母，不愿归矣。』母曰：『辛苦跋涉而来，为父骨耳。汝不归，初志为何也？况汝孝行已达天帝，赐汝金万斤，夫妻享受正远，何言不归？』锡九垂泣。父数数促行，锡九哭失声。父怒曰：『汝不行耶！』锡九惧，收声，始询葬所。父挽之曰：『子行，我告之：去丛葬处百余步，有子母白榆是也。』挽之甚急，竟不遑别母。门外有健仆，捉马待之。既超乘，父嘱曰：『日所宿处，有少资斧，可速办装归，向岳索妇；不得妇，勿休也。』锡九诺而行。马绝驶，鸡鸣至西安。仆扶下，方将拜致父母，而人马已杳。寻至旧宿处，倚壁假寐，以待天明。坐处有拳石碍股；晓而视之，白金也。市棺赁舆，寻双榆下，得父骨而归。合厝既毕，家徒四壁。幸里中怜其孝，共饭之。将往索妇，自度不能用武，与族兄十九往。及门，门者绝之。十九素无赖，出语秽亵。周使人劝锡九归，愿即送女去，锡九还。初，女之归也，周对之骂婿及母，女不语，但向壁零涕。陈母死，亦不使闻。得离书，掷向女曰：『陈家出汝矣！』女曰：『我不曾悍逆，何为出我？』欲归质其故，又禁闭之。后锡九如西安，遂造凶讣，以绝女志。此信一播，遂有杜中翰来议姻，竟许之。亲迎有日，女始知，遂泣不食，以被韬面，气如游丝。周正无法，忽闻锡九至，发语不逊，意料女必死，遂舁归锡九，意将待女死以泄其愤。锡九归，而送女者已至；犹恐锡九见其病而不内，甫入门，委之而去。邻里代忧，共谋舁还；锡九不听，扶置榻上，而气已绝。始大恐。正遑迫间，周子率数人持械入，门窗尽毁。锡九逃匿，苦搜之。乡人尽为不平；十九纠十余人锐身急难，周子兄弟皆被夷伤，始鼠窜而去。周益怒，讼于官，捕锡九、十九等。锡九将行，以女尸嘱邻媪。忽闻榻上若息，近视之，秋波微动矣；少时，已能转侧。大喜，诣官自陈。宰怒周讼诬。周惧，啖以重赂，始得免。锡九归，夫妻相见，悲喜交并。先是，女绝食奄卧，自矢必死。忽有人捉起曰：『我陈家人也，速从我去，夫妻可以相见；不然，无及矣！』

不觉身已出门，两人扶登肩舆。顷刻至官廨，见公姑俱在，问：『此何所？』母曰：『不必问，容当送汝归。』一日，见锡九至，甚喜。一见遽别，心颇疑怪。公不知何事，恒数日不归。昨夕忽归，曰：『我在武夷，迟归二日，难为保儿矣。可速送儿归去。』遂以舆马送女。忽见家门，遂如梦醒。女与锡九共述曩事，相与惊喜。从此夫妻相聚，但朝夕无以自给。锡九于村中设童蒙帐，兼自攻苦。每私语曰：『父言天赐黄金，今四堵空空，岂训读所能发迹耶？』一日，自塾中归，遇二人，问之曰：『君陈某耶？』锡九曰：『然。』二人即出铁索絷之。锡九不解其故。少间，村人毕集，共诘之，始知郡盗所牵。众怜其冤，醵钱赂役，途中得无苦。至郡见太守，历述家世。太守愕然曰：『此名士之子，温文尔雅，乌能做贼！』命脱缧绁，取盗严梏之，始供为周某贿嘱。锡九又诉翁婿反面之由，太守更怒，立刻拘提。即延锡九至署，与论世好，盖太守旧邳宰韩公之子，即子言受业门人也。赠灯火之费以百金；又以二骡代步，使不时趋郡，以课文艺。转于各上官游扬其孝，自总制而下，皆有馈遗。锡九乘骡而归，夫妻慰甚。一日，妻母哭至，见女伏地不起。女骇问之，始知周已被械在狱矣。女哀哭自咎，但欲觅死。锡九不得已，诣郡为之缓颊。太守释令自赎，罚谷一百石，批赐孝子陈锡九。放归，出仓粟，杂糠秕而辇运之。锡九谓女曰：『尔翁以小人之心度君子矣。乌知我必受之，而琐琐杂糠核耶？』因笑却之。锡九家虽小有，而垣墙陋蔽。一夜，群盗入。仆觉，大号，止窃两骡而去。后半年余，锡九夜读，闻挝门声，问之寂然。呼仆起视，则门一启，两骡跃入，乃向所亡也。直奔枥下，咻咻汗喘。烛之，各负革囊；解视，则白镪满中。大异，不知其所自来。后闻是夜大盗劫周，盈装出，适防兵追急，委其捆载而去。骡认故主，径奔至家。周自狱中归，刑创犹剧，又遭盗劫，大病而死。女夜梦父囚系而至，曰：『吾生平所为，悔已无及。今受冥谴，非若翁莫能解脱，为我代求婿，致一函焉。』醒而呜泣。诘之，具以告。锡九久欲一诣太行，即日遂发。既至，备牲物酹祝之，即露宿其处，冀有所见，终夜无异，遂归。周死，母子逾贫，仰给于次婿。王孝廉考补县尹，以墨败，举家徙沈阳，益无所归。锡九时顾恤之。

异史氏曰：『善莫大于孝，鬼神通之，理固宜然。使为尚德之达人也者，即终贫，犹将取之，乌论后此之必昌哉？或以膝下之娇女，付诸斑白之叟，而扬扬曰：「某贵官，吾东床也。」呜呼！宛宛婴婴者如故，而金龟婿以谕葬归，其惨已甚矣；而况以少妇从军乎？』

【译文】

陈锡九，邳县人，父亲陈子言，是县里的名士。有个富户周某，敬慕陈子言的名声，将女儿许配给陈锡九，两家结为亲家。

陈子言多次参加科考都没有考中，家业逐渐衰败，他就到陕西去游学，多年没有音信。周某私下有悔婚的想法。他把小女儿嫁给了王孝廉当继室，王孝廉的聘礼特别丰厚，仆人车马齐全。因此他更加嫌弃陈锡九贫穷，下定决心悔婚。他又问女儿春燕的意思，女儿坚决不同意退婚。周某很生气，让女儿穿上粗布衣服嫁给了陈锡九。

陈锡九家穷得常常断了烟火，周某一点也不可怜他女儿。有一天周某派一个年老女仆给女儿送来一个菜盒，进门就对陈锡九的母亲说：『主人叫我来看看小姑娘饿死没有。』周氏女怕婆母太尴尬，强颜欢笑把这话给遮掩过去，并把菜盒里的菜拿出来，放在婆母面前。周家女仆制止说：『用不着这样，自从姑娘过门来到陈家，什么时候喝过他家一杯凉水？我家的东西，我料定亲家母也没脸来吃。』陈母一听气愤已极，脸色、声音立时就变了。女仆不服，用恶言秽语大骂陈家的人。正当吵骂得凶的时候，陈锡九从外面回来，一听这事勃然大怒，扯着她的头发狠打几个耳光，然后赶出门外。第二天，周某来接女儿回家，女儿不愿意走；第三天还来，而且增加了人数，乱喊乱叫，像要寻衅打架的姿势。陈母强迫儿媳回娘家，周氏女潸然泪下，拜辞了婆母。过了几天，周家又派人来逼迫着要休书，陈母强迫陈锡九把休书给了周家女仆，只盼望陈子言回来了，再想别的办法。

周家不久有人从西安来，说陈子言已经死了，听到这些，陈母既伤心又气愤，也得病死了。陈锡九在伤心又穷困的情况下，还希望妻子能回来，但很久都没有消息，心里就更加悲愤了。陈家本来就只有几亩薄田，陈锡九为了埋葬母亲，只得把田卖了。安葬好母亲以后，陈锡九便沿途讨饭到长安去寻找父亲的尸骨。到长安后，他访遍了当地的居民，有人告诉他，在几年前有个书生死在客店里，被埋在城外东郊，现在连坟恐怕也找不到了。陈锡九没办法，只好白天上街乞讨，夜晚找个野庙安身，边讨饭边查访父亲尸首的下落。

有一天晚上陈锡九经过一片乱坟时，有几个人拦路行劫，向他索要饭钱。陈锡九说：『我是外乡人，在这里以要饭为生，在什么地方亏欠过你们的饭钱呀？』那几个人大怒，把他打倒在地，用埋死孩子用的破棉絮塞进他嘴里。陈锡九拼命地挣扎，声嘶力竭，性命危在旦夕。这时这几个人忽然惊叫一声：『不好！官府的人来了！』这才撒了手散去。过了一会儿，有车马来到，车上有人便问：『卧在地上的是什么人？』接着有好几个人扶这人下了车，一看，便说：『这是我儿子呀！造孽的恶鬼怎敢这么胡作非为！快把他们抓来，一个也不让逃脱。』陈锡九觉得有人拔去口中的棉塞，稍稍安定一下，仔细辨认，果然是自己的父亲。大哭道：『儿为寻找父亲的遗骨受尽千辛万苦，难道您如今还在人间吗？』陈父说：『我不是人，是阴间的太行总管，我这次来也是为了我儿你呀。』陈锡九哭得越发悲伤，陈父多方劝慰他。陈锡九哭着诉说到岳父家强迫离婚的事时，陈父说：『没什么，现在你的新媳妇已在你母亲那里了，你母亲特别想念你，可以去看看。』于是。和陈锡九同车，风驰电掣般地奔驰起来了。

不一会儿到了一个官署的门前，陈锡九跟着父亲下了车，进了几道门，果然看到了母亲，顿时泣不成声，他父亲在旁尽力相劝。他看到春燕站在妈的身边，便问妈道：『春燕也在这里，莫非她也死啦？』母亲说：『不是，是你父亲接她来的，等你回家以后，就把她送回去。』陈锡九说：『我就留在这里侍奉父母，不愿回去了。』母亲说：『你历尽辛苦，长途跋涉来到长安，不就是为找父亲的尸骨吗？你不回人间，怎能实现当初的心愿呢？况且你的孝行已经传到上帝那儿，上帝赐给你白银万斤，你们夫妻享用的日子还长着呢！』陈锡九害怕父亲，才止住哭声，询问埋葬的地点，父亲拉住他的手说：『你走，我告诉你，离乱坟岗一百多步，长着大小两株白榆树的地方就是我的坟墓。』拉着他走得很快，他竟没来得及向母亲告别。门外有个身体强健的仆人牵着马等在那里。等他上了马，父亲嘱咐他说：『在你往日过夜的地方，给你留着点路费，你尽快整顿行李回家，到家就向岳父要春燕，不给春燕就不罢休。』陈锡九答应着走了。马跑得飞快，鸡才叫头遍就到了长安。仆人把他扶下，他正要请仆人向父母致意，人马都不见了。

陈锡九寻到了原来的宿处，便靠墙坐着闭眼休息，以待天明。坐的地方有块拳头大的石头硌着大腿，天亮一看，是块银子。便去买棺木，租车子，再到白榆树下取出了父亲的尸首，然后乘车回家。

陈锡九把父母的遗体合葬以后，家里只剩下一栋空房子。幸亏父老乡亲们同情他是个孝子，轮流请他吃饭，他想向周家要回春燕，考虑到自己惹不起人家，便和族兄陈十九一同去，到了周家门口，看门的不让进去。陈十九素来不怕各种场合，骂得非常难听，周某叫人劝陈锡九回家，答应立刻送回女儿，锡九便回来了。早先，周某把春燕逼回家后，便向春燕骂陈锡九和他母亲，春燕不作声，只是对着墙壁流眼泪。婆婆死了也不告诉她，当他逼着陈锡九写了休书以后，故意拿休书丢给春燕说：『陈家把你休了！』春燕说：『我又不曾做忤逆不孝的事，他家为什么会休我？』要回陈家问明原因，周某又把她关起来。后来陈锡九到长安去寻找父亲尸骨，周某又伪造锡九病死的『凶信』来断绝春燕的想头。凶信一经传出，便有内阁中书杜家来议亲，周某公然答应了。杜家不久就要来迎亲了。春燕知道后，便哭着不吃饭，整天蒙头睡觉，不几天就只剩一口气了。周某正被春燕闹得无法可想，忽听说锡九来讨还春燕，陈十九的话骂得很难听，他想女儿已是必死无疑了，便派人抬着春燕到锡九家，企图等春燕死后，他便趁机发泄私愤。

陈锡九回到家，送周女的人已经先到了。他们怕陈锡九看见妻子病重不肯收留，刚抬进门，把她扔下就跑了。邻居们替陈锡九担心，一起商议要把周女抬回去，陈锡九不听，把妻子扶到床上，妻子却已经断了气。陈锡九这才大为恐慌。正在惊慌窘迫的时候，周某的儿子带着几个人手持棍棒闯进屋里，门窗全被他们砸坏了。陈锡九逃出去躲了起来，他们拼命搜寻。街坊邻里都为陈锡九抱不平；陈十九纠集了十几个人，挺身出来为陈锡九解除危难，周家兄弟都被打伤，才灰溜溜地回去。周某更加恼怒，告到官府，官府拘捕陈锡九和陈十九等人。陈锡九临走时，把妻子的尸首嘱托给邻家老太太，忽然听到床上好像有呼吸声，走近一看，妻子的眼睛微微转动了。一会儿，她已经能够翻身。陈锡九非常高兴，到官府陈述了一番。县官恼怒周某诬告。周某害怕，花了很多钱贿赂县官，才得以免罪。

陈锡九回家了，夫妇相见，悲喜交集。春燕诉说经过，她绝食昏睡，立誓求死。忽然有人拉她起来说：『我是陈子言的家人，赶快跟我走，夫妻可以相见，不然就来不及了。』不知怎么回事就出了门，有两个人用轿子把她抬到一个官署，公公婆婆都在那里。她问：『这是什么地方？』婆婆说：『不必多问，到时就送你回去。』有一天看见陈锡九也来了，很是高兴。但才一见面，很快又分别了，心中感到疑惑不解，不知公公忙些什么公务，经常几日不回家，昨晚突然回来说：『我在武夷山多耽搁了两天，快点送媳妇回去。』便叫马车送春燕。一睁眼睛，人已回到家里，就像从梦中醒来。从此春燕和锡九恩恩爱爱地生活在一起，只是生活还很艰难。锡九在村里办个私塾，一面教书谋生，一面刻苦攻读。

有一天，陈锡九从私塾回家，路上碰到两个差役，二话不说拿出铁索把他捆起来。陈锡九莫名其妙，询问是怎么回事，才知道是被州里的一宗盗案所牵连。大家都同情他受了冤枉，就凑了些钱贿赂公差，沿途总算没受多大的折磨。

陈锡九到州里见到了太守，详述了自己的家世，太守惊讶地说：『他是名士的儿子，一副温文尔雅的样子，怎么会当强盗呢？』说着令差役解下陈锡九身上的铁索。教人把强盗带上堂来严刑拷问，他才供出是周某买通他诬陷陈锡九的，陈锡九又诉说了翁婿结仇的来由。太守更加气愤，立刻命人将周某抓来审问，还请陈锡九到官署去叙述前辈人的交谊。原来太守是早年郑县县令韩公的儿子，是陈子言早年的学生，而后韩太守送给他一百两银子做读书费用，还送两头骡子做坐骑，叫他经常到州里来请教文章，还经常向各位上司宣扬他的文才和孝行。于是从巡抚以下的官员都送了钱物。陈锡九骑着骡子回到家里，夫妻甚感欣慰。

有一天，周女的母亲哭着来了，看到女儿便伏在地上不起来，周女吃惊地问出了什么事。其母一讲，才知周某已被抓进监狱。周女痛哭自责，想要寻死。陈锡九不得已，又到州府为周某说情。太守让周某自己花钱来赎身，罚他出一百石米，并将此米赏给了孝子陈锡九。周某被释放后，从仓里拿出米来，又掺上糠粃，用车运到陈锡九家。陈锡九对妻子说：『你父亲用小人之心度君子之腹啊！怎知道我一定会接受这米呢？』笑着拒绝接受这粮食。

陈锡九家虽有点家产，但院墙已残破不堪。一天夜里，一群强盗进了院子，仆人发觉了，大声喊叫，强盗只偷走了两头骡子。过了半年多，陈锡九正在睡觉，听到叩门声，问了几声也没人答应。叫仆人起来看看，刚一开门，两头骡跳了进来，原来就是偷走的那两头。骡子直奔槽头，气喘吁吁。拿灯一照，每头背上驮着一个皮口袋，打开一看，里面全是白银。全家人都感到很奇怪，不知从哪里来的。后来听说就是这天夜里强盗抢劫了周某家，刚把财物捆装到骡子背上走出门，正巧碰上巡夜的兵丁追来，急忙丢下财物跑了。骡子认识原来的家，就驮着财物回来了。

周某从狱中回来后，受刑的伤口还没全好，又遭到强盗抢劫，气得大病而死。春燕梦见父亲穿着囚服被铁索锁着来找她，说：『我平生做了许多坏事，而今在阴间受罪，除了你公公，别人都帮不上忙，你代我求求你丈夫，给他父亲写封求情的信。』春燕梦醒后呜呜地哭了起来，把梦见父亲的事说了。锡九早就想到太行山去看看，答应为岳父求情。他当天就出发了，到了太行山，便准备香烛三牲等物，向父母祷告，并露宿于山下，希望能见到父母，可是直到天亮也没动静，只好回家了。周某死后，周妻及其子更贫困了，全依仗小女婿王举人的接济，王举人经过考试当了一任县令，因贪污受贿被罢官，全家都搬到了沈阳。周家母子更加没有了依靠，陈锡九经常给他们一些接济。

异史氏说：『善行中没有比孝行更大的了，能感通鬼神，就是当然之理了。那些具有高尚道德的通达之士，即使终生贫困，也要终生尽孝，不会考虑到子孙后代将来会不会兴旺发达。有的人把自己心爱的女儿，许配给满头白发的老头，还扬扬得意地说：「某位高官，是我的女婿。」唉，那年轻貌美的女儿容颜未改，可那位做高官的女婿已命归黄泉，那种惨痛景象太可悲了，何况少妇还要和犯罪的丈夫一起去服刑呢？』

# 卷九

## 邵临淄

临淄某翁之女，太学李生妻也。未嫁时，有术士推其造，决其必受官刑。翁怒之，既而笑曰：『妄言一至于此！无论世家女必不至公庭，岂一监生不能庇一妇乎？』既嫁，悍甚，指骂夫婿以为常。李不堪其虐，忿鸣于官。邑宰邵公准其词，签役立勾。翁闻之，大骇，率子弟登堂，哀求寝息。弗许。李亦自悔，求罢。公怒曰：『公门内岂作辍尽由尔耶？必拘审！』既到，略诘一二言，便曰：『真悍妇！』杖责三十，臀肉尽脱。

异史氏曰：『公岂有伤心于闺阃耶？何怒之暴也！然邑有贤宰，里无悍妇矣。志之，以补「循吏传」之所不及者。』

【译文】

山东临淄县某翁的女儿，是国子监李监生的妻子。出嫁之前，有个算命的推算她的生辰八字，断言她一定会受官刑。某翁听了勃然大怒，随后又哑然失笑道：『胡言乱语竟到了这地步！且不说绅士家女儿决计不会上公堂出乖露丑，难道一个监生还不能庇护自己的老婆吗？』

他女儿嫁到李家后，凶悍得很，指骂丈夫，简直是家常便饭。李监生受不了河东狮吼，憋着一肚子气去告了官。县令邵公批准了他的状子，发下牌签，派公差立刻把妇人提来。某翁听到消息吓慌了神，带着一帮子侄来到公堂，苦苦哀求邵公准予免提，邵公不答应。李监生也后悔了，请求撤回诉讼。邵公发怒道：『公门里难道由得了你做主，官司要打就打，要停就停不成？今天非得把人带来审理不可！』妇人上堂后，他只问了一两句，就说：『真是一只雌老虎！』下令责打三十大板，把屁股都打烂了。

异史氏说：『邵公大概对妇人不守闺德的行为痛心已久了吧，怎么怒气这般暴烈啊！不过县里有了这样贤明的父母官，民间就不会再有凶悍的泼妇了。记下这事，以弥补「循吏传」的不足。』

## 狂生

刘学师言："济宁有狂生某，善饮；家无儋石，而得钱辄沽，殊不以穷厄为意。值新刺史莅任，善饮无对。闻生名，招与饮而悦之，时共谈宴。生恃其狎，凡有小讼求直者，辄受薄贿，为之缓颊；刺史每可其请。生习为常，刺史心厌之。一日早衙，持刺登堂。刺史览之微笑。生厉声曰：'公如所请，可之；不如所请，否之。何笑也！闻之：士可杀而不可辱。他固不能相报，岂一笑不能报耶？'言已，大笑，声震堂壁。刺史怒曰：'何敢无礼！宁不闻灭门令尹耶！'生掉臂竟下，大声曰：'生员无门之可灭！'刺史益怒，执之。访其家居，则并无田宅，惟携妻在城堞上住。刺史闻而释之，但逐不令居城垣。朋友怜其狂，为买数尺地，购斗室焉。入而居之，叹曰：'今而后畏令尹矣！'"

异史氏曰："士君子奉法守礼，不敢劫人于市，南面者奈我何哉！然仇之犹得而加者，徒以有门在耳；夫至无门可灭，则怒者更无以加之矣。噫嘻！此所谓'贫贱骄人'者耶！独是君子虽贫，不轻干人，乃以口腹之累，喋喋公堂，品斯下矣。虽然，其狂不可及。"

【译文】

刘学师说：济宁有一个不知姓名的狂妄书生，非常喜欢饮酒，即使家中没有糊口的米粮，得来钱也一定会马上买酒喝，不把贫困当作回事。当时，正好有一位新刺史到任，也好饮酒，但没有陪喝的对手。听说狂生非常能喝酒，就把他找来一块儿喝酒。所以，刺史非常喜欢他，经常跟他吃饭喝酒。狂生自认为与刺史相熟，凡有打官司来找他帮忙的，只要受一点点贿赂就同意帮忙，刺史也经常答应他的求情。狂生常常这样，刺史心里就有些厌烦他了。

有一天，上早衙时，狂生拿着求情的名片，走上了公堂。刺史看过名片以后，微微一笑。狂生一看就声色俱厉地说："您如果答应我的求情，就答应；不答应我的求情，那就拉倒，为什么要笑？我曾听说，读书人可以杀掉他，但不能侮辱他。别的事无法回报，难道微微一笑还不能回报吗？"说完，他放声大笑，笑声把公堂的四壁都震响了。刺史生气地说："你怎么敢这样放肆无礼！难道你没听说有叫你灭家门的官员吗？"狂生甩甩胳膊，竟然大大咧咧地走下公堂，并大声说："我无门可灭！"刺史一听他这样说更加生气，便把他抓了起来，查访他的家住在何处，可他根本没有田地和住宅，只是带着妻子住在城墙上。刺史听到他这种情况，便把他释放了，但下令不许他住在城里。朋友们都可怜他，给他买了一小块地方，建造了一间小房。狂生住进了这间小房屋，感叹地说：『从今以后我怕县令啦！』

异史氏说：『有道德修养的读书人遵国法守礼节，不在市面上做坏事，皇帝对他也没有办法！然而，横行不法的人，徒有家门；到了没有家门可以剿灭时，那么责罚他的人想加罪处罚也毫无办法。啊，这就是所说的「贫贱骄人」吧！有道德修养的人虽然贫穷，却不会轻易求人。仅仅为了吃喝，去公堂吵闹，这个人的品德也是低劣的。虽然这样，他的狂妄，是一般人比不上的。』

## 凤仙

刘赤水，平乐人，少颖秀。十五入郡庠。父母早亡，遂以游荡自废。家不中资，而性好修饰，衾榻皆精美。一夕，被人招饮，忘灭烛而去。酒数行，始忆之，急返。闻室中小语，伏窥之，见少年拥丽者眠榻上。宅临贵家废第，恒多怪异，心知其狐，亦不恐。入而叱曰：『卧榻岂容鼾睡！』二人遑遽，抱衣赤身遁去。遗紫纨裤一，带上系针囊。大悦，恐其窃去，藏衾中而抱之。俄一蓬头婢自门罅入，向刘索取。刘笑要偿。婢请遗以酒，不应；赠以金，又不应。婢笑而去。旋返曰：『大姑言：如赐还，当以佳偶为报。』刘问：『伊谁？』曰：『吾家皮姓，大姑小字八仙，共卧者胡郎也；二姑水仙，适富川丁官人；三姑凤仙，较两姑尤美，自无不当意者。』刘恐失信，请坐待好音。婢去复返曰：『大姑寄语官人：好事岂能猝合？适与之言，反遭诟厉；但缓时日以待之，吾家非轻诺寡信者。』刘付之。过数日，渺无信息。薄暮，自外归，闭门甫坐，忽双扉自启，两人以被承女郎，手捉四角而入，曰：『送新人至矣！』笑置榻上而去。近视之，酣睡未醒，酒气犹芳，赪颜醉态，倾绝人寰。喜极，为之捉足解袜，抱体缓裳。而女已微醒，开目见刘，四肢不能自主，但恨曰：『八仙淫婢卖我矣！』刘狎抱之。女嫌肤冰，微笑曰：『今夕何夕，见此凉人！』刘曰：『子兮子兮，如此凉人何！』遂相欢爱。既而曰：『婢子无耻，玷人床寝，而以妾换裤耶！必小报之！』从此无夕不至，绸缪甚殷。袖中出金钏一枚，曰：『此八仙物也。』又数日，怀绣履一双来，珠嵌金绣，工巧殊绝，且嘱刘暴扬之。刘出夸示亲宾，求观者皆以资酒为贽，由此奇货居之。女夜来，作别语。怪问之，答云：『姊以履故恨妾，欲携家远去，隔绝我好。』刘惧，愿还之。女云：『不必。彼方以此挟妾，如还之，中其机矣。』刘问：『何不独留？』曰：『父母远去，一家十余口，俱托胡郎经纪，若不从去，恐长舌妇造黑白也。』从此不复至。逾二年，思念綦切。偶在途中，遇女郎骑款段马，老仆鞚之，摩肩过；反启障纱相窥，丰姿艳绝。顷，一少年后至，曰：『女子何人？似颇佳丽。』刘亟赞之。少年拱手笑曰：『太过奖矣！此即山荆也。』刘惶愧谢过。少年曰：『何妨。但南阳三葛，君得其龙，区区者又何足道！』刘疑其言。少年曰：『君不认窃眠卧榻者耶？』刘始悟为胡。叙僚婿之谊，嘲谑甚欢。少年曰：『岳新归，将以省觐，可同行否？』刘喜，从入萦山。山上故有邑人避乱之宅，女下马入。少间，数人出望，曰：『刘官人亦来矣。』入门谒见翁媪。又一少年先在，靴袍炫美。翁曰：『此富川丁婿。』并揖就坐。少时，酒炙纷纶，谈笑颇洽。翁曰：『今日三婿并临，可称佳集。又无他人，可唤儿辈来，作一团之会。』俄，姊妹俱出。翁命设坐，各傍其婿。八仙见刘，惟掩口而笑；凤仙辄与嘲弄；水仙貌少亚，而沉重温克，满座倾谈，惟把酒含笑而已。于是履舄交错，兰麝熏人，饮酒乐甚。刘视床头乐具毕备，遂取玉笛，请为翁寿。翁喜，命善者各执一艺，因而合座争取；惟丁与凤仙不取。八仙曰：『丁郎不谙可也，汝宁指屈不伸者？』因以拍板掷凤仙怀中，便串繁响。翁悦曰：『家人之乐极矣！儿辈俱能歌舞，何不各尽所长？』八仙起，捉水仙曰：『凤仙从来金玉其音，不敢相劳；我二人可歌「洛妃」一曲。』二人歌舞方已，适婢以金盘进果，都不知其何名。翁曰：『此自真腊携来，所谓「田婆罗」也。』因掬数枚送丁前。凤仙不悦曰：『婿岂以贫富为爱憎耶？』翁微哂不言。八仙曰：『阿爹以丁郎异县，故是客耳。若论长幼，岂独凤妹妹有拳大酸婿耶？』凤仙终不快，解华妆，以鼓拍授婢，唱『破窑』一折，声泪俱下；既阕，拂袖径去，一座为之不欢。八仙曰：『婢子乔性犹昔。』乃追之，不知所往。刘无颜，亦辞而归。至半途，见凤仙坐路旁，呼与并坐，曰：『君一丈夫，不能为床头人吐气耶？黄金屋自在书中，愿好为之。』举足云：『出门匆遽，棘刺破复履矣。所赠物，在身边否？』刘出之。女取而易之。刘乞其敝者。辴然曰：『君亦大无赖矣！几见自己衾枕之物，亦要怀藏者？如相见爱，一物可以相赠。』旋出一镜付之曰：『欲见妾，当于书卷中觅之；不然，相见无期矣。』言已，不见。怊怅而归。视镜，则凤仙背立其中，如望去人于百步之外者。因念所嘱，谢客下帷。一日，见镜中人忽现正面，盈盈欲笑，益重爱之。无人时，辄以共对。月余，锐志渐衰，游恒忘返。归见镜影，惨然若涕；隔日再视，则背立如初矣：始悟为己之废学也。乃闭户研读，昼夜不辍；月余，则影复向外。自此验之：每有事荒废，则其容戚；数日攻苦，则其容笑。于是朝夕悬之，如对师保。如此二年，一举而捷。喜曰：『今可以对我凤仙矣！』揽镜视之，见画黛弯长，瓠犀微露，喜容可掬，宛在目前。爱极，停睇不已。忽镜中人笑曰：『「影里情郎，画中爱宠」，今之谓矣。』惊喜四顾，则凤仙已在座右。握手问翁媪起居，曰：『妾别后，不曾归家，伏处岩穴，聊与君分苦耳。』

刘赴宴郡中，女请与俱；共乘而往，人对面不相窥。既而将归，阴与刘谋，伪为娶于郡也者。女既归，始出见客，经理家政。人皆惊其美，而不知其狐也。刘属富川令门人，往谒之。遇丁，殷殷邀至其家，款礼优渥。言：『岳父母近又他徙。内人归宁，将复。当寄信往，并诣申贺。』刘初疑丁亦狐，及细审邦族，始知富川大贾子也。初，丁自别业暮归，遇水仙独步。见其美，微睨之。女请附骥以行。丁喜，载至斋，与同寝处。棂隙可入，始知为狐。女言：『郎勿见疑。妾以君诚笃，故愿托之。』丁嬖之，竟不复娶。刘归，假贵家广宅，备客燕寝，洒扫光洁。而苦无供帐；隔夜视之，则陈设焕然矣。过数日，果有三十余人，赍旗采酒礼而至，舆马缤纷，填溢阶巷。刘揖翁及丁、胡入客舍，凤仙逆妪及两姨入内寝。八仙曰：『婢子今贵，不怨冰人矣。钏履犹存否？』女搜付之，曰：『履则犹是也，而被千人看破矣。』八仙以履击背，曰：『挞汝寄于刘郎。』乃投诸火，祝曰：『新时如花开，旧时如花谢；珍重不曾着，姮娥来相借。』水仙亦代祝曰：『曾经笼玉笋，着出万人称；若使姮娥见，应怜太瘦生。』凤仙拨火曰：『夜夜上青天，一朝去所欢；留得纤纤影，遍与世人看。』遂以灰捻柈中，堆作十余分，望见刘来，托以赠之，但见绣履满柈，悉如故款。八仙急出，推柈堕地；地上犹有一二只存者，又伏吹之，其迹始灭。次日，丁以道远，夫妇先归。八仙贪与妹戏，翁及胡屡督促之，亭午始出，与众俱去。初来，仪从过盛，观者如市。有两寇窥见丽人，魂魄丧失，因谋劫诸途。侦其离村，尾之而去。相隔不盈一矢，马极奔，不能及。至一处，两崖夹道，舆行稍缓；追及之，持刀吼咤，人众都奔。下马启帘，则老妪坐焉。方疑误掠其母；才他顾，而兵伤右臂，顷已被缚。凝视之，崖并非崖，乃平乐城门也；舆中则李进士母，自乡中归耳。一寇后至，亦被断马足而絷之。门丁执送太守，一讯而伏。时有大盗未获，诘之，即其人也。明春，刘及第。凤仙以招祸，故悉辞内戚之贺。刘亦更不他娶。及为郎官，纳妾，生二子。

异史氏曰：『嗟乎！冷暖之态，仙凡固无殊哉！「少不努力，老大徒伤」。惜无好胜佳人，作镜影悲笑耳。吾愿恒河沙数仙人，并遣娇女嫁人间，则贫穷海中，少苦众生矣。』

【译文】

平乐人刘赤水从小就聪明伶俐，十五岁时进入郡学读书。但由于父母去世早，他沉迷游荡，荒废了学业。虽不富裕，他却喜欢装饰，所用的被子和床都十分精美。有一天晚上，刘赤水被人叫去喝酒，忘记吹蜡烛就走了。喝了一会儿酒之后，他才想起没有熄灭烛火，赶紧赶回家。还没进门，刘赤水听到屋子里有人悄悄说话，偷偷一看，发现自己床上有一对男女。他知道两个人是狐狸精，也不害怕，进屋大喊一声。那两个人抱着衣服光着身子慌慌张张地跑了出去，结果落下了一条紫色的裤子，腰带上还系着针囊。刘赤水把它藏在了被子里。过了一会儿，一个头发乱糟糟的丫鬟从门缝里进来，向刘赤水索要裤子。刘赤水笑着向她要报酬，丫鬟说可以给他美酒，刘赤水不要。丫鬟又说给他银子，刘赤水也不要。最后，丫鬟只好走开了。不一会儿，丫鬟又回来了，说道：『刚才大姑娘说了，只你把裤子还给我们，就送你一个好媳妇做报答。』刘赤水问：『那个大姑娘是谁啊？』丫鬟说：『我们家姓皮，大姑娘的小名叫八仙，她的丈夫是胡公子。二姑娘叫水仙，嫁给了富川的丁大人。三姑娘叫凤仙，比前两个姑娘还漂亮，世上还从没有不喜欢她的人。』刘赤水担心对方说话不算数，提出等好事有消息了再还给她。丫鬟回去之后，又回来说道：『大姑娘让我给您带话说，好事哪能那么快就成呢？刚才把这事和她一说，反而被她埋怨。希望你能够多等几天，我们可不是说话不算的人。』听她这样说，刘赤水就把裤子还给了她。

几天过去了，都没有任何消息。一天，天已经有点黑了，刘赤水从外面回到家里，关上门刚刚坐下，两扇门忽然自己开了。有两个人用被子抬了一个女子，用手抓着四个角进来了，说道：『我们把新娘子送到了！』说完把女子放到床上就走了。

刘赤水走近一看，发现那个姑娘还没有睡醒，身上有酒气，脸蛋醉得红扑扑的，漂亮极了。刘赤水十分高兴，帮那姑娘脱掉衣服。这时姑娘已经有点醒了，睁开眼睛看到刘赤水，但四肢却不受控制，无奈地说：『八仙出卖我啊！』刘赤水亲密地抱住姑娘，姑娘说：『那个丫头真不要脸，自己玷污了别人的床铺，却拿我来换裤子！我一定要报复她！』从此之后，凤仙每天晚上都来，两个人感情很好。

一天，凤仙从袖子里拿出一枚金钏，说：『这是八仙的东西。』又隔了几天，凤仙怀里抱着一双绣鞋过来，鞋上面嵌着珍珠，绣着金银，十分精巧，并叮嘱刘赤水一定要使劲宣扬这件事。刘赤水就向他的亲朋好友使劲炫耀夸赞这双鞋，想看这双鞋得先给酒钱，从此之后刘赤水就把它们当宝贝藏着。

有一天晚上，凤仙过来向刘赤水告别。她说：『由于绣鞋的事，姐姐十分恨我，想要带着家人离开这里去远方。』刘赤水非常忧虑，就想把鞋还给她。凤仙却说：『不用还给她。她正以此要挟我，如果还给她，正中了她的奸计。』刘赤水又问：『你不能自己留下来吗？』凤仙说：『我父母离这里很远，我家十几口人，全靠胡公子维持。如果我不去，恐怕会被长舌妇说闲话。』这以后，凤仙就没有出现过。

刘赤水很想念凤仙。一次，他在路上偶然遇到一个女子骑着马往前走，一个老仆人牵着马从刘赤水的身边经过。那个女子回头掀开面纱偷偷打量他，刘赤水看到她的面容十分美丽。过了一小会儿，一个年轻人从后面赶上来，问刘赤水：『那女子是什么人啊？好像很漂亮。』刘赤水便夸赞那女子的美貌。年轻人拱了拱手，笑着说：『你太过奖了！那是我的妻子！』刘赤水很不好意思，赶紧向他道歉。年轻人说：『这有什么妨碍？不过南阳的诸葛三兄弟，其余的也没什么值得一提。』刘赤水十分不解。年轻人又说：『难道你不认识偷偷在你床上睡觉的人了吗？』刘赤水这才明白，原来这个年轻人就是胡公子。于是两个人畅谈连襟的情谊，互相开着玩笑。胡公子说：『岳父刚刚回来，我要去拜见一下，你要不要和我一起去？』刘赤水十分高兴，就和他一起去了萦山。

山上有之前县里人逃避战乱的宅院，八仙从马上下来就进去了。过了不一会儿，有几个人出来迎接，说道：『刘官人也来了啊。』刘赤水胡公子一起进门拜见岳父岳母。座上有一个早到的年轻人，衣着十分华丽。岳父介绍道：『这是富川的女婿丁公子。』刘赤水与他互相行礼坐下。

大家一起宴饮谈笑，十分开心。岳父说：『今天三个女婿齐聚，可说是个不错的聚会。现在也没有外人，把姑娘们叫出来，大家团圆一下。』过了一会儿，三姐妹都出来了。岳父让仆人给她们安排座位，各自挨着自己的丈夫。八仙看到刘赤水，只是捂着嘴笑。凤仙则与刘赤水开着玩笑。水仙的容貌比这两位稍差，却十分沉稳温顺，大家都畅谈欢笑，她却不过是端着酒杯微微含笑罢了。屋子里热热闹闹，香气扑鼻，大家喝得十分开心。

刘赤水看到床头上摆着的乐器很齐全，便选了一支玉笛，请求表演一曲为岳父祝寿。岳父很高兴，建议会演奏的人各选乐器一同表演。大家都抢着去拿乐器，丁公子和凤仙两人却没有去。八仙说：『丁公子不懂声乐，可以不拿，你怎么也空着手呢？』说完，把拍板扔给了凤仙。

各种乐器演奏起来，岳父十分喜悦，说道：『今天我算享受到天伦之乐了！女儿们都能歌善舞，给大家表演一下如何？』八仙起身，拉着水仙说：『凤仙一直特别爱护她的嗓子，我们不敢麻烦她。我们两个人唱一首《洛妃》吧。』

两个人歌舞完毕，一个丫鬟用金盘端着水果进来，大家都不知道水果的名字。岳父说道：『这是从真腊国带来的，叫作「田婆罗」果。』说完，就拿着几枚果子送到了丁公子面前。凤仙不高兴地说：『难道因为女婿的贫富而偏心吗？』岳父冷笑了一下，没有答话。八仙说：『父亲不过是觉得丁公子是外县的人，所以把他当客人看待。要是论年龄的大小，难道只有凤仙妹妹有个拳头大的穷酸女婿吗？』但凤仙始终不高兴。她脱下精美的服饰，把鼓拍交给丫鬟，唱了一折《破窑》，唱得声泪俱下。唱完之后，凤仙一甩袖子就走了，一桌子人也因此闷闷不乐。八仙说：『这丫头还像过去那样任性。』赶忙去追她，但凤仙已经不知道去哪儿了。刘赤水感觉很丢脸，也与大家告别，独自回家去了。

半路上，刘赤水看到凤仙正坐在路边等他。凤仙对他说：『你是个男子汉大丈夫，怎么就不能为老婆争口气呢？书中自有黄金屋，你好好用功吧。』凤仙又抬起脚说：『出门的时候太着急了，荆棘把鞋都刺破了。我以前送给你的东西，带在身上没有？』刘赤水就把绣鞋拿了出来。凤仙拿过绣鞋换上，刘赤水就和她要穿破的那双。凤仙笑着说：『你真是不知羞耻！如果你想要一件东西表达爱意，那我倒有一个东西可以送给你。』说完，凤仙拿出一面镜子交给刘赤水，说道：『如果你想要见我的话，就去书中寻找。否则的话，咱们就再也不能相见了。』说完之后，凤仙就不见了。

刘赤水懊恼地回到家中，拿出镜子一看，发现凤仙正在镜子里背对着他，离他有一百步远。他想起凤仙的叮嘱，就谢绝宾客，用功读书。过了几天，刘赤水发现镜子里的凤仙正面对着他，娇滴滴地好像在微笑。他十分想念凤仙，只要一没人，就拿出镜子看着里面的凤仙。

一个多月以后，刘赤水努力进取的心逐渐淡了，又开始整日游玩，连家都不回。这样一来，镜子里的凤仙变得满面愁容。第二天再看的时候，凤仙已经像最开始那样背对他了。刘赤水这才明白，凤仙是因为自己荒废了学业，于是刘赤水又关上门用功读书，从早到晚都不停歇。

又过了一个多月，镜子里面的凤仙又重新面对着他。从这以后，刘赤水便把镜子挂起来，就像对待老师一样。这样坚持了两年，他终于在科考中一举中第。刘赤水高兴地说：『今天我终于有脸面对凤仙了！』于是，刘赤水抱起镜子，只见凤仙弯弯的眉毛、微露的牙齿，笑容十分招人喜欢，就像在眼前一般。只听镜子里面的凤仙笑道：『人们说的「影里情郎，画中爱宠」就是今天这样吧。』刘赤水惊喜地发现凤仙已经站在了他的身后。他拉住凤仙的手，问岳父岳母是否别来无恙。凤仙说道：『我从那次告别以后，就没有再回过家，而是住在山洞里，好与你一起分担痛苦。』

刘赤水到郡中去赴宴，凤仙请求和他一起去。他们坐着一辆车去，对面的人都看不到凤仙的身影。回家之后，凤仙私下和刘赤水商量，假装她是刘赤水从郡里娶回的媳妇。这样凤仙才开始出来见客人，并操持家务。人们只是惊讶于凤仙的美丽，并不知道她其实是狐狸精。

刘赤水是富川县令的学生，一次前去拜见县令，路上遇到了丁公子。丁公子十分热情地邀请他到家里做客，告诉他说：『岳父与岳母最近又搬家了，我妻子回娘家，最近要回来了。你应当寄信过去问候一下，也好让他们祝贺你考中啊。』

起初刘赤水以为丁公子也是狐狸精，但仔细询问了他的家世之后，才知道丁公子原来是富川富商之子。几年前一天晚上，丁公子从别墅回家，正遇到水仙一个人在路上走。丁公子看见了水仙的美貌，就不住偷看她。水仙便请求坐丁公子的车马一起走。丁公子十分高兴，把她带回自己的书房。看到水仙可以从窗户的缝隙进屋，丁公子才知道水仙原来是狐狸精。水仙对他说：『公子不要怀疑，我是认为公子诚实稳重，才愿意托付自己的终身的。』丁公子十分喜爱水仙，竟然再也没有娶妻。

刘赤水回家后，借了富贵家族的大宅，为客人准备休息的地方。整个院子都打扫得十分干净，却发愁没有帐幔。但一天之后再看，发现所有的用具都焕然一新了。过了几天，果然来了三十多个人。他们带着锦旗与礼品，车马络绎不绝，把道路都挤满了。刘赤水向岳父、丁胡两位公子行礼，带着他们进了客房。凤仙则带着岳母与两位姐姐进入了内屋。八仙说：『丫头，你现在富贵了，不再抱怨你的媒人了吧？金钏和绣鞋还在吗？』凤仙找了一下，将金钏和绣鞋交给了八仙，说道：『鞋还是那双鞋，但被几千个人看破了。』八仙拿着鞋打她后背，说道：『真该好好打你一顿，竟然把鞋子放在刘郎那里。』说完，就把绣鞋扔在火堆里烧了，并祝愿道：

『新时如花开，旧时如花谢；珍重不曾着，姮娥来相借。』

水仙也代为祝愿说：『曾经笼玉笋，着出万人称。若使姮娥见，应怜太瘦生。』

凤仙拨了拨火，也说道：『夜夜上青天，一朝去所欢。留得纤纤影，遍与世人看。』

然后，凤仙就把绣鞋的灰捻在盘子里，堆成了十几份，看到刘赤水来了，就把这些灰送给了刘赤水。只见盘子里已经全都是绣鞋，与过去的款式一模一样。八仙赶紧走过来，把盘子推到地上。地上还剩下一两双鞋，八仙又俯下身子一吹，鞋才不见了。

第二天，丁公子说自己路途遥远，所以他们夫妇就先回去了。八仙喜欢和妹妹一起，岳父与胡公子催促了她几次之后，她才出来和大家一起走了。

岳父他们刚来的时候，装饰和随从都很有气派，围观的人多得就像赶集一样。其中，有两个强盗看到了美人之后，商量着在半路打劫。看到他们出村以后，就在后面尾随。但离着不到一尺远的距离，无论马跑多快都追不上。到了一个地方之后，两边的悬崖夹着一条小道，车马走得稍微慢了，强盗就追了上去，把人都吓跑了。

强盗下马把车帘打开，发现里面坐着一个老妇人。正怀疑是不是误劫了美人的母亲，还没明白怎么回事，就被抓住了。强盗仔细一看，哪里有什么悬崖，而是平乐县城的城门。车子里坐的，是李进士的母亲，正从乡下回县城。另一个强盗之后也到，被砍断马腿之后，也被抓住了。看门的士兵把他俩押送到知府面前，一审讯就认罪了。当时有一个大盗一直没有被抓获，审问强盗之后，发现就是他本人。

第二年春天，刘赤水考中进士。凤仙担心会招来灾祸，推辞了所有亲戚朋友的祝贺。刘赤水也没有再娶妻。直到他当了部郎，才又纳了一个妾，生了两个儿子。

异史氏说：唉！人情冷暖之态，神仙和凡人原来并没差别啊！『少壮不努力，老大徒悲伤。』可惜没有争强好胜的佳人，变作镜中或悲或笑的人影。我希望有多如恒河沙粒的仙人都派娇女和人间结为婚姻，那么在贫穷的人海中间，芸芸众生就可少吃不少苦了。

## 张贡士

安丘张贡士，寝疾，仰卧床头。忽见心头有小人出，长仅半尺；儒冠儒服，作俳优状。唱昆山曲，音调清澈，说白、自道名贯，一与己同；所唱节末，皆其生平所遭。四折既毕，吟诗而没。张犹记其梗概，为人述之。高西园晤杞园先生，曾细询之，犹述其曲文，惜不能全忆。

高西园云：『向读渔洋先生《池北偶谈》，见有记心头小人者，为安丘张某事。余素善安丘张卯君，意必其宗属也。一日，晤间问及，始知即卯君事。询其本末，云：当病起时，所记昆山曲者，无一字遗，皆手录成册。后其嫂夫人以为不祥语，焚弃之。每从酒边茶余，犹能记其尾声，常举以诵客。今并识之，以广异闻。其词云：「诗云子曰都休讲，不过是都都平丈（相传一村塾师训童子读《论语》，字多讹谬。其尤堪笑者，读「郁郁乎文哉」为「都都平丈我」）。全凭着佛留一百二十行（村塾中有训蒙要书，名「庄农杂字」。其开章云：佛留一百二十行，惟有庄农打头强，最为鄙俚）。」玩其语意，似自道其生平寥落。晚为农家作塾师，主人慢之，而为是曲。意者：夙世老儒，其卯君前身乎？卯君名在辛，善汉隶篆印。」

【译文】

山东安丘县有个姓张的贡士，病倒了仰卧在床上。忽然看见有个小人从口钻出，身高只有半尺，读书人的帽子衣服，做出戏子的模样。唱的是昆曲，调清越嘹亮，说白自报家门，姓名籍贯完全与自己相同，所唱的内容情节，都是自己平生的经历。唱完四折戏，吟过下场诗，就不见了。张举人还能记得个大概，向人说起。亘园去访问张杞园先生，曾经详细打听过这件事；张杞园还能讲出曲词来，可惜不能记全。

高西园说：以前我读王士禛的《池北偶谈》，看见有一则记述心口小人的笔记，说的是安丘县张某的事。我一向同安丘县张卯君交好，猜想一定是他的人。一天，同他相会时问起，才知就是卯君的亲历。询问此事的前后经过，他说当时病愈后，小人所唱的昆曲记忆犹新，一字不漏，都亲笔记下汇成一册；后来他的夫人觉得这些东西不吉利，付之一炬毁掉了。他每当茶余酒后，还能记得『尾声』一节，常举出来背诵给客人听。现在我一起记在这里，好让更多人见识这件奇事。那曲词是：『诗云子曰都休讲，不过是都都平丈（相传有个下的私塾老师教小学生读《论语》，大多念了别字。其中尤其可笑的，是把八佾篇中的『郁郁乎文哉』念作了『都都平丈我』）。全凭着佛留一百二十行（村学中有一本主要的启蒙课文叫作《庄农杂字》，开头一段写道：『佛留一百二十行，惟有庄农打头强。』最浅薄了）。玩味这曲文的意思，好像在说自己一生不得意，晚年为农村人家做村塾教师，主人怠慢，因而作了这支曲。猜想起来，前世的老儒生，大概是张卯先生的前身吧？卯君名在辛，对汉代隶书、印章篆刻很在行。

## 单父宰

青州民某，五旬余，继娶少妇。二子恐其复育，乘父醉，潜割睾丸而药糁之。父觉，托病不言。久之，创渐平。忽入室，刀缝绽裂，血溢不止，寻毙。妻知其故，讼于官。官械其子，果伏。骇曰：『余今为「单父宰」矣！』并诛之。

邑有王生者，娶月余而出其妻。妻父讼之。时淄宰辛公，问王何故出妻。答云：『不可说。』固诘之，曰：『以其不能产育耳。」公曰：『妄哉！月余新妇，何知不产？』忸怩久之，告曰：『其阴甚偏。』公笑曰：『是则偏之为害，而家之所以不齐也。』此可与『单父宰』并传一笑。

【译文】

青州地方有一个百姓，五十多岁，续娶了一个年轻的妻子。他的两个儿子害怕他父亲再生儿子，就趁父亲喝醉后，偷偷地把父亲的睾丸割去了，用药糊上。父亲酒醒后，发现了这件事，借口有病不再提起这件事。时间一长，伤口渐渐地愈合了。有一天，他和新媳妇睡觉，刀口裂开，流血不止，不长时间，他就死去了。新媳妇知晓了事情的前后经过，就向官府告发了。长官叫人押来了两个儿子，一审问他们就招供了，长官吃惊地说：『如今，我真的成了「单父宰」了。』随后，就把两个儿子处死了。

城中有个叫王生的人，娶妻一个多月就休妻，妻子的父亲告到官府，当时淄川县令是辛公，审问王生：『为什么要休妻？』答道：『原因不好说。』辛公再三催问，王生回答：『因为她不能生育。』辛公说：『真荒唐！过门一个多月的新媳妇，怎么知道她不能生育？』王生忸怩了很久，才告诉辛公：『她的阴户长得很偏。』辛公听后笑道：『这就是偏之为害，而家之所以不齐啊。』此则可与『单父宰』并传，付之一笑。

## 孙必振

孙必振渡江，值大风雷，舟船荡摇，同舟大恐。忽见金甲神立云中，手持金字牌下示；诸人共仰视之，上书『孙必振』三字，甚真。众谓孙：『必汝有犯天谴，请自为一舟，勿相累。』孙尚无言，众不待其肯可，视旁有小舟，共推置其上。孙既登舟，回首，则前舟覆矣。

【译文】

孙必振渡江，正赶上大风暴雨，渡船摇荡不停，同船人万分恐惧。忽然看见一位身穿金甲的神人立在云中，手持金字牌，给下面的众人看，大家都抬头看去，上写『孙必振』三字，非常真切。众人对孙必振说：『一定是你有罪要遭上天惩罚，请你自己上别的船去，别连累了大家。』孙必振还没回答，众人不等他答应，看见旁边有一条小船，就一齐把他推到小船上去。孙必振登上小船，回首一看，前面那条船已经翻沉在江中了。

## 元宝

广东临江山崖岩，常有元宝嵌石上。崖下波涌，舟不可泊。或荡桨近摘之，则牢不可动；若其人数应得此，则一摘即落，回首已复生矣。

【译文】

广东临江的江边上，山崖险峻，崖上常有元宝镶嵌在石头中。山崖下则波涛汹涌，船不能停泊。有人划着船走近山崖摘元宝，却牢不可动。如果这人命中注定应该得到元宝，则一摘就落，再回头一看，元宝又长出来了。

## 张不量

贾人某，至直隶界，忽大雨雹，伏禾中。闻空中云：『此张不量田，勿伤其稼。』贾私意张氏既云『不良』，何反祐护。雹止，入村，访问其人，且问取名之义。盖张素封，积粟甚富。每春贫民就贷，偿时多寡不校，悉内之，未尝执概取盈，故名『不量』，非不良也。众趋田中，见棵穗摧折如麻，独张氏诸田无恙。

【译文】

有个商人做买卖途经河北地界，忽然天空乌云密布，硕大的冰雹从天而降，他急忙伏在稻田中躲避。只听得空中发话道：『这是张不量的田地，不要伤害他的庄稼。』商人心想这姓张的既然叫『不良』，为什么神人反而庇护他呢？雹子停后，他就进村，寻访此人，想打听这个名号的来历。原来姓张的是个财主，家里囤积的粮食很多，每到春天青黄不接的时候，农民就向他借粮，偿还时不论还多还少从不计较，也从不用升斗复核，所以人称『不量』，并不是『不良』。等到村里人赶到田头，只见田间稻穗被雹子砸得七零八落，唯有张家的庄稼安然无恙。

## 牧竖

两牧竖入山至狼穴，穴有小狼二，谋分捉之。各登一树，相去数十步。少顷，大狼至，入穴失子，意甚仓皇。竖于树上扭小狼蹄耳故令嗥；大狼闻声仰视，怒奔树下，号且爬抓。其一竖又在彼树致小狼鸣急；狼辍声四顾，始望见之，乃舍此趋彼，跑号如前状。前树又鸣，又转奔之。口无停声，足无停趾，数十往复，奔渐迟，声渐弱，既而奄奄僵卧，久之不动。竖下视之，气已绝矣。今有豪强子，怒目按剑，若将搏噬；为所怒者，乃阖扇去。豪力尽声嘶，更无敌者，岂不畅然自雄？不知此禽兽之威，人故弄之以为戏耳。

【译文】

两个牧童进山见到狼窝，窝里有两只小狼，两人商量好各捉一只，分别爬上树，相距几十步。没多少时候，老狼回来了，进窝发现狼崽丢了，显得十分惊慌。牧童在树上扭掐小狼的蹄子和耳朵，故意让它惨叫，老狼听到叫声抬头寻找，怒冲冲地奔到树下，一边嗥叫，一边用爪子在树身上爬抓。另一个牧童又在那边的树上弄得小狼急叫，老狼停住嗥叫左右张望，才发现了目标，于是放下这头奔往那头，也像这里一样又抓又嗥。这边树上小狼再次哀鸣起来，老狼又奔转回来。嘴不停地嗥，脚不停地跑，几十个来回，渐渐步子慢了，嗥声弱了，到后来奄奄一息躺倒在地，好久也不动弹。牧童爬下树来一看，已经断气了。

如今有使气逞强自以为好汉的，瞪着眼，按着剑，一副拼个你死我活、恨不得把对方吞下肚子的神气。而被他所怨恨的对手，却关上房门躲了起来。那『好汉』声嘶力竭叫骂不休，再没有人出来较量，岂不得意扬扬自觉威风？不知道这只是老狼式的威风，人家故意作弄他作为取笑罢了。

## 王司马

新城王大司马霁宇镇北边时，常使匠人铸一大杆刀，阔盈尺，重百钧。每按边，辄使四人扛之。卤簿所止，则置地上，故令北人捉之，力撼不可少动。司马阴以桐木依样为刀，宽狭大小无异，贴以银箔，时于马上舞动。诸部落望见，无不震悚。又于边外埋苇薄为界，横斜十余里，状若藩篱，扬言曰：『此吾长城也。』北兵至，悉拔而火之。司马又置之。既而三火，乃以炮石伏机其下，北兵焚薄，药石尽发，死伤甚众。既遁去，司马设薄如前。北兵遥望皆却走，以故帖服若神。后司马乞骸归，塞上复警。召再起；司马时年八十有三，力疾陛辞。上慰之曰：『但烦卿卧治耳。』于是司马复至边。每止处，辄卧幛中。北人闻司马至，皆不信，因假议和，将验真伪。启帘，见司马坦卧，皆望榻伏拜，挢舌而退。

【译文】

新城王霁宇司马镇守北方边境时，曾叫铁匠铸一口特大的大杆刀，刀面有尺把宽，有好几百斤重。每次到边疆巡视，常叫四个大力士抬着，仪仗队到了一个地方，就放在地上，故意叫北国的人来拿，用全力摇也摇不动它，王司马又暗中用桐木按这刀的模样另造一把木刀，宽窄大小与大杆刀完全一样，用银纸贴在上面，经常在马上挥舞。少数民族看见了，没有不吃惊惶恐的。他又在界外埋上芦席为边界，横斜十多里，形状像篱笆，扬言说：『这是我的长城。』北兵来后，全部拔来烧了。司马又安上，已经烧了三次，他便用火药炮石在下面埋设机关，北兵又来烧芦席，炮石都爆炸起来了，死伤的人很多，敌人跑了以后，司马又像从前那样安设芦席，北兵远远望着都退走了。因此对他像对神灵一样服服帖帖，后来司马年老退休，边塞北形势又紧张了。皇帝又召他复职。司马当时八十三岁了，在皇帝面前极力推辞。皇帝安慰他说：『只是麻烦你卧而治之。』于是他又来到边疆，每到一处，他常躺在帐幕里，北方人听说司马来了，都不肯相信，便假作议和，来查看是不是真有其事，揭开门帘，看见司马安然睡在那里，都对着床铺叩头，翘起他们的舌头走了。